Gisela Garnschröder

Schnäpse, Schüsse, Scherereien

Das Buch

Der neuste Fall für Steif und Kantig, die rüstigsten Ermittlerinnen Deutschlands! Die Hitze brütet über dem Münsterland und nicht nur die Schwestern Isabella Steif und Charlotte Kantig leiden darunter. Als die Schwestern in ein Sommergewitter geraten und in einer Scheune Unterschlupf suchen, entdecken sie kurz darauf die Leiche eines Mannes. Schnell ist klar, dass es sich um den Bauern Baumstroh handelt. Aber warum musste er sterben? Wollte sein Sohn und Erbe ihn aus dem Weg schaffen, um den Hof endlich nach seinen Wünschen zu führen? Doch der beteuert seine Unschuld, und auch Steif und Kantig vermuten ein anderes Motiv. Die beiden Rentnerinnen nehmen die Ermittlungen auf...

Von Gisela Garnschröder sind bei Midnight erschienen:

In der Reihe Ein-Steif-und-Kantig-Krimi:

Steif und Kantig / Landluft und Leichenduft / Kühe, Konten und Komplotte / Hengste, Henker, Herbstlaub / Felder, Feuer, Frühlingsluft / Schnäpse, Schüsse, Scherereien

Außerdem:

Winterdiebe / Weiß wie Schnee, schwarz wie Ebenholz

Die Autorin

Gisela Garnschröder ist 1949 in Herzebrock/Ostwestfalen geboren und aufgewachsen auf einem westfälischen Bauernhof. Sie erlangte die Hochschulreife und studierte Betriebswirtschaft. Nach dem Vordiplom entschied sie sich für eine Tätigkeit in einer Justizvollzugsanstalt. Immer war das Schreiben ihre Lieblingsbeschäftigung. Die berufliche Tätigkeit in der Justizvollzugsanstalt brachte den Anstoß zum Kriminalroman. Gisela Garnschröder wohnt in Ostwestfalen, ist verheiratet und hat Kinder und Enkelkinder. Sie ist Mitglied bei der Krimivereinigung Mörderische Schwestern, beim Syndikat und bei DeLiA.

Gisela Garnschröder

Schnäpse, Schüsse, Scherereien

Der sechste Fall für Steif und Kantig

Kriminalroman

Midnight by Ullstein
midnight.ullstein.de

Originalausgabe bei Midnight
Midnight ist ein Digitalverlag der Ullstein Buchverlage GmbH, Berlin
Mai 2018

© Ullstein Buchverlage GmbH, Berlin 2018
Umschlaggestaltung: zero-media.net, München
Titelabbildung: © FinePic®
Innengestaltung: deblik Berlin
Gesetzt aus der Quadraat Pro powered by pepyrus.com
Druck- und Bindearbeiten: CPI books GmbH, Leck
ISBN 978-3-95819-944-6

1. Kapitel

Die Ferien hatten gerade begonnen, und ganze Scharen von Schülern bevölkerten das Schwimmbad in Oberherzholz. Das Thermometer zeigte schon morgens zwanzig Grad an und würde in der Mittagszeit sicher auf dreißig Grad ansteigen. Ideales Ferienwetter für alle, die nicht ans Meer geflüchtet waren.

Charlotte Kantig schwamm regelmäßig jeden Morgen gegen zehn Uhr ihre Runden. Doch bei der momentanen Hitze waren trotz der frühen Stunde etliche Schulkinder im Bad und spritzten und sprangen, was das Zeug hielt. Die Ruhe, die Charlotte während der Schulstunden gewöhnt war, war endgültig vorbei. Nach einer halben Stunde verließ sie das Bad, wo schon eine Schlange von lärmenden, fröhlichen Kindern und Jugendlichen an der Kasse drängelte. Charlotte war mit dem Rad gekommen und fuhr zurück in die kleine, etwas abseits der Stadt liegende Siedlung, wo sie sich in der Wiesenstraße ein Doppelhaus mit ihrer zwei Jahre älteren Schwester Isabella Steif teilte.

Jede der beiden Frauen besaß eine Doppelhaushälfte mit zugehörigem großem Garten, der in der Mitte durch eine hohe Hecke getrennt war, weil ihre Ansichten, was Pflege und Gestaltung des Gartens betraf, recht unterschiedlich waren. Trotzdem hatten sie viele gemeinsame Interessen, verreisten in der Regel zusammen, waren beide pensionierte Lehrerinnen und arbeiteten als Stadtführerinnen.

Charlotte hatte gerade ihr Rad in der Garage verstaut, als sie das leise Klappern von Nordic-Walking-Stöcken hörte und gleich darauf ihre Schwester in Sportkleidung ums Haus herumkam.

Isabella hatte einen hochroten Kopf unter ihren blonden Haaren. Ihr Halbarmshirt war durchgeschwitzt und wies dunkle Stellen auf. Isabella blieb mitten in der Einfahrt stehen und stieß erleichtert aus: »Puh, ist das eine Hitze heute.« Sie wischte sich zur Untermalung ihrer Worte den Schweiß von der Stirn und stöhnte leise.

Charlotte lachte und schüttelte missbilligend den Kopf. »Selber schuld! Bei dieser Hitze durch die Gegend zu marschieren! Warum fährst du nicht schwimmen? Das entspannt und trainiert auch.«

»Weil ich nicht gerne schwimme!«, fauchte Isabella. »Mir liegt Laufen nun mal mehr!«

»Dann beschwer dich nicht und geh lieber unter die Dusche! Du siehst im Gesicht aus wie ein gekochter Hummer.«

»Und du solltest mal wieder zum Friseur gehen, dein Scheitel ist schon wieder ganz weiß nachgewachsen. So etwas kann man sich bei dunklen Haaren einfach nicht erlauben!«

Charlotte zuckte gleichmütig die Schultern. »Keine Sorge, ich habe heute Nachmittag einen Termin. Diesmal lasse ich mir Strähnchen machen!«

Isabella zog die Brauen hoch. »Meinst du, das steht dir?«

»Wir werden sehen!« Charlotte lächelte, und Isabella verschwand im Haus.

»Oh«, entschlüpfte es Charlotte, und sie starrte sekundenlang in den Spiegel, als die Friseurin ihr Haar nach dem Trocknen durchbürstete. Ihr brünetter Schopf war jetzt von so vielen hellen Strähnen durchzogen, dass sie erst einmal schlucken musste.

»Sieht total schick aus«, beeilte sich die Friseurin zu sagen, denn sie spürte wohl, dass Charlotte von dem Ergebnis noch nicht so überzeugt war, und bot gleich an: »Wenn es Ihnen gar nicht gefällt, können wir es auch immer wieder ändern!«

»Nein, nein.« Charlotte lächelte. »Es ist genauso geworden, wie ich es mir gewünscht habe. Ich habe nur gerade überlegt, was mein Sohn dazu sagen wird.«

»Er wird begeistert sein«, sagte die junge Frau. »Außerdem bin ich ja noch nicht fertig.« Sie werkelte noch ein wenig an der Frisur herum und hielt Charlotte zum Schluss den Rundspiegel hin, damit sie auch die Rückseite betrachten konnte.

Charlotte erhob sich. »Der Schnitt ist super, so schön kurz hatte ich es seit Jahren nicht.«

Die Friseurin lächelte. »Danke. Ich finde, dieser Kurzhaarschnitt steht Ihnen wirklich gut!«

»So erkennt mich wenigstens nicht gleich jeder!«, stellte Charlotte lapidar fest und holte ihre Börse heraus. Sie zahlte, gab der jungen Frau ein Trinkgeld und verschwand aus dem Laden.

Im Auto stellte sie den Spiegel um und betrachtete sich eingehend. »So schlecht ist es gar nicht«, tröstete sie sich leise murmelnd und freute sich, dass man nun ihre Ohrringe sehen konnte. Trotzdem musste sie sich erst an die hellen Strähnen gewöhnen, denn bisher hatte sie ihr Haar immer dunkel nachfärben lassen. Da es aber mittlerweile vollkommen weiß geworden war, musste sie irgendwie einen Übergang zu ihrer natürlichen Haarfarbe schaffen, um endlich das lästige Färben zu vermeiden.

Nach dem Friseurbesuch fuhr Charlotte direkt zum Einkaufen in den Hofladen. Als sie am späten Nachmittag zu Hause ankam und den vollen Einkaufskorb ins Haus trug, kam ihre Schwester neugierig dazu, um das Ergebnis des Friseurbesuchs zu begutachten.

»Ach Gott!« Entsetzt starrte Isabella sie an. »Wie siehst du denn aus?!«

»Lass mich in Frieden«, knurrte Charlotte. »Deine Meinung interessiert mich nicht!«

»So willst du doch nicht etwa morgen an unserer Fahrt teilnehmen?«

»Natürlich mache ich die Planwagenfahrt mit«, fuhr Charlotte auf und steckte den Schlüssel in die Haustür. »Wenn du dich meinetwegen schämst, kannst du ja hierbleiben!« Ohne Isabella Gelegenheit zu einer Antwort zu geben, verschwand sie verärgert im Haus und schlug die Tür hinter sich zu.

Am Abend hatte Charlotte ihren engen Freund und Nachbarn eingeladen, der genau gegenüber wohnte. Ottokar Breit war Rentner, half aber hin und wieder noch in seiner ehemaligen Firma aus, wo er als Tischlermeister die Lehrlinge ausgebildet hatte.

Während sie gemütlich bei Wein und Gegrilltem auf der Terrasse saßen, hörten sie ein merkwürdiges Brummen im Garten.

»Was ist das für ein Geräusch?« Charlotte spitzte die Ohren.

»Das Brummen eines Lkws auf der Münsterlandstraße«, vermutete Ottokar.

»Nein, das klingt anders«, war Charlotte überzeugt. »Fast so, als käme es von oben.« Sie stand auf und sah in den Himmel hinauf. »Über Isabellas Garten fliegt eine Drohne!«, rief sie dann empört aus. »So eine Frechheit! Wer spioniert uns denn hier aus?«

Ottokar war neben sie getreten und sah nun ebenfalls die Drohne, die mit leisem Surren davonschwebte. »Da probiert jemand sein neues Spielzeug aus. Lass ihn doch!«

»Ha, das sagst du so leicht«, widersprach Charlotte. »Ich möchte nicht später im Internet mein Foto sehen, wenn ich hier in der Sonne liege!«

Ottokar zuckte die Schultern und lächelte. »Du siehst doch gut aus, besonders jetzt, wo du diese flotte Kurzhaarfrisur trägst!«

»Meinst du das ehrlich? Isabella fand meine neue Frisur schrecklich!«

»Mir gefällt es. Diese Strähnchen peppen das Ganze noch zusätzlich auf!«

Charlotte lächelte. »Ich bin mal gespannt, was Thomas und Marita dazu sagen. Ich fahre nächste Woche zu ihnen.«

»Sie werden begeistert sein«, erklärte Ottokar und ging zum Thermometer, das Charlotte extra ganz in die Ecke an der Hauswand platziert hatte, damit es immer im Schatten lag. »Noch immer siebenundzwanzig Grad, und es ist schon fast zehn Uhr. Wir können heute Nacht draußen schlafen!«

»Dann wirst du von den Mücken aufgefressen«, sagte Charlotte lächelnd und setzte sich wieder. »Im Haus ist es zudem wesentlich kühler.«

»Stimmt!« Ottokar nickte und nahm ebenfalls Platz.

»Morgen sehe ich mich mal ein wenig um, wer hier in der Straße diese Drohne fliegen lässt«, sagte Charlotte nachdenklich, denn die Sache ließ sie nicht mehr los.

»Das ist doch Kinderkram! Mach dich deshalb nicht verrückt!« Ottokar lachte und fügte hinzu: »Manchmal ist so eine Drohne doch ganz nützlich! Man kann Dinge fotografieren, an die man sonst nicht herankommt. Mich würde zum Beispiel mal interessieren, wie die neue Biogasanlage von oben aussieht.«

»Mag sein«, gab Charlotte zurück. »Aber ich will keine Drohne, die über meinem Garten schwebt!«

...

Am anderen Tag fuhr Charlotte bereits früh zum Bäckerladen, um Brötchen zu holen. Im Haus war es mittlerweile auch schon reichlich warm, und Charlotte, die eigentlich Langschläferin war, hatte es im Bett nicht mehr ausgehalten und am frühen Morgen erst einmal alle Fenster auf Durchzug gestellt, damit die morgendliche Kühle etwas Frische ins Haus brachte. Nachdem sie eine halbe Stunde gut durchgelüftet hatte, ließ sie alle Rollläden herunter, weil die Sonne schon hoch am Himmel stand.

Als sie nun gemütlich mit den Brötchen die Münsterlandstraße von der Bäckerei zurückfuhr, wäre sie bald mit einem jungen Mann zusammengestoßen, der sich direkt neben dem Fahrradweg ins hohe Gras gehockt hatte und an irgendetwas herumbastelte.

»He!«, rief sie aufgebracht und erkannte erst im letzten Moment André Juli, den Nachbarssohn, der schräg gegenüber ebenfalls in der Wiesenstraße wohnte. Sie sprang vom Rad. »André, ich hätte Sie fast überfahren! Was machen Sie denn da?« Interessiert betrachtete sie das kleine Gerät, an dem er herumbastelte. »Eine Drohne!«, stieß sie empört hervor. »Sagen Sie jetzt nicht, dass das Ihre Drohne war, die gestern über unsere Gärten geflogen ist!«

Der junge Mann richtete sich einer beachtlichen Größe von einem Meter neunzig auf und grinste verlegen. »Doch, Frau Kantig. Ich wollte mal ausprobieren, wie sie funktioniert.«

»Wehe Sie machen damit Fotos!«

»Dafür war sie eigentlich gedacht«, erklärte er. »Aber momentan habe ich keine Kamera dabei und gestern hatte ich auch keine. Ich probiere nur die Höhe und die Reichweite der Drohne.«

Charlotte ignorierte die letzten Sätze und fragte: »Wofür genau ist das Ding denn gedacht?«

»Am Baggersee bei Schultherm nisten Brachvögel«, sagte er. »Da die Tiere so scheu sind, will ich versuchen, mit der Drohne Fotos von ihnen zu machen.«

»Ach so«, sagte Charlotte lächelnd. »Das ist natürlich was anderes. Wenn's klappt, darf ich mir die Fotos dann mal ansehen?«

»Klar. Ich komm dann mal zu Ihnen rüber. Mein Studium fängt ja erst im Oktober an.«

»Dann viel Spaß noch«, sagte Charlotte und wollte schon davonfahren, als ihr in der Ferne ein Baukran ins Auge fiel. Sie zeigte darauf und fragte:»Wissen Sie, wer den Baukran dort hinterm Wald aufgestellt hat?«

André Juli nickte, ohne hinzusehen. »Das ist bei Baumstroh auf dem Hof. Dort wird momentan ein neuer Güllesilo gebaut, weil der Schweinestall vergrößert werden soll.«

»Ach, davon habe ich ja noch gar nichts gehört.«

»Der Stall soll erst nächstes Jahr gebaut werden«, erklärte der junge Mann.

»Aha.« Charlotte stieg auf und rief beim Wegfahren:»Viel Spaß mit der Drohne!« Als sie sich noch einmal umsah, war André schon wieder intensiv mit seinem Spielzeug beschäftigt.

Gerade als Charlotte in die Wiesenstraße einbog, kam ihr Hilde Juli entgegen, die Mutter von André, die auf dem Hof Baumstroh als Wirtschafterin beschäftigt war.

»Moin, Hilde, auf dem Weg zur Arbeit?«

Hilde schüttelte den Kopf und hielt an. »Ich wollte zum Bäcker, hab momentan frei.«

»Kannst zu mir kommen«, sagte Charlotte und hielt einladend ihre Brötchentüte hoch.

»Da sag ich nicht nein. Mein Mann ist längst weg, und André war auch schon unterwegs, als ich aufgestanden bin.«

»Der ist mit seinem Spielzeug beschäftigt, ich habe ihn gerade getroffen!«

Nun fuhren beide Frauen lachend zu Charlotte und saßen kurz darauf einträchtig auf der schattigen Terrasse beim Frühstück.

»Was wird bei Baumstroh auf dem Hof denn gebaut?«, erkundigte sich Charlotte. »André sprach von einem Güllesilo.«

»Erst mal, später soll der Schweinestall vergrößert werden, aber Genaues weiß ich nicht«, erklärte Hilde. »Ich kümmere mich nicht um die Außenarbeiten, ich bin ja nur im Haus.«

»Ist ja auch egal. Bist du auch bei der Planwagenfahrt dabei?«

»Zum Glück nicht«, antwortete Hilde. »Bei dieser Hitze wird das bestimmt kein Vergnügen.«

»Schade«, bedauerte Charlotte. »Was gibt es denn sonst so Neues bei euch?«

Hilde sah Charlotte nachdenklich an, nippte an ihrem Kaffee und fragte: »Hast du schon von diesem Gerücht um Britta Saarberg gehört?«

Charlotte zuckte die Schultern. »Was meinst du denn?«

Hilde senkte ihre Stimme und erklärte: »André hat mir erzählt, im Schießclub wird gemunkelt, dass sie mit Bernhard Baumstroh eine Beziehung hat.«

»Mit deinem Chef? Der könnte doch locker ihr Vater sein, der ist doch fast sechzig!« Charlotte sah Hilde ungläubig an. »Ich habe sie mal mit Roland Waldmeier gesehen, dem Sohn vom Gärtnermeister.«

»Genau, mit dem ist sie eigentlich zusammen«, sagte Hilde. »André hat beim Schießen mitbekommen, wie Roland und Britta sich wegen der Sache mit Bernhard Baumstroh heftig gestritten haben. Britta hat Bernhard Baumstroh allerdings verteidigt und gesagt, dass Roland maßlos übertreibt und an der Sache nichts dran ist.«

»Das soll wohl stimmen«, sagte Charlotte mit Überzeugung. »Bernhard ist schon lange Witwer, kann durchaus sein, dass er hin und wieder mit einer Frau zusammen ist. Aber dass er mit so einem jungen Ding was anfängt, kann ich mir echt nicht vorstellen.«

»Ich eigentlich auch nicht«, sagte Hilde. »Aber vorgestern kam Britta auf den Hof und hat Bernhard besucht. Sein Sohn war an dem Tag nicht da, und Britta ist fast den ganzen Nachmittag mit Bernhard zusammen gewesen. Sie war noch da, als ich um fünfzehn Uhr Feierabend gemacht habe.«

»Hast du mitbekommen, was sie dort gemacht hat?«

»Nein, sie sind gleich nach oben ins Büro gegangen«, sagte Hilde.

»Vielleicht haben die beiden etwas Wichtiges besprochen«, meinte Charlotte. »Außerdem ist es ja nicht verboten, wenn an dem Gerücht wirklich was dran wäre. Britta ist schließlich erwachsen. Ich bin aber überzeugt, dass alles ein Missverständnis ist und sie aus irgendeinem anderen Grund da war.«

»Hoffentlich hast du recht«, sagte Hilde. »Ich glaube, Sven würde es auch nicht gutheißen, wenn sein Vater so eine junge Geliebte hätte. Und dann noch hier aus dem Ort. Er ist ja kaum sechs Jahre älter als Britta.«

»Hilde, ich bin sicher, das ist alles dummes Gerede«, sagte Charlotte. »Ich kenne Bernhard Baumstroh zwar nur flüchtig, aber Britta ist eine sehr vernünftige junge Frau. Die ist bestimmt mehr an Roland Waldmeier interessiert, vielleicht wollte sie ihn nur eifersüchtig machen.«

»Dann hätte sie sich doch bestimmt einen jüngeren Mann gesucht«, war Hilde überzeugt. »Ingo Bergmann, der Mitarbeiter, der auf dem Hof seine Ausbildung macht, ist auch hinter ihr her gewesen. Zumindest hat André davon gesprochen. Aber Britta hat ihn abblitzen lassen. Der Ingo soll sich ganz schön geärgert haben.«

»Vielleicht war Ingo zu plump, oder Britta mag ihn einfach

nicht«, sagte Charlotte lachend. »Ich bin auf jeden Fall sicher, dass an dem Gerede um Bernhard nichts dran ist.«

Hilde lachte nun ebenfalls und verabschiedete sich. »Hoffentlich hast du recht. Danke fürs Frühstück, Charlotte. Viel Spaß bei der Planwagenfahrt heute Nachmittag.«

»Danke, das wird sicher eine heiße Tour, schon wegen des Wetters.«

2. Kapitel

War der Morgen schon sehr warm gewesen, so legte der Sommer am Nachmittag noch ordentlich eins drauf. Bei fünfunddreißig Grad im Schatten bestiegen mehrere Damen des Landfrauenvereins Oberherzholz einen Planwagen, der von zwei stämmigen Kaltblutpferden gezogen wurde. Fünfzehn Frauen, unter ihnen Isabella Steif und Charlotte Kantig, nahmen an der Fahrt teil, die über kleine Straßen und Wege zum Rosengarten führte, einer großen Gärtnerei im Außenbereich von Oberherzholz, die sich auf die Zucht von edlen Rosensorten spezialisiert hatte und landesweit bekannt war. Dort würden die Frauen den weitläufigen Garten besichtigen, der eigentlich als Werbeschau für die Einkäufer gedacht war, aber auch Besuchern offenstand.

Die Frauen wollten sich über Aufzucht, Pflege und Veredlung von Rosen kundig machen und neue Sorten kennenlernen. Zum Abschluss würde die Fahrt wieder zurück nach Oberherzholz gehen und sollte einen fröhlichen Ausklang im Garten des Ratskellers finden.

Zwanzig Frauen hatten sich angemeldet, aber fünf waren der Hitze wegen nicht zur Abfahrt erschienen. Alle waren eingestiegen, und die Pferde stemmten ihre Hufe in den Boden. Langsam und gemächlich zuckelte der Planwagen voran.

Schon nach einer halben Stunde Fahrt hielt der Kutscher an einer Baumgruppe an, um den Pferden eine kurze Auszeit im Schatten zu gönnen.

Die Vereinsvorsitzende Ingrid Mai hatte eine Kühltasche dabei, und die Frauen stiegen ebenfalls aus.

»Ist das herrlich hier im Schatten«, rief Isabella Steif aus.

Gleich kam Ingrid mit einer Flasche gekühlten Eierlikör auf sie zu. »Ein Schnäpschen, Isabella?«

»Um Gottes willen, nein!« Entsetzt blickte Isabella auf die Flasche. »Bei der Hitze trinke ich keinen Alkohol!«

»Das ist doch nur Puddingwasser, Isabella«, bemerkte Louisa Holz, die Bäckersfrau, spöttisch und leerte das Gläschen in einem Rutsch.

Charlotte probierte ebenfalls und lobte: »Schön kalt, schmeckt fast wie Vanilleeis.« Sie stieß ihre Schwester an. »Komm, Isabella, ein Gläschen musst du mittrinken!«

Isabella zog die Brauen hoch, warf ihrer Schwester einen bösen Blick zu und kippte das Gläschen hastig hinunter. Danach glättete sich ihr verkrampftes Gesicht. »Oh, lecker. Hast du den Likör selbst gemacht, Ingrid?«

»Klar«, bestätigte Ingrid. »Willst du meinen Kirschlikör auch mal probieren?«

Isabella hob abwehrend die Hände. »Bloß nicht! Aber das Rezept für den Eierlikör könntest du mir verraten.«

»Du stellst dich an«, antwortete Ingrid gemütlich und verstaute die Getränke wieder sorgfältig in ihrer Kühltasche, ohne ihr Rezept preiszugeben.

Die Damen stiegen wieder auf, und die Pferde setzten sich in Marsch. Eine Stunde später waren die Frauen unter munterem Geplauder beim Rosengarten angekommen und ergingen sich in dem weitläufigen Gelände, wo unzählige Beete mit immer wieder anderen Rosensorten in allen Farben die Augen der Besucherinnen verwöhnten. Charlotte Kantig hatte wie immer ihre Kamera dabei und hielt die schönsten Eindrücke im Bild fest.

Vom Rosenbogen bis hin zum Spalier, vom Rondell bis zum Hochbeet waren auch die Rabatten immer anders angelegt und durch zusätzliche Pflanzen wie Salbei, Lavendel oder Rittersporn aufgelockert, die die Rosen erst so richtig zur Geltung brachten. Fast zwei Stunden hielten sich die Frauen dort auf, und es war achtzehn Uhr, als sie wieder im Planwagen saßen und langsam und gemächlich über wenig befahrene Bauernwege zurück nach Oberherzholz fuhren.

Die Frauen hatten mittlerweile schon das eine oder andere Gläschen Likör getrunken und waren äußerst guter Stimmung. So war es kein Wunder, dass keine von ihnen merkte, dass die Pferde immer schneller wurden. Erst als sich plötzlich die Sonne verdunkelte und ein heftiger Wind aufkam, der an der Plane rüttelte, schraken sie auf, und das heitere Geplauder war mit einem Schlag vorbei.

»Da kommt ein Gewitter!«, rief Ingrid Mai aufgeregt dem Kutscher zu. »Schaffen wir es noch bis zum Ratskeller?«

»Ich hoffe es«, kam die Antwort vom Bock, und der Kutscher trieb die Pferde zu noch mehr Eile an. Doch im selben Moment leuchtete ein Blitz am Himmel auf, und nur wenig später folgte krachend der Donner.

»Oh Gott, das Gewitter muss ganz in der Nähe sein«, rief Louisa ängstlich aus.

Charlotte saß hinten und schaute besorgt unter der Plane hinweg in den fast schwarzen Himmel. »Das schaffen die Pferde nicht mehr, wir müssen anhalten«, sagte sie. »Hoffentlich ist hier irgendwo ein Gehöft, wo wir unterschlüpfen können.«

Der Wagen schwankte bedenklich durch die schmale Straße, und der Wind riss immer heftiger an der Plane. Noch regnete es nicht, aber am Himmel hatten sich schwarze Wolkenberge aufgetürmt, die drohend und unheilverkündend neue Blitze zur Erde schickten. Der Donner folgte in immer kürzeren Abständen.

Direkt hinter dem Kutschbock saß Isabella neben ihrer Nordic-Walking-Partnerin und rief dem Kutscher zu: »Wie lange dauert es noch, bis wir da sind?«

Der Mann gab keine Antwort, denn just in diesem Moment zuckte ein Blitz in die Eiche direkt vor dem Wagen. Ein riesiger Ast fiel krachend auf die Straße, und die ansonsten ruhigen Pferde stiegen mit den Vorderhufen in die Luft und schoben den Wagen mehrere Meter vor dem Hindernis zurück. Der Kutscher hatte Mühe, sie zu beruhigen, und die Frauen wurden auf ihren Sitzen regelrecht durcheinandergewirbelt.

»Anhalten, sofort anhalten!«, schrien mehrere schmerzhaft laut auf. Sie stützten und halfen sich gegenseitig und rieben sich die Stellen, an denen sie sich gestoßen hatten.

Charlotte war mit einem Satz vom Wagen direkt in den angrenzenden Straßengraben mehr geflogen als gesprungen. Zum Glück führte der Graben wegen der langwöchigen Trockenheit kein Wasser. Sie stolperte ein wenig, klopfte sich den Schmutz von der Kleidung und kletterte leicht zerzaust, aber heil wieder heraus. Auch ihre Kamera, die sie in der Tasche hatte, war zum Glück unversehrt geblieben, und Charlotte machte gleich Fotos von den windgepeitschten Bäumen.

Inzwischen hatte der Kutscher die Pferde wieder unter Kontrolle gebracht, und alle Damen waren abgestiegen. Zum Glück hatte sich keine ernsthaft verletzt.

»Nie wieder steige ich auf solch einen Wagen«, sagte Louisa und rieb sich ihre schmerzende Hüfte, mit der sie an die Bank geprallt war.

Isabella sprach schon mit dem Kutscher und fragte nach einem Unterschlupf.

»Hinterm Wald steht eine Feldscheune auf einer Wiese«, rief der Mann gegen den Wind an. Dann versuchte er, den Ast wegzuziehen, der quer über der Straße lag. Gleich packten einige

Frauen mit an, und das Hindernis war schnell zur Seite geschafft. Der Kutscher sprang auf den Bock und sagte: »Steigen Sie bitte wieder auf. Wir fahren durch den Wald bis zur Scheune.«

Kaum dass sich die letzte Frau gesetzt hatte, lenkte der Kutscher die Pferde in den von der Straße abzweigenden Feldweg, der durch den Wald führte. Die Frauen hielten sich krampfhaft fest, und einige beteten, denn die Gefahr, vom Blitz getroffen zu werden, war bei Weitem nicht gebannt.

»Diese trockenen Gewitter sind immer am gefährlichsten«, unkte Ingrid mit ängstlichem Gesicht.

»Sei froh, dass es noch nicht regnet, dann kämen wir noch langsamer vorwärts und der Weg wäre gar nicht passierbar«, gab Louisa zur Antwort.

Kaum hatte sie es gesagt, leuchtete grell ein Blitz auf und Sekunden später krachte erneut ein Donnerschlag hernieder, der den ganzen Wagen erzittern ließ.

»Jetzt hat es irgendwo eingeschlagen«, hauchte Isabella geschockt.

Gleich darauf rief Charlotte, die wieder hinten saß: »Da ist die Weide mit der Scheune!«

»Gott sei Dank!«, kam es vielstimmig aus dem Wagen, und der Kutscher ließ ein lautes »Brrr!« hören. Die Pferde stoppten genau vor dem Scheunentor.

»Es regnet!«, erscholl es gleich darauf im Chor. Die Frauen sprangen förmlich vom Wagen und flüchteten unter das überstehende Scheunendach. Mit vereinten Kräften schoben sie das Tor zur Seite und huschten ins Innere.

Der Kutscher fuhr den Wagen ganz nah an die Scheune heran, spannte die Tiere aus und führte sie ebenfalls in die Scheune, die zum Glück genügend freien Platz bot, um alle unterzubringen.

»Seit zehn Jahren mache ich die Touren mit dem Planwagen,

aber ein Gewitter, das so schnell aufzieht, habe ich noch nie erlebt!«, sagte der Kutscher und sah besorgt nach draußen, wo jetzt der Himmel seine Schleusen geöffnet hatte und ein Wolkenbruch in wenigen Minuten den Platz vor der Scheune unter Wasser setzte. Er hatte schon mehrmals vergeblich versucht, Kontakt zu seinem Chef aufzunehmen, um für die Frauen kurzfristig einen Kleinbus zu organisieren, da ihm die Weiterfahrt mit dem Planwagen zu gefährlich erschien. Auch einige Frauen versuchten zu telefonieren, doch keine verfügte über ein Netz, was Isabella auf das heftige Gewitter schob.

»Das liegt nicht am Gewitter«, sagte Charlotte. »Sieh dich doch mal um. Weit und breit kein Haus, nur Wald und Feld. Hier gibt es einfach kein Netz, auch nicht bei gutem Wetter.«

Sie erhielt gleich Unterstützung von Louisa. »Sicher hast du recht, Charlotte. Wer sollte denn auch hier schon telefonieren.«

»Wir natürlich«, bemerkte Isabella spitz. »Wozu hat man denn ein Smartphone, wenn es in Notsituationen nicht funktioniert?«

»Warst du denn schon mal hier?« Louisa sah sie überrascht an.

»Nein, natürlich nicht.« Isabella machte ein Gesicht, als sei es vollkommen klar, dass sie niemals in einer Gegend unterwegs wäre, in der es kein Handynetz gab.

»Könnte doch sein.« Louisa zuckte gleichmütig die Schultern. »Du rennst doch überall mit deinen Stöcken durch die Wälder.«

»Quatscht nicht so viel«, regte sich Charlotte auf. »Überlegt lieber, wie wir hier wegkommen, wo jetzt die Wege rundum verschlammt sind.«

»Das Unwetter verzieht sich doch wieder, und dann steigen wir alle auf den Wagen und fahren weiter«, mischte sich nun Ingrid ein, die alles mit angehört hatte.

»Wenn das klappt. Hast du dir mal den Wagen angesehen?« Charlotte zeigte nach draußen, wo der Planwagen stand. Die

Plane war in sich zusammengefallen, das Wasser lief direkt auf den Wagen und hatte schon die Bänke und den Boden überschwemmt.

»Tja, dann weiß ich auch nicht, was wir machen sollen«, sagte Ingrid und starrte zu dem Wagen hin, der zumindest vorerst nicht mehr für die Fahrt zu gebrauchen war.

»Lasst uns zu Fuß gehen, es hat aufgehört«, sagte Isabella kurz darauf entschlossen.

»Dann schlaf ich lieber hier in der Scheune«, widersprach Louisa.

Doch jetzt meldete sich der Kutscher zu Wort. »Meine Damen, der Wagen ist völlig durchnässt und momentan nicht mehr zu gebrauchen. Ich schlage vor, Sie warten hier in der Scheune. Ich fahre mit den Pferden und dem Wagen zurück. Sobald ich wieder eine Netzverbindung habe, fordere ich einen Kleinbus an, der Sie sicher zum Ratskeller bringt.«

Gemurmel und betretene Gesichter. Ingrid Mai nickte zustimmend und sagte: »Eine andere Möglichkeit gibt es wohl nicht, es sei denn, wir gehen zu Fuß, und dafür ist es einfach zu weit.«

»Es sind noch etwa drei Kilometer«, bestätigte der Kutscher knapp, führte die Pferde langsam aus der Scheune heraus und spannte sie wieder vor den Wagen.

Die Frauen sahen dem Wagen hinterher, der jetzt auf dem Waldweg verschwand. Einige setzten sich auf die Heuballen, die in der Scheune gelagert waren, andere liefen wartend auf und ab und probierten immer wieder, ob sie telefonieren konnten, denn das Gewitter war mittlerweile abgezogen. Nach draußen auf die Wiese wagten sie sich nicht, denn es war so nass, dass keine von ihnen Lust hatte, sich die Schuhe zu ruinieren.

Charlotte stand in dem großen Scheunentor und betrachtete

die Wolken, die jetzt zügig dahinsegelten und immer wieder ein Stück blauen Himmel zeigten. Als ihr Blick über die Wiese zum Wald hin schweifte, sah sie am Ende der Scheune einen Schatten. Sie trat einen Schritt hinaus, um zu sehen, wer sich dort aufhielt, aber der Schatten war verschwunden. Daraufhin ging sie zurück in die Scheune und fragte: »War eine von euch eben draußen?«

»Bei dem Wetter?« Louisa lachte. »Du warst die Einzige, die da draußen herumgerannt ist.«

Charlotte zuckte die Schultern und stellte sich wortlos wieder vor das Tor, um auf die Abholung zu warten.

Etwa eine halbe Stunde nachdem der Kutscher weggefahren war, kam die Sonne durch und mit ihr fast gleichzeitig der bestellte Kleinbus.

Alle Frauen waren froh und stiegen schnell ein. Der geplante Abend im Ratskeller konnte stattfinden, und die Frauen diskutierten und feierten bis in die späte Nacht hinein.

3. Kapitel

Isabella Steif wachte am Morgen nach dem Ausflug mit den Landfrauen mit starken Kopfschmerzen auf. Es war sieben Uhr in der Frühe, und sie war erst weit nach Mitternacht ins Bett gekommen. Grummelnd und schimpfend schlurfte sie ins Bad und spritzte sich kaltes Wasser ins Gesicht, was so viel half wie ein Schlag mit dem Hammer, denn es verstärkte die Schmerzen um etliche Grade. Langsam schlich sie die Treppe hinunter in die Küche und setzte sich Kaffee auf, dann suchte sie im Medizinschrank nach den Aspirin, nahm gleich zwei davon, schüttete sie mit Kaffee in sich hinein und ging anschließend wieder ins Bett. Vor ihren fest geschlossenen Augen erschienen die Bilder des vergangenen Tages. Blitze, gefolgt von heftigen Donnerschlägen, das Krachen von Ästen, die auf die Straße fielen. Und dann das Ausharren in der Feldscheune, bis der Bus sie abholte! War es da ein Wunder, dass die Frauen, als sie endlich im Ratskeller angekommen waren, erst einmal eine Flasche Cognac auf den Schreck geleert hatten? Ganz bestimmt nicht! Leider vertrug Isabella nur wenig Alkohol, und nun rächte sich der unkontrollierte Konsum bitter. Stöhnend wälzte sie sich im Bett, aber irgendwann musste sie wohl doch eingeschlafen sein.

Die Türklingel ging laut und anhaltend und immer wieder. Isabella schrak auf. Schon elf Uhr durch. Sie schüttelte sich und krabbelte etwas unbeholfen aus dem Bett. Die Kopfschmerzen hatten sich zu einem erträglichen Maß abgeschwächt, waren aber nicht ganz verschwunden.

Jetzt knallte jemand heftig gegen die Tür, und gleich darauf hörte sie, dass jemand ins Haus kam. Erschrocken griff Isabella nach dem Besenstiel, den sie für alle Fälle hinter ihrer Schlafzimmertür deponiert hatte. Ganz leise öffnete sie die Tür, den Stiel schlagbereit in der Hand.

»Was machst du denn hier?« Sie starrte Charlotte an, die gerade die Treppe hochkam.

»Isabella, warst du noch im Bett?« Charlotte war genauso überrascht wie sie.

»Wo sollte ich denn wohl sonst gewesen sein?«, fauchte Isabella. »Was machst du hier, und warum schleichst du durch mein Haus?«

»Ich hab gedacht, es ist was passiert«, sagte Charlotte, noch immer völlig verblüfft. »Hast du das Klingeln nicht gehört? Überhaupt, wieso liegst du denn noch im Bett? Es ist gleich Mittag!«

»Verdammt, das ist mein Haus, da kann ich den ganzen Tag im Bett liegen, wenn ich will!« Isabella war nun richtig in Rage. »Was fällt dir überhaupt ein, mich zu wecken?«

Charlotte drehte sich auf dem Absatz um. »Mein Gott, eine Laune hast du, das ist ja nicht zum Aushalten!«, sagte sie und war schon wieder unten.

»Warte!«, rief Isabella und fasste sich an den Kopf, denn erneut hämmerte es in ihrem Schädel. »Ich habe Kopfschmerzen, darum war ich noch im Bett.«

Charlotte kam zum Treppenaufgang zurück und sah zu ihr hoch. »Du und Kopfschmerzen? Na, so was! Kann es sein, dass gestern einer der Schnäpse schlecht war?«

»Ja, ja, mach dich nur lustig«, maulte Isabella. »Von dir habe ich auch kein Mitleid erwartet!«

»Was ist nun, stehst du auf und kommst mit, oder legst du dich wieder hin?«, fragte Charlotte und sah provozierend nach oben.

»Wo willst du denn hin?«

»Zur Feldscheune. Ich habe gestern meinen guten Seidenschal dort vergessen.«

»Wer nimmt denn bei der Hitze einen Schal mit?«, keifte Isabella. »So blöd kannst doch nur du sein!«

»Rutsch mir doch den Buckel runter!« Charlotte lief davon und schmiss die Haustür hinter sich zu.

Isabella hielt sich den Kopf, denn das Knallen der Tür hallte wie ein Echo in ihrem Hirn wieder. Jetzt war sie endgültig hellwach und stieg unter die Dusche. Eine Viertelstunde später vertilgte sie im Stehen ein belegtes Brot, nahm noch ein Aspirin und sah immer wieder neugierig durch ihr Küchenfenster. Von Charlotte keine Spur. Wahrscheinlich hatte sich ihre Schwester beleidigt im Haus vergraben, denn das Auto hatte sie weder gehört noch gesehen.

Als sie sich wieder halbwegs fit fühlte, ging Isabella in ihre Garage, holte das Rad heraus, stellte sich provokant auf den Hof und begann, es zu putzen.

Wie erwartet kam kurz darauf Charlotte aus ihrem Haus. »Oh, willst du etwa mit deinen starken Kopfschmerzen eine Radtour machen?«

»Vielleicht.«

Charlotte zuckte die Schultern, ging nun zu ihrer Garage hinüber und holte ebenfalls ihr Rad heraus. Sie stieg aber gleich auf, winkte Isabella zu und rief beim Wegfahren: »Na, dann putz mal schön, Isa.«

Isabella ließ den Putzlappen fallen. »He, warte! Ich komme mit!«

Charlotte kümmerte sich nicht darum und fuhr langsam davon.

Isabella stellte ihren Putzkasten vor der Haustür ab und radelte ihr nach. Sie beeilte sich und hatte ihre Schwester schnell eingeholt. Natürlich war sie schon wieder komplett durchgeschwitzt, denn nach dem Gewitter vom Vortag war es nun auch noch ziemlich schwül. »Kannst du nicht warten?«, giftete sie. »Jetzt bin ich total verschwitzt!«

»Ich auch, das liegt am Wetter«, sagte Charlotte gleichmütig. »Lass uns gleich am Baggersee eine Runde schwimmen, das erfrischt.«

»Nicht mit mir. Der Baggersee ist mir nicht geheuer, außerdem habe ich kein Badezeug dabei.«

»Dann geh mit den Füßen ins Wasser, und ich schwimme eine Runde«, erklärte Charlotte ungerührt. »Wenn ich schon bei dieser Hitze dort vorbeikomme, will ich wenigstens was davon haben.«

»Ha, wer hat denn seinen Schal vergessen, du oder ich?«, hielt Isabella empört dagegen. »Lass uns erst den Schal holen, auf dem Rückweg gehst du ins Wasser und ich fahre nach Hause.«

»Na gut«, lenkte Charlotte ein. »Ich bin ja froh, dass du mitkommst, denn allein kriege ich das große Scheunentor nicht auf.«

»Wenn ich diese Tour hinter mir habe, gehe ich sofort wieder ins Bett«, sagte Isabella. »Meine Kopfschmerzen sind immer noch nicht weg!«

»Ich denke, du hast eine Tablette genommen.«

»Eine? Drei! Aber es hilft nur wenig.«

Charlotte seufzte, gab aber keine Antwort, sondern radelte zügig weiter.

Plötzlich zeigte Isabella in Richtung eines Wäldchens, wo man über den Bäumen die Spitze eines Baukrans erkennen konnte. »Seit wann steht denn dort hinten ein Kran?«, fragte sie. »Sieht von hier aus, als wäre es beim Hofladen.«

»Das habe ich gestern schon gesehen«, antwortete Charlotte. »Der Kran steht beim Hof Baumstroh. Dort soll in Kürze ein neuer Stall gebaut werden, zumindest hat mir Hilde Juli das erzählt.«

»Ein neuer Stall? Davon habe ich ja noch gar nichts gehört. Auf dem Hof gibt es doch schon einen ziemlich großen Stall. Ich glaube, die haben an die tausend Schweine.«

»Momentan wird erst ein Güllesilo gebaut, der Stall kommt wohl erst später«, erklärte Charlotte. »Genaues wusste Hilde nicht.«

»Dann kann man hier wahrscheinlich nicht mehr wandern, weil es auf den Feldern wochenlang nach Gülle stinkt!«, unkte Isabella.

»So schlimm wird es schon nicht werden, die Bauern sind doch verpflichtet, alles sofort einzuarbeiten.«

»Wenn du das sagst.« Isabella zog skeptisch die Brauen hoch, was Charlotte wortlos zur Kenntnis nahm.

Sie bogen nun vom Radweg ab und kamen kurz darauf am Baggersee vorbei. Charlotte sah sehnsüchtig zum Wasser hinüber, verkniff sich aber eine erneute Diskussion ums Baden und fuhr kommentarlosweiter. Kaum hatten sie den See passiert, erreichten sie den Wald und bogen in den Weg ein, den auch der Kutscher am Tag zuvor genommen hatte.

Der Weg war feucht, aber relativ gut befahrbar. Überall lagen abgebrochene Äste herum aber da der Busfahrer am Vortag schon einige größere Zweige zur Seite geräumt hatte, gelangten sie zügig zu der Wiese mit der Feldscheune. Erst jetzt sahen sie, dass hinter der Scheune eine große Eiche entwurzelt auf dem Boden lag. Es war vom Weg aus nur die Krone zu sehen.

»Oh, gestern ist mir gar nicht aufgefallen, dass dort ein Baum umgestürzt war«, wunderte sich Isabella.

»Es hat ja so geregnet, dass wir schnellstens in die Scheune geflüchtet sind«, sagte Charlotte. »Schade um den schönen Baum.«

»Es wird nicht der einzige Baum sein, der gestern umgekippt ist«, war sich Isabella sicher.

Sie fuhren weiter bis vor das Scheunentor und stellten die Räder ab.

Das Wasser vom Vortag war schon in der Wiese versickert, und von dem Unwetter waren nur noch die Blätter und kleinen Zweige zu sehen, die von dem starken Wind über die Weide geweht worden waren. Mit vereinten Kräften schoben sie das große Tor zur Seite. Charlotte fand ihren Schal auf einem der Heuballen gleich vorne. Sie legte ihn in ihren Fahrradkorb. Schnell schoben sie das Tor wieder zu und stiegen auf ihre Räder.

Isabella fuhr zielstrebig zur Rückseite der Scheune hinüber und sagte: »Ich sehe mir den Baum mal an. Es muss eine riesige Eiche sein.«

»Lass das, Isabella, ich will endlich ins Wasser«, monierte Charlotte. »Ich bin schon völlig durchgeschwitzt.«

»Das dauert doch nur eine Minute«, rief Isabella, ohne sich an Charlottes Einwurf zu stören. »Bin gleich wieder da.«

Charlotte stoppte kurz und fuhr dann entschlossen weiter. »Aber ohne mich!«, rief sie.

Isabella sah ihr nach, schüttelte den Kopf, umrundete die Eiche und stellte ihr Rad am Ende des großen Stammes ab. Der Baum hatte etwas entfernt von einem Hochsitz am Waldrand gestanden. Beim Sturm war das ganze Wurzelwerk mit einem Berg an Erde herausgerissen worden und türmte sich nun vor Isabella auf. Langsam ging sie darum herum zur Krone hinüber. Beim Näherkommen sah sie die Sohlen von zwei Stiefeln, die mit den Spitzen zur Erde aus dem Blattwerk herausragten. Sie ging näher heran und stieß einen schrillen Schrei aus.

Geschockt hob sie den Ast ein wenig an. Ein Mann lag reglos auf dem Bauch, mit dem Gesicht auf der Erde, seine Mütze war seitlich vom Kopf gerutscht und zeigte den dunklen Haarkranz einer Halbglatze. Er trug eine dünne grüne Jacke und eine dunkle Cordhose, die vom Regen völlig durchnässt waren. Neben ihm lag ein Gewehr.

Mit heftig klopfendem Herzen beugte sich Isabella hinunter und fühlte vorsichtig nach seiner Halsschlagader. Er war kalt. Isabella ließ den Zweig fallen und stürzte auf die Wiese, wo Charlotte ihr schon wieder entgegenkam.

»Verdammt, was ist denn nun schon wieder?«, rief sie verärgert aus. »Was schreist du denn so?«

»Da liegt einer unter dem Baum!«, presste Isabella fast tonlos hervor.

Charlotte hatte es wohl gar nicht verstanden, denn sie stellte ihr Rad ab, schüttelte unwillig den Kopf und sagte: »Was ist denn los? Du bist ja leichenblass. Du solltest nicht so viele Tabletten nehmen, das bekommt dir nicht.«

Isabella reagierte nicht darauf, sondern sagte: »Er ist vom Blitz erschlagen worden, gestern bei dem Gewitter.«

Erst jetzt blickte Charlotte betroffen zu der Gestalt unter den Zweigen hinüber, deren Stiefel nach wie vor aus den Blättern ragten. »Er? Wer?«

»Keine Ahnung, er ist schon kalt«, flüsterte Isabella, noch immer bleich im Gesicht.

»Ein Jäger«, sagte Charlotte leise, als sie direkt davorstand und zeigte auf das Gewehr. Sie bückte sich, fühlte genau wie Isabella zuvor nach seiner Halsschlagader und zuckte zurück. »Du hast recht, er muss schon seit Stunden hier liegen.« Charlotte richtete sich schaudernd auf, nun ebenfalls ganz bleich im Gesicht. »Irgendwie kommt er mir bekannt vor«, sagte sie. »Es könnte der Bauer sein.«

»Wir müssen die Polizei rufen«, sagte Isabella, ohne auf Charlottes letzte Worte einzugehen.

Sie hatte ihr Handy schon aus der Tasche geholt, als Charlotte sie erinnerte: »Hier gibt es doch kein Netz.«

»Stimmt«, sagte Isabella, blickte stirnrunzelnd auf das Display und steckte das Smartphone wieder in die Tasche. »Ich hatte gehofft, dass es vielleicht gestern am Gewitter gelegen hat.«

»Lass uns fahren, bis wir wieder telefonieren können, dem Mann ist ohnehin nicht mehr zu helfen.« Charlotte nahm entschlossen ihr Rad, und auch Isabella holte ihres, das sie an der anderen Seite des Baumes abgestellt hatte.

»Welchen Bauern meinst du?«, wollte Isabella wissen, der jetzt Charlottes Frage wieder einfiel.

»Es könnte Bernhard Baumstroh sein. Aber ganz sicher bin ich mir nicht, weil sein Gesicht nicht zu sehen war.«

»Möglich, schließlich gehört ihm die Scheune hier«, gab Isabella zur Antwort. »Warten wir ab, was die Polizei dazu sagt.«

Sie verließen die Wiese und fuhren durch den Wald bis auf den Weg, der zum Baggersee führte. Dort versuchte Isabella erneut ein Telefonat und erreichte zum Glück die örtliche Polizeistation.

»Wachtmeister Meier kommt sofort!«, sagte sie. »Wir sollen hier warten.«

»Warum bist du nicht gleich mitgefahren?«, sagte Charlotte gefrustet. »Nun wird wieder nichts aus meiner Schwimmstunde.«

»Meinst du, mir macht es Spaß, eine Leiche zu finden«, konterte Isabella kratzbürstig. »Ich dachte vorhin, mein Herz bleibt stehen. Wie kannst du nur jetzt ans Schwimmen denken?«

»Weil ich durch den Schock nun unbedingt ein Bad brauche. Sieh dir mal mein Shirt an. Völlig durchgeschwitzt unter den Achseln.«

»Da kommt unser Wachtmeister schon«, sagte Isabella, ohne auf Charlottes letzte Worte einzugehen. Sie winkte dem Polizeiauto zu, das sich nun langsam die schmale Straße entlangschob und direkt neben ihnen hielt.

»Wo ist denn hier eine Feldscheune, Frau Steif?«, fragte Hauptkommissar Meier, der allein im Wagen saß, während er die Seitenscheibe herunterließ.

»Gleich dort hinterm Wald«, gab Charlotte statt ihrer Schwester zur Antwort. »Sie müssen den Weg nehmen, der dort drüben nach rechts in den Wald abbiegt. Wir möchten nämlich jetzt fahren.« Charlotte zeigte mit der Hand nach rechts hinüber, wo man gerade noch sehen konnte, dass dort der Weg in den Wald führte.

»Ist der Weg befahrbar?«

»Recht gut, gestern ist sogar der Kleinbus dort durchgefahren«, erklärte nun Isabella und sah ihre Schwester dabei empört an. »Wieso willst du schon weg? Hast du es so eilig?«

Charlotte wollte gerade darauf antworten, als sich der Beamte wieder zu Wort meldete. »Es wäre schon wichtig, wenn Sie beide dabei wären, allein fürs Protokoll«, sagte Meier. »Wieso sind Sie eigentlich nicht gleich dort an der Unfallstelle geblieben?«

»Dort gibt es kein Netz«, erklärte Isabella.

»Oh, dann werde ich jetzt meinen Kollegen verständigen, dass er sich hierher begibt. Fahren Sie schon voraus mit Ihren Rädern.« Der Polizist ließ die Scheibe hoch und telefonierte.

»Verflixt, jetzt fällt meine Schwimmstunde wirklich aus!«, wiederholte sich Charlotte seufzend und fuhr langsam mit Isabella zurück.

»Du mit deiner Schwimmstunde machst mich noch verrückt«, fauchte Isabella verärgert. »Denk lieber an den armen Mann, der dort tot unter dem Baum liegt!«

Charlotte zuckte nur die Schultern und fuhr wortlos voraus.

Obwohl Meier später gestartet war, war er zügig hinter ihnen, und sie kamen fast gleichzeitig mit dem Polizeiauto auf der Wiese an.

»Da drüben liegt der Tote«, sagte Isabella und zeigte mit der Hand zur Rückseite der Scheune hinüber.

Meier fuhr weiter, stoppte direkt vor der Krone des umgestürzten Baumes und sprang trotz seines erheblichen Übergewichts leichtfüßig aus dem Wagen.

»Kann ja richtig flott werden, unser Wachtmeister«, bemerkte Charlotte spöttisch, als die Schwestern ihre Räder etwas entfernt abstellten. »So schnell habe ich unseren Ortspolizisten noch nie laufen sehen. Wenigstens etwas, was mich mit der entgangenen Schwimmstunde versöhnt.«

Meier hob den Ast an, der den Toten fast verdeckte, und drückte ihn mit Gewalt seitlich weg, bis er abbrach. Dann beugte er sich tief über den Toten und griff nach seinem Handy.

Die Frauen blieben einige Meter vor dem Baum stehen, und Isabella rief: »Das hat doch keinen Zweck, Herr Meier. Es gibt hier wirklich kein Netz!«

Meier rollte genervt mit den Augen, die rund wie graue Kiesel aus seinem mittlerweile rot angelaufenen Gesicht hervortraten, schüttelte unwillig den Kopf und steckte das Handy wieder ein. Er zog wortlos Plastikhandschuhe aus seiner Hosentasche, streifte sie über, bückte sich und hob vorsichtig den Kopf des Toten an. »Das ist doch ...« Die Worte erstarben, und er blickte verärgert in Richtung der Frauen. Sanft legte er den Kopf des Toten wieder hin.

»Wer ist es denn?«, fragte Isabella nun.

»Der Bauer«, war die kurze Antwort, und Meier kam mit großen Schritten auf die Frauen zu. »Haben Sie irgendjemanden beobachtet? War jemand hier in der Nähe, als Sie hierherkamen?«

Charlotte schüttelte den Kopf. »Nein, wir waren ganz allein. Wieso fragen Sie? Der Mann ist doch vom Blitz erschlagen worden, oder etwa nicht?«

»Das muss die Rechtsmedizin klären«, gab der Polizist an und fragte gleich darauf: »Wann genau haben Sie den Mann gefunden? Und wieso waren Sie überhaupt hier?«

Charlotte erklärte die Sache mit dem vergessenen Schal, und Isabella gab die ungefähre Uhrzeit an, zu der sie den Mann entdeckt hatte. »Ist es wirklich der Bauer, dem die Scheune gehört?«, fragte Isabella nun erneut, denn der Wachtmeister hatte den Namen bisher nicht preisgegeben, obwohl sie das Gefühl hatte, dass er genau wusste, wer der Tote war.

»Ja, es ist Bernhard Baumstroh«, gab Meier nun unwillig kund und setzte gleich drohend hinzu: »Unterlassen Sie bitte jegliche Anrufe bei der Familie, ich werde den Hinterbliebenen heute noch die Nachricht persönlich überbringen.«

»Was denken Sie von uns, Herr Meier?«, protestierte Isabella.

»Ich wollte es nur erwähnt haben«, brummte Meier.

»Siehst du, ich hatte recht«, sagte Charlotte leise zu Isabella.

»Ich war mir nur nicht ganz sicher, weil er auf dem Gesicht lag.«

»Ah, da kommt mein Kollege«, rief Meier dazwischen und ging auf das Auto zu. Er sprach mit Kommissar Frisch, der gleich darauf umdrehte und wieder davonfuhr. Dann löcherte Meier die Frauen erneut mit allerhand Fragen zu dem Aufenthalt in der Feldscheune am Tag zuvor. Er ließ sich die genauen Zeiten geben und sagte zum Abschluss: »Wenn Ihnen noch etwas einfällt, melden Sie sich doch bitte bei mir.«

Charlotte lächelte. »Gerne, Herr Meier. Wir fahren dann.«

Isabella wäre gern noch geblieben. Als sie zu den Rädern gingen, raunte sie Charlotte zu: »Sollen wir nicht noch bleiben? Meier gab sich so bedeckt. Ich will wissen, was dahintersteckt.«

»Bleib ruhig hier. Ich fahre nun doch noch schwimmen.« Charlotte stieg auf und fuhr davon, musste jedoch gleich anhalten, denn auf dem schmalen Weg kam ihr ein Tross von Fahrzeugen entgegen, allen voran Kommissar Frisch mit seinem Polizeiauto. Isabella ging davon aus, dass es sich um die Spurensicherung handelte, was sich gleich darauf bestätigte. Eine ganze Mannschaft in weißen Anzügen stieg aus und verteilte sich rund um die Scheune.

Seufzend sah Isabella Charlotte nach, die nun schon auf dem Waldweg verschwunden war, und folgte ihr langsam. Erst auf dem Weg rief sie: »Warte, Charlotte, ich komme doch mit!«

Ihre Schwester verlangsamte das Tempo, und kurz darauf bogen sie gleichzeitig auf den Weg ein, der zum Baggersee führte. Schweigend fuhren sie nebeneinander her.

Kurz bevor sie den See erreichten, kam aus der Zufahrt ein schwarzer Jeep und fuhr davon.

»HH«, buchstabierte Charlotte den Anfang des Kennzeichens, das auf die Entfernung gerade noch zu erkennen war. »Was macht jemand aus Hamburg hier in der Einöde?«

»Wahrscheinlich hat er gebadet«, antwortete Isabella lachend. »Er kam doch vom Baggersee.«

»Könnte sein.« Charlotte nickte und fügte dann hinzu: »Vielleicht stammt er hier aus der Gegend.«

Sie hatten gleich darauf den See erreicht, und das Auto war vergessen.

Sie stellten die Räder ab, und Charlotte sagte: »Willst du wirklich nicht ins Wasser? Du kannst meinen Badeanzug haben. Ich habe gar nicht mehr daran gedacht, dass ich den Bikini untergezogen habe.«

Isabella starrte sie überrascht an. »Danke.« Die Schwester warf ihr den Badeanzug zu, und Isabella verschwand im Gebüsch.

Als sie herauskam, war Charlotte schon im Wasser, und Isabella ging langsam hinein. Das Wasser war erfrischend kühl. Isabellas Kopfschmerzen, die sie trotz der Tabletten den ganzen Tag immer wieder mehr oder weniger heftig gespürt hatte, waren plötzlich wie weggeblasen, und sie ließ sich wohlig im Wasser treiben. Als sie Charlotte erreichte, sagte sie: »Du hast wirklich recht, genau das Richtige für diesen heißen Tag.«

Sie hielten sich eine ganze Weile im Wasser auf und fuhren danach einträchtig nach Hause.

4. Kapitel

Hauptkommissar Meier sah den beiden Frauen nach. Frau Kantig stand am Weg und ließ die Fahrzeuge seiner Kollegen vorbei, die nun nacheinander auf die Wiese fuhren, und Frau Steif, die neugierigere der beiden Frauen, stand abwartend neben ihrem Rad auf der Wiese. Hoffentlich verschwand sie endlich! Es war Burghard Meier ein Rätsel, wie diese beiden alten Schachteln es schafften, immer dort aufzutauchen, wo gerade ein Unglück passierte. Bei dieser Hitze war es ihm ein Gräuel gewesen, herauszufahren, um eine Leiche zu begutachten. Aber diese beiden Damen schienen ihre Freude daran zu haben, immer wieder an den unmöglichsten Orten Verbrechen aufzuspüren. Er wäre viel lieber in seinem Büro geblieben, obwohl es dort noch heißer war als hier draußen in der Sonne. Er hasste diesen Teil seines Jobs, noch dazu, wenn der Tote ihm persönlich bekannt war.

Bernhard Baumstroh war genau wie er selbst im örtlichen Schützenverein, und sie hatten schon so manches Bier miteinander getrunken. Burghard Meier wischte sich über die Stirn und sah zur Wiese hinüber.

Sein Kollege Dietmar Frisch hielt etwas abseits an und stieg aus dem Auto. Zum Glück fuhr endlich auch Frau Steif mit ihrem Rad davon und folgte ihrer Schwester, die gerade hinter den Bäumen verschwunden war.

»Was stehst du denn da und glotzt so komisch?«, erscholl die empörte Stimme seines Kollegen hinter ihm. »Du hast ja noch nicht einmal die Markierungen angebracht!«

Erschrocken drehte Meier sich zu ihm um, denn er hatte gar nicht gemerkt, dass Dietmar Frisch zu ihm gekommen war. »Ich sehe diesen beiden Schwestern nach«, gestand Meier. »Die Steif wäre verdammt gern geblieben, aber sie muss nicht wissen, dass der Bauer erschossen wurde. Das habe ich erst mal für mich behalten.«

»Morgen steht es in der Zeitung, und dann weiß sie es auch«, gab Frisch grinsend zurück.

»Morgen ist auch früh genug!«, grunzte Meier und wandte sich an die Kollegen der Spurensicherung. »Hier liegt der Tote. Ich gehe fest davon aus, dass der Täter ihn hier hergeschafft hat.«

»Wir werden es herausfinden«, war die lakonische Antwort seines Kollegen Edgar Schorf, dem Leiter der Spurensicherung, und nach einer kurzen Anweisung an seine Leute, schwärmten die weiß gekleideten Frauen und Männer rund um den Baum und die Scheune aus.

Meier ging zu seinem Wagen und holte das rot-weiße Band aus dem Kofferraum, um seinem Kollegen beim Absperren des Tatorts zu helfen, denn Frisch hatte schon an der Scheune angefangen.

Ein weiteres Auto rollte langsam auf die Wiese. Der Notarzt stieg aus und ging mit seiner Tasche in der Hand auf Meier zu. »Sie haben sich ja eine verlassene Gegend ausgesucht«, sagte er. »Ich habe mich zweimal verfahren, bis ich endlich den versteckten Waldweg gefunden habe.«

Meier befestigte das Band an der Scheunenecke und sagte nur: »Dann kommen Sie mal mit, Herr Doktor.« Er ging voraus und zeigte auf den Toten, der noch immer auf dem Bauch lag.

Der Leiter der Spurensicherung kam hinzu. »Ah, der Doc.«

Während der Arzt sich über den Toten beugte, legte Meier eine Folie in der Nähe auf das Gras. »Habt ihr außer dem Gewehr noch was gefunden?«, fragte Meier den Kollegen.

»Nur ein Handy und eine Schachtel mit Munition in seiner

Tasche«, war die kurze Antwort. »Liegt da drüben bei meinem Koffer.« Kollege Schorf fasste mit an, und gemeinsam legten die drei Männer den Toten vorsichtig auf die Folie.

Das Gesicht des Mannes war mit Schmutz und Erde verschmiert. Unter der grünen Baumwolljacke trug er ein rot kariertes Kurzarmhemd, das auf der Brust ebenfalls stark verschmutzt und zudem von Blut durchtränkt war. Der Arzt zog das Hemd hoch, und die Männer sahen nun deutlich den Einschuss im Brustkorb und mehrere dunkle Flecken, die auf Hämatome hindeuteten.

»Genau wie ich vermutet habe, er ist erschossen worden«, stellte Meier fest, noch ehe der Arzt sich dazu äußerte.

»Davon gehe ich aus«, bestätigte nun der Mediziner. »Wie es aussieht, ist er erst später unter den Baum gelegt worden.«

»Gelegt? Geschleift, würde ich eher sagen«, widersprach der Leiter der Spurensicherung. »Die Kleidung auf der Vorderseite ist dermaßen verschmutzt, dass er wahrscheinlich an den Armen ein ganzes Stück über den Boden gezogen und dann hier unter dem Ast abgelegt wurde. Anders kann ich mir das nicht erklären.« Er ging hin und her, während der Notarzt sich neben den Mann kniete, um nach weiteren Verletzungen zu suchen.

»Der Einschuss in der Brust ist offensichtlich die Todesursache, die blau unterlaufenen Stellen deuten aber auch auf einen Kampf hin«, sagte der Notarzt und stand auf. »Meinen Bericht bekommen Sie gefaxt.«

»Moment, Doktor«, sagte Meier hastig, denn der Arzt wollte schon gehen. »Können Sie uns was zum ungefähren Todeszeitpunkt sagen?«

»Schwierig. Ich schätze, er starb gestern Abend so zwischen neunzehn und dreiundzwanzig Uhr. Genau muss das aber die Rechtsmedizin klären.«

»Also nach dem Gewitter?«, hakte Meier nach.

»Wahrscheinlich«, bestätigte der Arzt und sah zur Uhr. »Ich muss weiter.« Mit diesen Worten ging er entschlossen davon.

Meier sah dem Arzt nach und wünschte augenblicklich, er könnte auch in der angenehmen Kühle seines klimatisierten Wagens in sein Büro zurückfahren, doch gleich riss Schorf ihn aus seinen Gedanken: »Siehst du die Stiefelspitzen? Der Schmutz wurde richtig in die Rille an der Spitze gedrückt, eigentlich müsste man genau sehen, von wo aus der Täter den Mann über den Boden hierhergeschleppt hat. Aber da es auch in der Nacht noch heftig geregnet hat, sind alle Spuren verschwunden.«

Meier äußerte sich nicht dazu, zuckte nur die Schultern und fragte: »Brauchst du uns noch hier? Ich würde ganz gerne die Familie benachrichtigen. Ich möchte wirklich nicht, dass mir die beiden Damen zuvorkommen, die den Toten entdeckt haben.« Er stockte und fuhr fort: »Das Handy nehm ich mit, dann kann ich nachher im Büro die Kontakte überprüfen.«

»Okay.« Schorf nickte ihm zu und ging zu einem anderen Kollegen hinüber, der ihn gerufen hatte.

»Dietmar, lass uns fahren, wir müssen zum Hof«, sagte Meier, als er zu seinem Kollegen Frisch hinüberging, der gerade mit der Absperrung fertig war und zum Wald hinüberblickte, wo ein anderer Kollege nun den Hochsitz erklomm.

»Auch das noch«, sagte Frisch und begleitete Meier zu seinem Wagen. »Gott sei Dank, dass der Baumstroh Witwer war, eine heulende Ehefrau wäre heute wirklich das Letzte, was ich mir wünsche.«

»Du sollst dir nichts wünschen, sondern mitkommen«, brummte Meier. »Glaubst du, mir macht das Spaß bei dieser Hitze? Außerdem kenne ich den Bernhard vom Schützenverein und hätte lieber ein Bier mit ihm getrunken, anstatt seine Leiche zu begucken.«

Dietmar Frisch seufzte. »Ein Scheißtag ist das mal wieder!«

Meier zuckte die Schultern und sah an sich hinunter. Seine Schuhe waren verdreckt und sein hellblaues Diensthemd so durchgeschwitzt, dass er es am liebsten gleich ausgezogen hätte. »Wir fahren erst zur Dienststelle und danach zur Familie. Der Sohn wird sicher zu Hause sein, er hat den Hof doch schon übernommen.« Er stieg ein und ließ das Auto langsam anrollen. Im Rückspiegel sah er, dass sein Kollege ihm folgte. Meier drehte die Klimaanlage auf, denn das Auto hatte die ganze Zeit in der Sonne gestanden.

Eine Stunde später lenkte Dietmar Frisch das Polizeiauto auf den Hof der Familie Baumstroh.

Sven Baumstroh sprang gerade von seinem Traktor und kam auf die Beamten zugelaufen. »Ist was passiert?«, fragte er leicht außer Atem und blieb neben dem Streifenwagen stehen.

Hauptkommissar Meier gab seinem Kollegen ein Zeichen und stieg aus. »Herr Baumstroh, es geht um Ihren Vater, äh, wir haben ihn an der Feldscheune gefunden. Er ist tot.«

Sven Baumstroh sah ihn an, als sei er nicht ganz richtig im Kopf. »Das kann gar nicht sein«, sagte er erregt. »Papa ist gestern Morgen weggefahren. Er wollte in der Nähe von Münster bei einem bekannten Züchter Ferkel kaufen und sich dort für die Nacht ein Hotelzimmer nehmen, weil er heute Morgen einen Termin beim Anwalt hat. Er müsste eigentlich schon wieder da sein.«

Meier holte das Handy aus seiner Tasche, das sein Kollege gleich nach dem Auffinden in einer durchsichtigen Tüte verstaut hatte. »Wir haben bei dem Toten dieses Handy gefunden. Haben Sie das schon mal gesehen?«

Sven Baumstroh fasste nach der Tüte. »Das gehört meinem Vater.« Er wurde blass. »Aber das kann doch nicht sein ...« Das Handy war noch betriebsbereit, und trotz der dünnen Folie wischte der junge Mann nun über das Display. »Ja, das Bild ist von unserem Hof, das hat Papa letztes Jahr gemacht.« Seine Hand zitterte leicht, als er Meier das Handy zurückgab. »Aber wieso ist er denn an der Feldscheune ...?« Er holte tief Luft und schüttelte den Kopf. »Haben Sie sein Auto auch gefunden?«, fragte er dann leise.

»Nein, aber er hatte ein Jagdgewehr dabei«, sagte Meier. »Ist er mit dem Auto weggefahren?«

»Klar, womit denn sonst?« Der Jungbauer hielt stöhnend die Hände vors Gesicht. »Ich versteh das nicht! Er war ganz bestimmt in Münster. Er hat mich doch angerufen und gesagt, dass mit dem Kauf alles geklappt hat.«

Kommissar Frisch war inzwischen auch ausgestiegen und fragte nun: »Wann war denn das genau?«

»Gestern Abend.« Sven Baumstroh zuckte die Schultern. »So genau kann ich das nicht sagen, es war aber nach dem Gewitter.«

»Und Sie sind sicher, dass er das Auto mitgenommen hat?«, hakte Kommissar Frisch nach und erkundigte sich nach dem Kennzeichen.

Der junge Bauer nickte, gab ihn die Autonummer und ergänzte: »Es ist ein perlgrauer Benz mit Anhängerkupplung.«

Frisch notierte sich die Details des Wagens, und Meier fragte: »Könnten Sie mitfahren? Sie müssen Ihren Vater identifizieren.«

»Jetzt sofort? Eigentlich müsste ich in den Stall, unser Mitarbeiter hat Urlaub.«

»Ja. Es ist wichtig.«

Sven Baumstroh nickte. »Ich zieh mich um. Kann ich mit Ihnen fahren?«

Meier war einverstanden, da fiel ihm noch etwas ein. »Sind Sie ganz allein, oder wohnt hier noch jemand?«

»Meine Schwester kommt ab und an zu Besuch, und dann ist da noch Frau Juli, unsere Wirtschafterin. Aber sie wohnt nicht hier, sondern in der Wiesenstraße. Sie hat momentan frei, genauso wie unser Mitarbeiter Ingo Bergmann.«

»Wohnt Ihr Landarbeiter hier auf dem Hof?«, fragte Meier.

»Ja, aber er hat seit gestern Urlaub. Er ist bei seinen Eltern in Münster, zumindest hat er das gesagt.«

»Wir werden das überprüfen«, sagte Meier und notierte sich die Anschriften und die Namen.

Sven Baumstroh verschwand im Haus.

Während sich der Jungbauer umkleidete, leitete Dietmar Frisch die Fahndung nach dem Auto des Toten ein. Dann fuhren sie ins Kommissariat. Frisch übernahm den Dienst, und Meier fuhr mit Sven Baumstroh zur Rechtsmedizin, wohin der Tote inzwischen gebracht worden war.

Es war neunzehn Uhr, als sie zurückfuhren. Sven Baumstroh hatte seinen Vater eindeutig identifiziert und gleich seine Schwester informiert, die wegen ihres Studiums in Münster wohnte. Es war eine schweigsame Fahrt zurück. Als sie den Hof erreichten, kam ihnen die Schwester von Sven Baumstroh schon weinend entgegen. Meier verzichtete auf alle weiteren Fragen und fuhr davon. Die Geschwister würden einander unterstützen, da war er sich sicher. Er musste dringend ins Büro, wo Kommissar Frisch inzwischen die Stellung gehalten hatte.

Meier fuhr an der Pizzeria vorbei, denn es würde eine lange Nacht werden. Als er ins Büro kam, wurde er gleich mit saurer Miene von seinem Kollegen empfangen. »Das hat aber lange gedauert, Burghard. Warst du essen inzwischen?«

»Klar, darum bringe ich mir auch eine Pizza mit«, fauchte Meier verärgert und legte den würzig duftenden Karton auf seinen Schreibtisch. »Gibt's was Neues?«

»Ja, die Spusi hat angerufen. Auf dem Hochsitz hinter der Feldscheune lag ein Fernrohr. Wahrscheinlich gehört es dem Toten.« Dietmar Frisch schielte hungrig zu der Pizza hinüber.

»Guck nicht so gierig«, sagte Meier, der sich gerade am Waschbecken kaltes Wasser über die Hände laufen ließ. »Hol dir auch was zu essen, ich bin ja jetzt da.«

Frisch stand augenblicklich auf und ging hinaus.

Meier spritzte sich noch ordentlich kaltes Wasser ins Gesicht, holte ein Mineralwasser aus dem Kühlschrank, setzte sich an seinen Schreibtisch und öffnete den Pizzakarton. Er hatte seit Mittag nichts gegessen, und jetzt war es neunzehn Uhr, da mussten alle anderen Dinge warten.

Beim Essen fasste er mit spitzen Fingern nach den Berichten, die der Kollege auf seinen Schreibtisch gelegt hatte, und las sie durch.

Meier hatte seine Pizza kaum zur Hälfte aufgegessen, als das Telefon klingelte und ihm das Labor erste Ergebnisse der Untersuchung der Waffe des Toten durchgab. Just als er aufgelegt und sich die Angaben für den Bericht notiert hatte, ging die Tür auf und sein Kollege kam ebenfalls mit einer Pizza zurück.

»Gab's was Neues, während ich weg war?«, fragte Frisch und warf sich in seinen Schreibtischsessel.

»Das Labor hat angerufen«, sagte Meier. »Mit dem Gewehr von Bernhard Baumstroh wurde definitiv nicht geschossen. Was genau die Tatwaffe war, müssen die Kollegen aber noch klären.«

»Also hatte der Täter auch eine Waffe«, murmelte Dietmar Frisch mampfend vor sich hin.

»Mmmh«, machte Burghard Meier und biss ebenfalls von seinem Rest Pizza ab. Kurz darauf fiel ihm der Besuch bei Sven Baumstroh wieder ein. »Irgendwas stimmt bei der ganzen Sache nicht«, sagte er. »Wenn Bernhards Tochter in Münster wohnt, warum wollte er sich dann ein Hotelzimmer nehmen? Er hätte doch gut bei ihr übernachten können.«

»Vielleicht hatte er was vor, was die Tochter nicht wissen sollte«, vermutete Frisch.

»Möglich«, murmelte Meier. »Aber dann muss er es sich anders überlegt haben.« Er sah seinen Kollegen nachdenklich an und fuhr fort: »Wenn er nach dem Gewitter noch mit seinem Sohn telefoniert hat, dann war es nach achtzehn Uhr, als er zurückgefahren ist. Er hat das Auto irgendwo abgestellt und ist zu Fuß zu seinem Hochsitz gegangen. Dort muss er seinen Mörder getroffen haben. Er wurde erschossen und dann unter dem Baum abgelegt.«

»Deine Theorie hat einen Haken, Burghard. Das Auto war nirgends zu sehen.«

»Das Auto finden wir schon noch«, war Meier sicher. »Bestimmt hat Bernhard es irgendwo im Wald abgestellt.«

»Ich glaube eher, dass der Täter mit der Karre geflüchtet ist«, sagte Frisch mit Überzeugung.

»Auch möglich.« Meier seufzte. »Trotzdem frage ich mich, warum der Täter den Bauern unter dem Baum abgelegt hat. Stell dir vor, du hast jemanden erschossen, dann bist du doch nervös und haust einfach nur noch ab. Warum hat er sich die Zeit genommen, den Toten unter den Baum zu schleifen?«

»Wahrscheinlich sollte es aussehen, als wäre der Mann vom Blitz erschlagen worden«, sagte Frisch. »Wenn die beiden Damen ihn nicht gefunden hätten, wäre sein Leichnam sicher erst viel später entdeckt worden. Das hat der Mörder wahrscheinlich gehofft.«

»Falsch gedacht«, sagte Meier.

Dietmar Frisch nickte und schob sich ein großes Stück Pizza in den Mund. In den nächsten Minuten herrschte Schweigen.

Nachdem Meier seine Mahlzeit beendet hatte, stand er auf, holte sich eine neue Flasche Wasser aus dem Kühlschrank und öffnete das Fenster weit. »Langsam wird es kühler draußen«, sagte er und sah für einen Moment hinaus.

Kommissar Frisch spülte den Rest seiner Pizza mit Cola nach, die er sich ebenfalls mitgebracht hatte, und sagte: »Haha. Es sind noch achtundzwanzig Grad, und es ist gleich halb neun!«

»Heute Mittag waren es fünfunddreißig Grad, das sind immerhin sieben Grad weniger.«

»Ich friere schon«, spöttelte Dietmar Frisch und wischte sich den Schweiß von der Stirn. »Das Land könnte wirklich mal etwas Geld in eine Klimaanlage investieren. Im Sommer geht man hier kaputt!«

»Investieren? Du träumst wohl! Wenn es darum geht, ist die Kasse immer leer.« Meier ließ sich ächzend in seinen Stuhl fallen und fuhr fort: »Fahr nach Hause, Dietmar, und stell dich unter die kalte Dusche. Ich mach noch den Bericht und stelle dann auf die Zentrale um.«

»Hast du das Handy schon überprüft?«

»Das mach ich morgen«, antwortete Meier und wischte sich zum wiederholten Mal über die Stirn. »Heute Abend kann ich einfach nicht mehr klar denken.«

Das Fax ratterte und warf den Kurzbericht des Labors und zwei Fotos aus. Kommissar Frisch fischte sie aus dem Schacht und sagte: »Das Foto des Fernrohrs und das des Gewehrs von Bernhard Baumstroh mit Modellbezeichnung, das kannst du gleich dem Bericht hinzufügen.« Er reichte es seinem Kollegen und nahm seine Tasche. »Ich geh dann mal! Mach nicht so lange.«

Hauptkommissar Meier nickte, vertiefte sich in die Unterlagen und begann mit seinem Bericht.

Es war fast zweiundzwanzig Uhr, als Burghard Meier endlich die Tür seines Hauses aufschloss und gleich unter die Dusche ging, um sich etwas zu erfrischen.

Seine Frau war an diesem Abend mit ihren Kolleginnen vom Kindergarten zur Freilichtbühne nach Tecklenburg gefahren, um sich ein Musical anzusehen. Sie hatte ihm eine Platte mit Schnittchen in den Kühlschrank gestellt. Er holte sich dazu ein kühles Pils, setzte sich auf die Terrasse und betrachtete die untergehende Sonne, die nun mit einem roten Schimmer den Garten verzauberte und der Dämmerung Platz machte. Obwohl es sich etwas abgekühlt hatte, waren es immer noch über zwanzig Grad, und schon nach kurzer Zeit war er wieder genauso verschwitzt wie zuvor. Meier holte sich ein weiteres Bier und trank in kleinen Schlucken.

Eine Fledermaus schwebte lautlos über dem Garten auf der Jagd nach Insekten. In Meiers Gedanken tauchte die Leiche von Bernhard Baumstroh auf. Wer konnte den Mann erschossen haben? Alle Bauern, die er kannte, waren in der Schützengesellschaft, und die Söhne und Töchter waren fast alle bei den Jungschützen oder im Schießclub des Sportvereins. Das würde eine lange Suche werden. Aber irgendetwas war an dem ganzen Fall merkwürdig. Wieso hatte Bernhard Baumstroh in Münster ein Hotelzimmer nehmen wollen, wenn seine Tochter dort eine Wohnung hatte? Und warum war Sven Baumstroh so aufgeregt auf sie zugekommen und hatte gefragt, ob etwas passiert sei? Hatte er etwas geahnt oder gar gewusst?

Burghard Meier seufzte und schloss die Augen. Er brauchte unbedingt eine Mütze Schlaf, er konnte einfach nicht mehr klar denken. Aber hineinzugehen kam für ihn auch nicht infrage. Er liebte es, in warmen Sommernächten draußen zu sitzen.

Es war nach Mitternacht, als er von seiner Frau geweckt wurde. »Hier bist du, Burghard«, sagte sie erstaunt. »Ich dachte schon, du wärst noch im Büro.«

»Bin wohl eingeschlafen«, murmelte Meier und folgte seiner Frau ins Haus.

• • •

Am nächsten Morgen war Meier früh um sieben im Büro und sehr erstaunt, dass sein Kollege schon da war. »Dietmar, was treibt dich so früh her? Hat deine Frau dich aus dem Bett geschmissen?«

»Haha«, knurrte Frisch. »Dasselbe könnte ich dich fragen.« Er fischte ein Blatt Papier aus seinem Ablagekorb und fuhr fort: »Wir müssen noch mal raus zu Baumstroh. Ich hab das Gefühl, dass der Jungbauer irgendwas verheimlicht hat. Außerdem müssen wir uns auch noch den Waffenschrank ansehen.«

»Das mit dem Waffenschrank hab ich gestern ganz vergessen, aber dass der junge Mann anfangs so komisch reagiert hat, ist mir auch aufgefallen, obwohl er total entsetzt war, als er seinen Vater identifizieren musste «, sagte Meier, ließ sich auf seinem Bürostuhl nieder und startete seinen Computer. »Außerdem müssen wir herausbekommen, warum Bernhard in Münster nicht bei seiner Tochter übernachten wollte.«

»Vielleicht hatte der Alte eine Geliebte dort, und seine Tochter sollte das nicht wissen«, gab Frisch zu bedenken

»Wenn er eine Geliebte dort gehabt hätte, wäre das verständlich«, sagte Meier. »Aber hier im Ort wird gemunkelt, dass er mit einer jungen Frau herumgetändelt hat. Sie soll erst zweiundzwanzig sein!«

»Ach nee, das hätte ich dem alten Knopp gar nicht zugetraut!«
Frisch grinste süffisant. »Wo hast du denn das gehört?«

»Meine Frau kam damit«, sagte Meier. »Im Kindergarten
haben sich einige Frauen darüber aufgeregt, aber ehrlich gesagt
glaube ich das nicht. Der Bernhard war einfach nicht der Typ, der
sich an so ein junges Ding heranmacht.«

»Vielleicht irrst du dich«, sagte Frisch. »Lass uns gleich mal
hinfahren. Sicher ist heute die Haushälterin auch da und kann
uns einen Hinweis geben.«

Die Waffen, die Sven Baumstroh ihnen zeigte, drei Jagdgewehre
samt dazugehöriger Munition, waren in einem verschließbaren
Metallschrank in der Werkstatt untergebracht. Vater und Sohn
verfügten jeder über einen Jagdschein und über eine gültige grüne
Waffenbesitzkarte für die in dem Schrank untergebrachten Waffen. Die Halterung für eine vierte Waffe war leer. Nach Auskunft
des Jungbauern war es das Gewehr, das bei seinem Vater gefunden worden war, den Besitz einer weiteren Waffe verneinte er.

Hauptkommissar Meier notierte sich die Marken der Waffen,
überprüfte die Munition und fand keinerlei Grund zur Beanstan-
dung. Sie verließen nach kurzer Befragung von Sven Baumstroh
und seiner Schwester Ina Baumstroh den Hof, um die Haushälterin aufzusuchen, die zurzeit frei hatte.

»Das hat echt nichts gebracht«, sagte Kommissar Frisch
unterwegs. »Der Waffenschrank war so was von sauber, da war
nun wirklich alles in Ordnung.«

»Ja«, murmelte Meier. »Obwohl es in der Werkstatt war, habe
ich nicht einmal Staub auf den Büchsen gefunden. Als wenn da
noch gestern Abend gründlich geputzt worden wäre.«

»Meinst du, der hat uns erwartet und vorher die Waffen gereinigt?«

»Könnte doch sein«, sagte Meier. »Zumindest habe ich noch nie einen so sauberen Waffenschrank gesehen.«

»Die Werkstatt war auch sehr ordentlich, da lag alles auf seinem Platz«, merkte Frisch an.

Meier zuckte die Schultern und hielt in der Wiesenstraße vor dem Haus von Hilde Juli. Der Besuch war allerdings überflüssig, denn Frau Juli nutzte ihren freien Tag für einen Arztbesuch, wie ihr Sohn glaubhaft versicherte, und konnte somit keine Aussage machen.

Als die Beamten gegen zehn Uhr ins Büro zurückkamen, lag bereits der vorläufige Untersuchungsbericht der Rechtsmedizin im Faxgerät.

Meier zog das Blatt aus dem Schacht und pfiff durch die Zähne. »Bernhard ist mit einer Pistole erschossen worden. Die Kugel hat in einem Rückenwirbel gesteckt. Da kommt praktisch jeder infrage, der schießen kann.«

»Das kann ja heiter werden«, sagte Kommissar Frisch. »Dann kann es auch der Sohn gewesen sein.«

»Warum sollte er?«, fragte Meier. »Der Alte hat ihm doch ziemlich freie Hand gelassen. Ich sehe da kein Motiv.«

»Vielleicht hatten die beiden Streit«, gab Kommissar Frisch zurück. »Außerdem kann die Tochter sicher auch schießen.«

»Möglich, aber sie hat ausgesagt, dass sie schon jahrelang keine Waffe mehr in der Hand hatte.« Meier legte den Bericht zur Seite. »Also, wenn du mich fragst, dann sind die Kinder außen vor.«

»Was ist mit dem Mitarbeiter, diesem Ingo Bergmann?«, fragte sein Kollege.

»Ich habe dort angerufen. Die Mutter war dran und hat mir gesagt, dass ihr Sohn am Tatabend gegen neun Uhr zu Bekannten gefahren und erst in den Morgenstunden zurückgekommen ist.

Wenn er um neun von zu Hause weggefahren ist, kann er den Bauern nicht erschossen haben. Außerdem hat mir die Mutter gesagt, dass ihr Sohn jegliche Waffen ablehnt und auch keine besitzt.«

»Hast du das geprüft?«

»Nein, warum sollte ich?« Meier schüttelte den Kopf. »Der junge Mann hat doch gar kein Motiv. Zumindest gehe ich momentan davon aus. Wenn sich was Neues ergibt, kann ich das Alibi immer noch überprüfen. Ich vermute eher, dass einer der anderen Bauern Streit mit Bernhard hatte.«

»Fragt sich nur, wer und warum?« Frisch setzte sich hinter seinen Bildschirm.

»Wir werden wohl bei den Bauern anfangen müssen«, sagte Meier und seufzte. »Das wird ein hartes Stück Arbeit. Wir fangen mit der Überprüfung gleich nach der Mittagspause an.«

»Okay.« Dietmar Frisch blickte auf seinen Bildschirm und murmelte nachdenklich: »Möchte bloß wissen, wo das Auto steckt. Das kann doch nicht spurlos verschwunden sein.«

»Das frage ich mich auch schon die ganze Zeit.« Burghard Meier stand auf und kam zu seinem Kollegen hinüber. »Der Bernhard ist garantiert bis zur Feldscheune gefahren. Niemals ist der dahin gelaufen, das ist selbst vom Hof aus zu weit.« Er blieb grübelnd vor Frischs Schreibtisch stehen, die Hände in den Taschen vergraben. »Zu dumm, dass es so stark geregnet hat, sonst hätten die Kollegen wenigstens noch Reifenspuren sichern können. Aber selbst die Spuren des Busses, der die Frauengruppe abgeholt hat, waren völlig verschwunden, so sehr hat es in der Nacht noch geschüttet.«

»Na ja«, sagte Kommissar Frisch. »Irgendwann wird das Auto wiederauftauchen, Burghard. Ich guck mir jetzt erst mal das Handy von dem Bauern in Ruhe an. Vielleicht gibt es da irgendeinen Hinweis.«

»Mach das«, sagte Meier und wandte sich zum Ausgang. »Ich fahre noch einmal zu dieser Frau Juli raus. Nach dem Mittag fangen wir dann mit der Befragung der Bauern an.«

5. Kapitel

Charlotte Kantig fuhr langsam mit dem Rad die Münsterlandstraße entlang nach Hause. Es war fast halb neun Uhr am Morgen
und der Tag nach dem Leichenfund. Sie hatte Brötchen und die
Morgenzeitung geholt, weil sie keine im Briefkasten gehabt hatte.
Wahrscheinlich hatte der Bote verschlafen, denn normalerweise
war die Zeitung bereits um fünf Uhr da.

Während der Kaffee langsam durch die Maschine gluckerte,
saß Charlotte am Küchentisch und las die Zeitung. Natürlich wid-
mete sie dem Lokalteil wie immer die größte Aufmerksamkeit.

Das Auffinden der Leiche an der Feldscheune wurde zu ihrem
Ärger nur in einem Vermerk am Rande erwähnt. Beim Durchlesen
stutzte sie und schüttelte überrascht den Kopf.

... wie wir erst kurz vor Redaktionsschluss erfuhren, ist eine männliche Person unter einem umgestürzten Baum im Außenbereich
von Oberherzholz erschossen aufgefunden worden. Weitere
Nachrichten zu dem Fall in der nächsten Ausgabe.

Charlotte legte die Zeitung beiseite und goss sich Kaffee ein.
Wieso lag der Mann unter dem Baum, wenn er erschossen wurde?
Das ergab doch keinen Sinn. Sie überlegte gerade, wie sie an wei-
tere Informationen kommen könnte, als es an ihrer Tür klingelte.

»Gut, dass du schon auf bist«, überfiel ihre Schwester sie beim
Öffnen. »Stell dir vor, Bernhard Baumstroh ist erschossen worden.« Isabella ging, ohne zu fragen, in die Küche und rief erstaunt

aus: »Du hast schon Brötchen geholt? Es ist erst halb neun! Charlotte, konntest du nicht schlafen?«

»Du bist doch auch schon auf«, murrte Charlotte und fuhr verärgert fort: »Ein Brötchen kannst du kriegen, aber die anderen beiden sind für mich.«

»Sei doch nicht gleich so brummig«, sagte Isabella pikiert. »Ich wollte doch nur mit dir über den Toten sprechen.«

»Du wolltest mich doch nur aus dem Bett klingeln, deshalb bist du da«, fauchte Charlotte, der die morgendlich forsche Art ihrer Schwester gründlich auf die Nerven ging.

Isabella seufzte. »Mein Gott, bist du mal wieder schlecht drauf.«

»Nicht annähernd so mies wie du gestern«, gab Charlotte ungerührt zurück und fragte: »Willst du nun mit mir frühstücken oder nicht?«

»Wenn du so fragst, gerne!« Isabella saß schon und setzte nun lächelnd hinzu: »Ich revanchier mich auch!«

Charlotte deckte den Tisch und musste plötzlich lachen. »Na, das ist ein Wort. Dann holst du morgen die Brötchen, und ich komme um sechs zu dir und schmeiß dich aus dem Bett!«

»Untersteh dich!« Isabella drohte schelmisch mit dem Finger. »Bei dir warte ich extra immer, bis es acht Uhr durch ist.«

»Ich schlafe meistens bis neun, nur heute war ich früh auf, weil es mir im Schlafzimmer zu warm war«, sagte Charlotte und fuhr fort: »Ich fahre gleich zum Hofladen. Willst du mit?«

»Mit dem Rad?«

Charlotte nickte. »Ich brauche nur ein paar Kleinigkeiten, die passen in den Fahrradkorb. Heute Morgen ist es noch angenehm draußen, für mittags hat der Wetterbericht schon wieder dreißig Grad gemeldet.«

Isabella sah nachdenklich zur Decke, als suche sie dort eine

Antwort, dann sagte sie: »Ich fahre zuerst zur Polizeistation. Die Mitteilung in der Zeitung kann doch gar nicht stimmen. Wenn der Bauer erschossen wurde, wieso lag er dann unter dem Baum?«

»Vielleicht hat der Zeitungsredakteur da etwas falsch verstanden«, vermutete Charlotte. »Ich gehe heute Nachmittag zu Hilde Juli hinüber. Bestimmt weiß sie mehr. Außerdem will ich noch mal genau wegen der Sache mit dem Stall nachfragen.«

»Glaubst du, dort wird weitergebaut, jetzt wo der Bauer tot ist?«

»Warum nicht?«, meinte Charlotte. »Der Sohn ist auch auf dem Hof und wird ihn doch sicher erben. Hilde hat gesagt, dass der Bauer fast alle Entscheidungen seinem Sohn überlässt.«

»Möglich, aber jetzt haben die Kinder doch wirklich andere Sorgen«, sagte Isabella und fragte nachdenklich: »Könnte der Tod von Bernhard Baumstroh mit dem Stallbau zusammenhängen?«

»Du hast doch vorhin selbst gesagt, es kann nicht sein, dass er erschossen wurde. Ich bin auch ziemlich sicher, dass er vom Blitz erschlagen wurde.«

»Wir werden sehen.«

Gleich nach dem Frühstück verabschiedete sich Isabella und verschwand in ihrem Haus. Charlotte nahm ihren Einkaufskorb und machte sich auf zum Hofladen.

Frau Kottenbaak war gerade dabei, die Gemüsekisten draußen vor der Tür auf das Regal zu stellen, als Charlotte dort ankam.

»Guten Morgen, Frau Kantig. Sie sind aber früh heute. Was darf's denn sein?«

»Machen Sie nur weiter, ich seh mich erst mal um«, gab Charlotte zurück, griff nach einem der Einkaufskörbe und ging in den Laden. Es dauerte nicht lange, da stand sie schon an der Kasse, wo Frau Kottenbaak inzwischen die Fächer mit Wechselgeld füllte. Während die Bäuerin die Preise in die Kasse eintippte, sagte Charlotte: »Hatte Ihr Nachbar Herr Baumstroh eigentlich Feinde?«

Frau Kottenbaak hielt mit ihrer Tätigkeit inne und starrte Charlotte an. »Bernhard hat doch keine Feinde, der ist doch eine Seele von Mensch. Wie kommen Sie denn da drauf?«

Jetzt war Charlotte erstaunt. »Wissen Sie es denn noch gar nicht? Er ist tot.«

»Waaas?« Die Augen von Frau Kottenbaak traten entsetzt aus ihrem von der Hitze geröteten Gesicht hervor. »Der Bernhard ist tot? Der war doch vorgestern Morgen noch hier.«

»Er ist wohl vom Blitz erschlagen worden, im Wald bei seiner Feldscheune«, sagte Charlotte.

»Bei dem schrecklichen Gewitter vorgestern Abend?« Frau Kottenbaak schlug die Hand vor den Mund und flüsterte: »Deshalb war gestern so spät noch der Polizeiwagen bei Baumstroh auf dem Hof.«

»In der Zeitung steht, dass er erschossen wurde«, erklärte Charlotte. »Aber ich glaube, das ist ein Irrtum. Er lag unter einer riesigen Eiche, die beim Gewitter umgestürzt war.«

»Das ist ja entsetzlich!« Frau Kottenbaak tippte langsam den letzten Preis ein und sagte: »Zwölf Euro dreizehn, Frau Kantig.« Während Charlotte einen Zwanzigeuroschein hinlegte, bückte sich Frau Kottenbaak und holte aus dem Regal unter der Kasse die zusammengefaltete Zeitung hervor. »Ich muss gleich nachsehen, was da steht«, sagte sie, öffnete die Kasse und legte das Wechselgeld in Charlottes aufgehaltene Hand.

»Der Name wird nicht erwähnt, Frau Kottenbaak«, sagte Charlotte und verabschiedete sich, denn die Bäuerin blätterte schon eifrig in der Zeitung und nickte ihr nur wortlos zu.

Charlotte fuhr gemütlich nach Hause, wo sie vor dem Haus freundlich von Ottokar begrüßt wurde.

»Charlotte, so früh schon unterwegs?«

Sie nickte lachend. »Manchmal sind auch Eulen früh auf.«

»Hast du die Zeitung gelesen?«

»Hab ich, und bevor du weiterfragst, der Tote ist Bernhard Baumstroh, und ich glaube, dass er vom Blitz erschlagen wurde.« Charlotte berichtete ihm in kurzen Worten von ihrem Fund am Tag zuvor.

»Ich könnte mir vorstellen, dass er wirklich erschossen wurde«, sagte Ottokar nachdenklich. »Letzte Woche habe ich mit Anton Schultherm gesprochen, dem der Baggersee gehört. Er hat mir gesagt, dass einige Umweltschützer sich aufgeregt haben, dass Baumstroh schon wieder den Schweinestall vergrößern will.«

»Du glaubst, einer der Umweltschützer hat ihn erschossen?« Charlotte schüttelte den Kopf. »Dann schon eher einer der Schützen. Die Umweltschützer fassen doch bestimmt keine Waffen an.«

»Da wäre ich mir nicht so sicher«, sagte Ottokar und fuhr fort: »Jetzt mal ganz was anderes. Hast du Lust auf Tango heute Abend?«

»Tango? Tanzt du etwa?«

Ottokar sah sie leicht verärgert an. »Traust du mir das nicht zu, oder was soll das heißen?«

»Wenn du so fragst, eigentlich nicht«, antwortete Charlotte zögernd und lächelte.

»Komm heute Abend mit, dann zeig ich es dir«, sagte er und lächelte nun ebenfalls. »In der Musikscheune wird heute Tango getanzt, es ist ein bekanntes Tanzpaar geladen.«

»Abgemacht. Und wann?«

»Ich hol dich um halb acht ab.« Mit einem Winken ging Ottokar über die Straße davon, und Charlotte verschwand im Haus.

Nach einem ausgedehnten Mittagsschlaf setzte Charlotte den
Rasenmäher in Gang. Während sie Reihe für Reihe ihr Grün bearbeitete, hatte sie keine Augen für ihre Umgebung und schrak
heftig zusammen, als sie plötzlich eine Hand auf ihrer Schulter
spürte. Sie drehte sich so hastig um, dass ihre Schwester entsetzt
zurücksprang. Charlotte rief empört: »Bist du verrückt, mich so
zu erschrecken?«

»Ich habe laut gerufen, aber du sitzt ja auf den Ohren«, schrie
Isabella gegen den Motor an und fauchte: »Mach endlich das Ding
aus!«

»So weit kommt's noch«, sagte Charlotte und mähte ungerührt weiter. Sie war verärgert und hatte keine Lust, die schweiß-
treibende Arbeit auch noch zu unterbrechen, bevor sie fertig war.
Eine Viertelstunde später stellte sie den Mäher mit einem zufrie-
denen Blick über die ordentlich gestutzte Fläche ab.

»Gott sei Dank!«, erklang Isabellas Stimme von der Terrasse.
»Wie kannst du nur bei dieser Hitze Rasen mähen?«

»Bist du immer noch da?«, schnaubte Charlotte und verteilte
den Rasenschnitt unter den Sträuchern im hinteren Bereich des
Gartens. »Ich hab zu tun, das siehst du doch.«

Isabella gab keine Antwort, lehnte sich im Gartenstuhl zurück
und blieb einfach sitzen.

Charlotte ließ sich Zeit. Erst als sie den Mäher weggeräumt
hatte, zog sie ihre Gartenhandschuhe aus und setzte sich ebenfalls auf die Terrasse in den Schatten, wo Isabella es sich gemütlich gemacht hatte. »Was ist denn so wichtig, dass du mich bei der
Arbeit störst?«, fragte sie provozierend.

»Ich war bei der Polizei, um meine Aussage von gestern noch zu konkretisieren.«

»Was wolltest du denn konkretisieren? Hast du gestern mehr gesehen als ich?«

»Eigentlich war das ein Vorwand«, gab Isabella zu. »Und Wachtmeister Frisch war so nett, mir zu bestätigen, dass Bernhard Baumstroh wirklich erschossen wurde.«

»Echt? Dann hat Ottokar wohl doch recht«, sagte Charlotte nachdenklich.

»Wieso?«

»Er meinte, es waren vielleicht Umweltschützer, weil sie den Stallbau bei Baumstroh verhindern wollen.«

»So viel ich gehört habe, ist der Stallbau ein Projekt des Jungbauern«, sagte Isabella. »Durch den Tod des Vaters wird sich der Bau sicher verzögern, aber spätestens, wenn da alles geklärt ist, geht es damit bestimmt weiter. Sven Baumstroh wird den Hof wohl erben, denn seine Schwester hat kein Interesse daran.«

»Das habe ich auch gedacht, und ehrlich gesagt traue ich den Umweltschützern so etwas nicht zu«, bekräftigte Charlotte ihre Ansicht, die sie auch schon bei Ottokar geäußert hatte. »Ich könnte mir eher vorstellen, dass es da Streit unter den Bauern gegeben hat.«

»Bernhard Baumstroh war doch ein sehr ruhiger, sympathischer Mann, mit dem gab es doch keinen Streit«, war Isabella sicher.

»Wer weiß«, sagte Charlotte und stand auf. »Ich gehe jetzt unter die Dusche, Ottokar hat mich zum Tangoabend eingeladen.«

»Ottokar und Tango?« Isabella zog überrascht die Brauen hoch.

»Warum nicht?« Charlotte lachte. »Die Menschen stecken voller Überraschungen.«

•••

Am nächsten Morgen stand Charlotte ziemlich spät auf. Der Tangoabend war so interessant gewesen, dass Ottokar und sie erst weit nach Mitternacht heimgekehrt waren. Verschlafen stand Charlotte nun in der Küche und trank ihren Kaffee, als ihr Blick zufällig auf den Kalender fiel. Irgendetwas hatte sie dort notiert. Sie holte ihre Lesebrille und sah nach.

Oh Gott! Eine Stadtführung um elf Uhr! Und jetzt war es schon zehn. Das hatte sie ja völlig vergessen.

Hastig schüttete sie den Kaffee hinunter und eilte ins Bad. Eine halbe Stunde später saß sie im Auto und fuhr zur Kirche. Als sie den Wagen dort auf dem Parkplatz abstellte, hielt gerade ein Kleinbus mit einer Gruppe von Frauen aus dem Lipperland, die sich für eine Führung durch den Klostergarten und den angrenzenden Klosterwald angemeldet hatte.

Noch lag die Temperatur im angenehmen Bereich bei vierundzwanzig Grad. Charlotte begann mit der Führung im weitläufig angelegten Klostergarten, der über sehr viele unterschiedliche Sorten von Sommerblumen und Stauden verfügte und von einer Gruppe ehrenamtlicher Helfer liebevoll gepflegt wurde. Am Ende des Gartens stand eine Kapelle, und gleich dahinter begann der Friedhof. Die Kapelle verfügte über einen klimatisierten Nebenraum, in dem die Toten bis zur Beerdigung aufgebahrt wurden.

Zu ihrer Überraschung sah Charlotte, wie Britta Saarberg, eine ehemalige Schülerin, die Kapelle verließ und eilig davonging. Ihr fiel das Gespräch mit Hilde Juli wieder ein, und sie überlegte, ob es sein könnte, dass Britta die Kapelle besucht hatte, um nachzusehen, ob Bernhard Baumstroh bereits dort aufgebahrt war. Gleich darauf wurde sie von einer der Gruppenteilnehmerinnen angesprochen und vergaß den Vorfall wieder. Sie erklärte die Besonderheiten des Klostergartens, erzählte etwas über seine Entstehung und die Pflege und berichtete, dass die Gelder zum Erhalt der Grünanlagenaus einer Stiftung stammten, die eine vor Jahren verstorbene Oberherzholzerin gegründet hatte. Es war kurz nach Mittag, als die Damen an der Eisdiele eine Erfrischung einnahmen und dann in den schattigen Klosterwald ausschwärmten. Im Anschluss daran ließen sich die Frauen im Garten des Stadtcafés nieder und beendeten ihren Ausflug bei Kaffee und Kuchen.

Charlotte verabschiedete sich von der Gruppe und machte sich auf den Heimweg, wo sie schon von Isabella erwartet wurde.

»Wo warst du denn den ganzen Morgen?«

»Ich hatte eine Führung, wieso?«

»Ich wollte gleich noch einmal zum Baggersee, kommst du mit?«

»Hast du deine Stöcke verloren, oder warum bist du plötzlich unter die Schwimmer gegangen?«

Isabella rollte mit den Augen. »Bei dem Wetter macht mir Schwimmen auch Spaß. Außerdem ist Abwechslung auch beim Sport gut.«

Charlotte lachte. »Ich zieh mich schnell um, und dann kann's losgehen.«

Unterwegs erzählte sie Isabella von ihrer Beobachtung an der Friedhofskapelle.

»Bernhard Baumstroh war gestern noch in der Rechtsmedizin«, entgegnete Isabella. »Wachtmeister Frisch hat gesagt, der Leichnam wäre noch nicht freigegeben. Vielleicht hat Britta in der Kapelle gebetet.«

»Komisch ist es aber schon«, sagte Charlotte, »dass sich Britta auf dem Hof Baumstroh mit Bernhard getroffen hat, ausgerechnet an einem Tag, an dem Sven nicht zu Hause war.«

»Na und?«, warf Isabella ein. »Vielleicht haben die beiden etwas besprochen, das mit dem Schießclub zusammenhängt. Da muss Sven doch nicht dabei sein.«

»Ist auch unwichtig«, sagte Charlotte und blickte zum Baggersee hinüber. »Sieh mal, da drüben kreist der Brachvogel. Er muss irgendwo in dem Gebüsch am See sein Nest haben.«

»Sind die Jungvögel denn nicht mittlerweile schon flügge?«

»Keine Ahnung, ich habe bisher immer nur einen der Vögel gesehen«, sagte Charlotte. »Frag doch André Juli, er macht mit seiner Drohne Videos von den Vögeln.«

»Damit verscheucht er die Tiere doch, oder etwa nicht?«

»Keine Ahnung, frag ihn einfach«, sagte Charlotte.

Sie hatten den See erreicht und schoben die Räder durch den weichen Sand bis direkt ans Ufer.

»Kein Mensch weit und breit, wie schön!«, sagte Charlotte. »Im Schwimmbad ist es nämlich so voll, dass man kaum ein Bein an die Erde kriegt.«

Sie stellten die Räder etwas entfernt von der Einfahrt unter einem Strauch ab und legten eine mitgebrachte Decke auf den Sand. Isabella hatte ihr Kleid schon über den Lenker gehängt und ging sofort ins Wasser, während Charlotte es sich auf der Decke gemütlich machte.

»Es ist herrlich, komm rein«, rief Isabella.

Charlotte winkte ab. »Ich ruh mich erst ein wenig aus.« Sie schloss die Augen und wäre fast eingeschlafen, als sie einen heftigen Wortwechsel hörte.

»Ich will wissen, was da gelaufen ist!«, erklang eine gedämpfte männliche Stimme, die durch das Gebüsch zu ihr drang.

»Nichts, gar nichts.«

Ein Pärchen stritt sich hinter dem Gebüsch, das den Weg vom See abtrennte.

»Nichts? Und warum warst du dann mit ihm auf dem Hof, he?« Die Stimme des Mannes klang verärgert.

»Woher weißt du das?«

»Ich wollte wissen, was du da treibst.«

»Du hast mich beobachtet?«

»Ja«, gab er aufgebracht zu. »Und nun will ich endlich wissen, was du dort wolltest.«

»Bitte, Roland, lass mich los«, sagte sie mit weinerlicher Stimme. »Es ist schon schlimm genug, dass er jetzt tot ist.«

»Inwiefern? Also stimmt es, du hast …« Er stockte einen Moment. »Bist du etwa schwanger von ihm?«

»Spinnst du?« Ihre Stimme war jetzt schrill. »Was denkst du von mir?«

»Schrei nicht so!«, fuhr er sie wütend an. »Sag endlich, was ihr da gemacht habt.«

»Wir haben über meinen Beruf gesprochen und was ich so vorhabe in der Zukunft und Fotos angesehen.«

»Das kannst du dem Weihnachtsmann erzählen, aber nicht mir. Also?«

»Es stimmt, aber wenn du mir nicht glaubst, dann hau doch ab«, sagte sie nun leise, und Charlotte hatte Mühe, sie zu verstehen.

»Dann erklär mir, warum du in den letzten Wochen so oft mit ihm zusammen warst!«, sagte er aufgeregt.

»Ich habe ihm versprochen zu schweigen«, sagte sie. »Meine Mutter will auch nicht …«

»Ach, so ist das«, unterbrach er sie. »Du tändelst mit diesem

Opa herum, und deine Mutter findet das völlig in Ordnung, aber ich darf es nicht wissen.«

»Es ist alles ganz anders, als du denkst«, protestierte sie nun wieder laut. »Ich habe nicht mit ihm rumgetändelt. Er, er ist ...« Sie sprach plötzlich ganz leise, und Charlotte konnte nichts mehr verstehen.

»Echt?« Seine Stimme klang überrascht und ungläubig zugleich.

»Ja«, sagte sie jetzt. »Aber wenn du mir nicht glaubst ...«

»He, warte!«, rief er, woraus Charlotte schloss, dass die Frau weggefahren war. »Britta, warte!« Ein Fahrradständer wurde mit einem lauten Klacken eingeklappt.

Charlotte stand auf, um durch das Gebüsch zu linsen, aber das Blattwerk war so dicht, dass es keinen Blick auf den Weg zuließ.

»Was lugst du denn da ins Gebüsch«, erklang Isabellas Stimme hinter ihr. »Willst du gar nicht schwimmen?«

Charlotte drehte sich erschrocken um. »Doch ja, ich geh jetzt ins Wasser«, sagte sie, noch immer in Gedanken bei dem Gehörten.

»Du wirkst etwas weggetreten«, sagte Isabella, nahm die Tasche vom Gepäckträger ihres Rades und holte ein Handtuch heraus.

»Ich bin eingedöst und von einem Geräusch geweckt worden«, erklärte Charlotte und strebte dem Wasser zu.

»Deshalb hast du durch die Sträucher geguckt«, sagte Isabella, aber Charlotte war schon im Wasser und schwamm mit kräftigen Zügen weit hinaus, ohne sich dazu zu äußern. Plötzlich stieß sie mit dem Fuß an einen Gegenstand. Überrascht zuckte sie zurück. Wahrscheinlich waren Teile des Schwimmers nach dem Ausbaggern des Sees nicht abgebaut, sondern einfach versenkt worden, und das Teil hatte sich nun wieder gehoben. Mit diesem Gedanken schwamm Charlotte weiter und vergaß den Vorfall wieder.

Es war siebzehn Uhr, als sich rund um den See immer mehr Leute einfanden und die beiden Schwestern ihre Sachen packten.

»Du bist so schweigsam, ist was?«, fragte Isabella auf dem Heimweg.

Charlotte zuckte die Schultern. »Nein. Ich bin nur etwas schläfrig und überlege mir, ob das Gerücht um Bernhard Baumstroh und Britta Saarberg stimmen könnte.«

»Das haben wir doch schon ad acta gelegt, außerdem spielt es jetzt keine Rolle mehr.«

»Vielleicht doch«, gab Charlotte nachdenklich zurück. »Es könnte ein Mordmotiv sein, jetzt, wo wir wissen, dass Baumstroh erschossen wurde.«

»Eifersucht?«

Charlotte nickte.

»Dann könnte es Roland Waldmeier gewesen sein«, sagte Isabella. »Er ist auch im Schießclub.«

Beide bogen in die Wiesenstraße ab.

»Ich glaube nicht, dass Waldmeier es war«, sagte Charlotte und berichtete nun doch von dem belauschten Gespräch.

»Du hast sie gehört?« Isabella fuhr mit Schwung vor ihre Garage und fuhr empört fort: »Warum kommst du erst jetzt damit?«

Charlotte gab darauf keine Antwort, sondern sagte: »Roland Waldmeier war ziemlich aufgeregt, und dann ist Britta einfach weggefahren, aber ich konnte durch das Gebüsch nichts sehen.«

»Und du bist sicher, dass es die beiden waren?«

»Natürlich. Zum Schluss hat er doch ihren Namen gerufen.«

»Und wenn es ein anderer Mann war?«

»Nein, er war es«, sagte Charlotte. »Sie hat ihn am Anfang mit seinem Vornamen angesprochen. Ich werde mich noch mal mit Hilde unterhalten.«

»Da musst du André fragen und nicht Hilde«, war Isabella sicher. »Ich übernehme das, schließlich hat er wegen meiner Nachhilfe eine Zwei in Französisch bekommen. Da wird er mir schon Auskunft geben.«

Charlotte lachte. »Isabella, dein Französischunterricht ist zwei Jahre her, da kannst du doch jetzt nicht mehr draufrumreiten.«

»Ich versuch's«, sagte Isabella und verschwand im Haus.

6. Kapitel

Eine Woche nach dem schrecklichen Tod von Bernhard Baumstroh wurde seine Leiche in die Friedhofskapelle nach Oberherzholz überführt. Sven und Ina Baumstroh hatten bereits alles für die Beisetzungsfeier vorbereitet. Nach Mitteilung der Polizei wurden in den letzten Tagen nacheinander alle Jäger und Bauern im Umkreis befragt. Die Ergebnisse, so hatte es Hauptkommissar Meier Sven mitgeteilt, waren allesamt negativ. Trotz erneuter Durchsuchung der Umgebung rund um die Feldscheune konnte weder die Tatwaffe noch ein Hinweis auf den Täter gefunden werden, was nicht nur Sven und Ina Baumstroh beunruhigte. Im ganzen Ort machten sich die Leute Gedanken. Auch das Auto von Bernhard Baumstroh war bisher nicht aufgetaucht.

Am Tag vor der Beerdigung fuhren die Geschwister Sven und Ina Baumstroh zur Friedhofskapelle, um ihren Vater vor dem Begräbnis noch einmal zu sehen. Sven nahm seine Schwester fürsorglich an die Hand und öffnete die Tür zur Kapelle. Britta Saarberg stand weinend am Sarg.

»Was machst du denn hier?«, fragte Sven sofort verärgert, denn er wollte mit seiner Schwester allein sein.

»Ich wollte ihn noch einmal sehen«, schluchzte Britta.

»Mach dich vom Acker«, zischte Sven drohend mit zusammengebissenen Zähnen.

Ina schüttelte empört den Kopf und flüsterte mit Tränen in den Augen: »Dass du dich nicht schämst, hier aufzukreuzen.«

Britta verließ langsam die Kapelle.

Sven legte tröstend den Arm um die Schultern seiner Schwester, die jetzt heftig schluchzte. »Im ganzen Ort erzählen sie schon, dass Papa was mit ihr hatte, und nun ist sie auch noch hier«, sagte sie leise.

»Es ist vorbei, Ina, vergiss es«, sagte Sven und zog sie an der Hand mit zum Sarg. Schweigend betrachteten sie den Toten, der sich in den wenigen Tagen so sehr verändert hatte, dass Ina schon Sekunden später den Blick von seinem Gesicht abwandte und sich weinend an die Schulter ihres Bruders lehnte. Sie sprachen ein Gebet und verließen nach einigen Schweigeminuten die Kapelle.

Draußen wischte sich Ina die Tränen ab und sagte: »Er sah so anders aus, so fremd.«

»Ja, er ist schon weit weg«, flüsterte Sven. Dann fuhren sie schweigend nach Hause.

Hilde Juli, die Wirtschafterin, erwartete sie in der Küche. »Herr Baumstroh, äh, Sven, es ist jetzt vielleicht etwas unpassend, aber ich muss wissen, wie es hier weitergeht.«

»Wieso?« Sven sah die Wirtschafterin fragend und zudem leicht überrascht an.

»Ihr Vater hat mich eingestellt«, erklärte Frau Juli zögernd. »Ich wüsste gern, ob ich bleiben kann, ansonsten muss ich mir eine andere Stelle suchen.«

»Ach, darüber habe ich noch gar nicht nachgedacht«, sagte Sven, während seine Schwester schweigend am Küchentisch Platz nahm und vor sich hinstarrte. »Vorerst lassen wir alles, wie es ist«, erklärte Sven nach kurzem Überlegen. »Vom Haushalt habe ich keine Ahnung, und meine Schwester geht nach der Beerdigung wieder nach Münster zurück.« Hilde Juli wollte gerade eine Zwischenfrage stellen, da setzte er hastig hinzu: »Ich würde Sie wirklich gern behalten, Frau Juli. Lassen Sie mich erst die Formalitäten der Beerdigung abwickeln, dann setzen wir uns zusammen und besprechen alles. Wäre das für Sie in Ordnung?«

»Ja, das wäre gut.« Hilde Juli sah in einem der Töpfe nach, die auf dem Herd standen, stellte die Temperatur niedriger ein und fuhr fort: »Ach, fast hätte ich es vergessen. Die Post ist gekommen. Ich habe die Briefe auf dem Tischchen im Hausflur abgelegt, wie ich es bei Ihrem Vater immer gemacht habe.«

»Machen Sie es ruhig weiter so«, sagte Sven und ging hinaus, um den Poststapel durchzublättern. Eine Rechnung, mehrere Werbeprospekte und ein Brief von einem Notar aus Münster. Überrascht holte er sein Taschenmesser aus der Tasche und schlitzte den Brief auf. »Testamentseröffnung?« Er starrte überrascht auf das Schreiben. »Ina, kommst du mal?«, rief er dann aufgeregt, und gleich darauf erschien seine Schwester in der Tür.

»Was ist denn los? Was schreist du so?«

»Ich habe einen Brief zur Testamentseröffnung bekommen, von einem Anwalt, von dem ich noch nie gehört habe. Papa hat sein Testament doch schon vor zwei Jahren gemacht.«

Ina nahm den Brief zur Hand. »Liegmann? Seit wann hat Papa denn einen anderen Anwalt? Ich denke, ihr wart zusammen bei der Kanzlei Brummer.«

»Das hab ich doch grad gesagt«, antwortete Sven aufgebracht. »Papa hat damals für mich einen Übergabevertrag unterzeichnet, nachdem mir der Hof an seinem fünfundsechzigsten Geburtstag zufällt. Und ein Testament hat er auch gemacht. Ich hab sogar die Abschrift davon bekommen.«

»Und wieso kommt dieses Schreiben von einem anderen Anwalt?«

»Da kann nur diese Britta dahinterstecken, dieses Miststück«, knurrte Sven.

»Das glaube ich nicht«, sagte Ina. »Vielleicht hat sich in der Kanzlei etwas geändert, und dieser Anwalt Liegmann ist bei Brummer mit eingestiegen.«

Sven sah seine Schwester an. »Müsste das dann nicht aus dem Briefkopf hervorgehen?«

»Keine Ahnung. Ruf doch dort an.«

»Das werde ich auch tun. Und zwar sofort!«

Der Anruf ergab, dass es sich bei der Kanzlei Liegmann um einen eigenständigen Anwalt aus Münster handelte. Anwalt Brummer hatte von dem genannten Schreiben keine Ahnung.

»Und du wusstest wirklich nicht, dass Papa einen anderen Anwalt beauftragt hat?«, fragte Ina.

Sven schüttelte den Kopf. »Papa hat vor einigen Wochen nur gesagt, dass er sicherheitshalber noch einmal ein Testament machen will, damit es später keine Probleme gibt und jeder seinen gerechten Anteil kriegt oder so ähnlich. Ich hab gar nicht richtig zugehört. Aber dass er gleich einen anderen Anwalt nimmt, kann nichts Gutes bedeuten.«

»Warte doch erst mal ab, was es mit dieser Testamentseröffnung auf sich hat«, beruhigte ihn seine Schwester. »Vielleicht hat Papa befürchtet, dass jemand in der Kanzlei Brummer hier im Ort vorab etwas ausposaunt, und ist deshalb mit seinem neuen Testament zu einem anderen Anwalt gegangen.«

»In der Kanzlei herrscht Schweigepflicht«, erklärte Sven noch immer aufgebracht. »Die dürfen gar nichts ausplaudern.«

»Lass uns erst mal morgen die Beerdigung hinter uns bringen«, sagte Ina. »Ich fahre jetzt in meine Wohnung und sehe nach, ob ich auch so einen Brief vom Anwalt bekommen habe.«

Sven ging hinauf in das Büro, das er bisher mit seinem Vater gemeinsam genutzt hatte. Sein Vater und er hatten jeder einen Schreibtisch mit Bildschirm, von dem aus sie auf die Fütterungsanlage im Stall und auf die Ergebnisse der Fotovoltaikanlage zugreifen konnten. Hier im Büro hatte er mit seinem Vater viele

Dinge besprochen, die mit der gesamten Gestaltung und der Planung des Hofes zusammenhingen. Sie hatten über Preise diskutiert und sich über Finanzierungsmodelle für neue Gebäude oder Landmaschinen ausgetauscht. Nicht immer waren sie einer Meinung gewesen, aber immer hatten sie einen für beide tragbaren Kompromiss gefunden.

Gezielt startete Sven nun den Computer seines Vaters und stellte zu seiner Überraschung fest, dass sich das Kennwort geändert hatte. Zwar hatte sein Vater es ihm nicht verraten, aber er hatte ihm hin und wieder über die Schulter gesehen und sich das Wort gemerkt, nun passte es nicht mehr. Verärgert versuchte er allerlei andere Worte, gab schließlich *Britta* ein und kam ins Programm. Wütend schlug Sven mit der Faust auf den Tisch, sodass die Stifte im Ständer wackelten.

Dunkel erinnerte er sich daran, dass sein Vater vor einigen Wochen plötzlich zu ihm gekommen war und ihm erzählt hatte, dass er ihm etwas Dringendes mitteilen müsse, gleich darauf war aber der Tierarzt gekommen, und sie hatten das Gespräch aufgeschoben. Später hatte er es vergessen, und sein Vater war von da an oft weg. Einige Wochen danach war er zu einem Einkauf in Münster gewesen und hatte zufällig an einer Eisdiele seinen Vater mit Britta Saarberg einträchtig im Gespräch gesehen. Er war damals so wütend gewesen, dass er am liebsten hingelaufen wäre und sich mit ihm geprügelt hätte, hatte sich aber wegen der vielen Leute eines Besseren besonnen. Als sein Vater wieder zu Hause war, hatte Sven ihn zur Rede gestellt. »Wo warst du denn?«

»In Münster, das hab ich doch gesagt«, hatte sein Vater geantwortet und so getan, als wäre nichts gewesen.

»Ich weiß!«, hatte Sven ihm wütend entgegengeschleudert. »Ich war auch da und habe dich in der Eisdiele gesehen. Du warst nicht allein!«

»Sven, darüber wollte ich schon vor Wochen mit dir reden«, hatte sein Vater gesagt.

Doch Sven hatte ihn barsch unterbrochen: »Da gibt's nichts mehr zu reden, ich hab schließlich Augen im Kopf!«

»Du siehst das ganz falsch, Sven. Die Britta ist …«

»Halt's Maul!«, hatte er nur gebrüllt. »Ich will nichts mehr hören!«

Wütend war er dann davongestürmt. Noch mehrmals hatte sein Vater versucht, mit ihm zu reden, aber Sven hatte abgeblockt, denn es war ihm peinlich, dass sein Vater eine Geliebte hatte, die mehrere Jahre jünger war als er.

Und nicht nur das, er selbst hatte ein Auge auf Britta geworfen. Irgendwann hatte er sie unterwegs getroffen, als ihr Fahrradreifen platt gewesen war. Er hatte ihr das Rad geflickt und sich dabei angeregt mit ihr unterhalten. Einige Tage später hatte er sie zum Essen eingeladen, aber sie hatte abgesagt, und kurz darauf hatte er sie zusammen mit seinem Vater in der Eisdiele gesehen. Ausgerechnet ihm gab sie den Vorzug! Er verstand es einfach nicht! Was hatte sie an einem Mann gefunden, der genauso alt war wie ihr Vater?

Sven wusste, dass Brittas Eltern seit Jahren geschieden waren und sie ihren Vater nicht kannte. Er hatte gehört, dass Britta keinen Kontakt zu ihm hatte und nicht einmal wusste, wo er sich aufhielt. Hatte sie deshalb etwas mit seinem Vater angefangen? Erst hatte er sie zur Rede stellen wollen, es sich aber anders überlegt, denn sie war in letzter Zeit regelmäßig mit Roland Waldmeier in den Schießclub gekommen, und Sven hatte gehofft, dass die Sache mit seinem Vater endlich vorbei war. Aber vor Kurzem hatten Roland und Britta einen heftigen Streit gehabt. Danach war Britta bei seinem Vater auf dem Hof gewesen. Frau Juli hatte es ihm bestätigt. Kein Wunder, dass mittlerweile der ganze Ort darüber sprach.

Sven öffnete den Bilderordner seines Vaters und sah seine Ahnung bestätigt. Viele Bilder von Britta Saarberg, aber merkwürdigerweise auch einige von ihrer Mutter. Zu Svens Überraschung war ein Foto dabei, das eingescannt worden war und Britta als kleines Mädchen auf den Armen ihrer Mutter zeigte. Es waren keine anstößigen Bilder, sondern eigentlich Fotos, die gut in ein Familienalbum gepasst hätten. Aber warum hatte sein Vater diese Fotos abgespeichert? Was sollte das? Ob er sie löschen sollte? Kaum hatte er darüber nachgedacht, waren die Bilder schon im Papierkorb gelandet, doch dann überlegte er es sich anders und machte den Vorgang rückgängig. Danach suchte er weiter nach Hinweisen, fand aber keine, schloss den Ordner und fuhr den PC herunter.

Gefrustet ging Sven hinunter, zog sich um und begab sich anschließend in den Stall, um die Tiere zu versorgen. Zum Glück hatte er die Ställe vor zwei Jahren mit einer neuen Fütterungsanlage ausgestattet, was die Arbeit sehr erleichterte, aber die Anlage musste regelmäßig befüllt und gewartet werden, und auch das brauchte seine Zeit.

Es war nach acht Uhr, als Sven verschwitzt und schmutzig von der Arbeit im Stall ins Haus kam. Da sein Vater normalerweise mit ihm gemeinsam diese Tätigkeit verrichtete, hatte der Auszubildende Ingo Bergmann seinen wohlverdienten Jahresurlaub vor einer Woche angetreten. Sven musste seit dem Tod des Vaters alles allein machen. Früher hatte er sich danach gesehnt, endlich allein entscheiden zu können, ohne seinen alten Herrn, der doch immer wieder Einwände hatte, wenn es um Details ging. Doch jetzt, wo es so weit war, stellte er fest, dass die Arbeit für eine Person nur schwer zu bewältigen war. Für die Arbeit auf dem Feld hatte er kurzfristig einen Lohnunternehmer engagiert, der in der letzten Woche den zuvor bereits abgeernteten Gerstenacker neu bestellt und mit Zwischenfrucht eingesät hatte. Für den Tag der Beerdigung bis zum Ende der Woche übernahm ein Mitarbeiter des landwirtschaftlichen Betriebshilfsdienstes die Aufgaben auf dem Hof. Für die Zeit danach musste er sich unbedingt etwas einfallen lassen.

Sven war gerade auf dem Weg ins Bad, als seine Schwester ins Haus kam. »Ich habe auch eine Ladung zur Testamentseröffnung bekommen«, sagte sie und schwenkte einen Brief in der Hand.

»Hab ich mir schon gedacht«, brummte er und verschwand im Bad.

Er war müde und gefrustet, und plötzlich erschien ihm der Hof und alles, was er sonst so geliebt hatte, als eine Last, die er nicht allein tragen konnte. Was sollte nun werden? Bisher hatte er ein relativ sorgloses Leben geführt. Er hatte gefeiert und war in den Urlaub gefahren, immer mit dem beruhigenden Gedanken, dass der Vater alles regelte.

Der Hof war groß, und der Vater hatte so umsichtig und gut gewirtschaftet, dass eine Fotovoltaikanlage auf den beiden großen Schweineställen für eine regelmäßige monatliche Einnahme sorgte. Die Schweinemast brachte ebenfalls gute Erträge, und deshalb hatte Sven einen neuen Stall mit zweitausend Schweinen geplant und bereits die Genehmigung dafür eingeholt. Die Gülle sollte in dem neuen Behälter, der gerade gebaut wurde, gesammelt und teilweise der nahe gelegenen Biogasanlage zugeführt werden und würde noch zusätzliche Einnahmen bringen. Die Verträge dafür hatte Sven schon gemeinsam mit dem Betreiber ratifiziert. Außerdem besaß sein Vater in Münster ein großes Haus, in dem nun seine Schwester mietfrei wohnte, und in Oberherzholz ein weiteres Mietshaus. Sven wollte es verkaufen, um für den Schweinestall möglichst wenig Kredit aufnehmen zu müssen, aber sein Vater war plötzlich dagegen gewesen. Auch ein Punkt, den er nicht verstand, denn noch vor einem Jahr waren sie sich in dieser Sache einig gewesen. Auch darüber hatte es Streit gegeben.

Die Organisation des Hofes war vielschichtig und erforderte eine umsichtige Buchführung und Planung. All diese Dinge hatte er bisher gemeinsam mit seinem Vater besprochen und durchgeführt, doch nun erschien es ihm plötzlich wie ein riesiger Felsbrocken, der auf ihn zurollte und ihn unter sich begraben würde.

Sven stellte die Dusche, die bisher lauwarm gewesen war, auf kalt und ließ das erfrischende Wasser über seinen Körper laufen, bis die schreckliche Hitze, die in seinem Innern tobte, sich mit einem Frösteln verabschiedete. Erst dann stellte er die Dusche ab, griff nach einem Handtuch und verließ kurz darauf das Bad in T-Shirt und Shorts. Er musste sich etwas ausdenken, er brauchte Unterstützung. Britta Saarberg wäre da genau die Richtige gewesen.

Wütend ballte er die Hände in den Taschen seiner Shorts. Er hatte Britta schon begehrt, als sie noch zur Schule gegangen und er kaum zwanzig gewesen war. Doch dann hatte er gesehen, dass sie Roland Waldmeier geküsst hatte, und er hatte sich anderen Mädchen zugewandt. Trotzdem hatte er gehofft, irgendwann doch noch bei Britta Eindruck machen zu können. Dass nun ausgerechnet sein Vater etwas mit diesem Mädchen angefangen hatte, verärgerte ihn zutiefst und verdeckte sogar die Trauer um seinen Tod. In ihm war nichts als Wut und eine entsetzliche Leere.

Als er die Küchentür öffnete, deckte seine Schwester den Tisch. »Hast du etwa bis jetzt geduscht?«, fuhr sie ihn an. »Du warst ja fast eine Stunde im Bad!«

»Na und?«, protestierte er. »Was geht dich das an? Ich kann hier machen, was ich will.«

»Sei doch nicht gleich so sauer«, beschwichtigte Ina ihn. »Ich bin auch nicht gerade begeistert über das, was passiert ist.« Sie sah ihn stirnrunzelnd an und fuhr fragend fort: »Du hast doch noch nicht gegessen, oder?«

»Wann denn? Ich war drei Stunden im Stall! Meinste, die Arbeit macht sich allein?«

»Schon gut, schon gut.« Ina schüttelte den Kopf. »Setz dich und iss. Möchtest du Tee?«

»Ich trink 'n Bier.« Sven ging an den Kühlschrank, holte sich eine Flasche Pils und nahm sofort einen tiefen Schluck.

»Vom Saufen wird Papa auch nicht lebendig«, bemerkte seine Schwester spitz, die nun wohl auch langsam die Nerven verlor.

»Mein Gott, lass mich endlich in Ruhe, Ina. Geh rauf in dein Zimmer, oder fahr zurück in deine Wohnung, aber lass mich allein!« Er sah, dass ihr die Tränen kamen, da setzte er hinzu: »Bitte, Ina.« Zu mehr war er einfach nicht fähig.

Ina wischte sich über die Augen, schnappte ihre Tasse, die sie gerade mit Tee gefüllt hatte, und stürzte aus der Küche.

• • •

Am nächsten Morgen kam früh um sieben Uhr zum Glück Ralf Pohl vom Betriebshilfsdienst, um die Arbeit auf dem Hof zu übernehmen.

Sven hatte sich am Abend, nachdem Ina so hastig die Küche verlassen hatte, regelrecht volllaufen lassen. Er stand gerade vollkommen verkatert auf, als unten die Klingel ging und er Ina hörte, wie sie mit dem Mann sprach.

Gleich darauf stand sie unten an der Treppe und rief: »Sven, kommst du mal?«

Sven ging hinunter und begleitete den Betriebshelfer zu einer kurzen Einführung in den Stall.

Ralf Pohl war schon im Frühjahr drei Wochen als Urlaubsvertretung für seinen Vater da gewesen und bekundete Sven sein Beileid zu dessen Verlust. Pohl war gut fünfzig Jahre alt, groß und von kräftiger Statur. Er hatte eine Halbglatze, und der dunkle Haarkranz war an den Schläfen bereits ergraut. Er lebte in Münster und war ausgebildeter Landwirt. Sven war beim letzten Einsatz sehr gut mit ihm ausgekommen. Er kannte sich auf dem Hof überall aus, und Sven musste ihm zum Glück nicht viel erklären. Schon nach wenigen Minuten war Sven wieder im Haus, und Ralf Pohl machte sich an die Arbeit.

Ina stand in der Küche und bereitete das Frühstück vor. »Frau Juli hat angerufen. Sie hat sich den Magen verdorben. Sie kommt später.«

»Auch das noch, verdammt!«, fluchte Sven. »Sie wollte heute Morgen mein Hemd noch bügeln. Hier geht aber im Moment auch alles schief.«

»Besonders wenn sich der gnädige Herr auch noch volllaufen lässt«, fauchte Ina. »Mein Gott, du stinkst wie eine ganze Kneipe. Steck deinen Kopf ins Wasser, damit du endlich wieder klar wirst. Vergiss nicht, dass wir um elf Uhr zur Beerdigung müssen.«

»Schon gut«, sagte Sven. »Das war gestern etwas viel. Aber im Moment ist wirklich alles so ein Mist.«

»Ha, das sagst ausgerechnet du?« Ina starrte ihn empört an. »Du sahnst doch jetzt richtig ab. Alles gehört dir, und du kannst endlich schalten und walten, wie du willst!«

Er sah sie erstaunt an. »Gönnst du mir den Hof nicht, oder was ist?«

»Ich gönn ihn dir«, sagte Ina. »Aber du machst einen Aufstand und heulst herum, als wärst du der Ärmste im ganzen Ort. Dabei erbst du einen fast schuldenfreien Hof mit dicken Einnahmen, der über eine Million wert ist.«

»Du bekommst doch das Haus mit den Wohnungen«, entgegnete Sven verärgert. »Aber an mir bleibt die ganze Arbeit hängen!«

»Mir kommen die Tränen!«, fauchte Ina. »Ich bin mit meinem Anteil zufrieden und jammere nicht. Dabei ist es nur ein Bruchteil dessen, was du erbst!«

»Also doch, du bist neidisch!«, antwortete Sven. »Warum hast du nie gesagt, dass du den Hof haben willst?«

»Weil ich ihn nicht will!« Ina schrie nun fast. »Aber du sollst endlich aufhören, wie ein kleiner Junge herumzujammern. Er war auch mein Vater, und ich bin auch traurig, aber deshalb besaufe ich mich nicht, und ich jammere auch nicht herum.«

»Reg dich nicht so auf«, sagte Sven und hielt sich stöhnend den Kopf.

Doch seine Schwester war nun richtig in Fahrt. »Nimm ein Aspirin und krieg dich endlich wieder ein! Ich kümmere mich darum, dass du nachher ein gebügeltes Hemd anhast.« Ina trank ihre Kaffeetasse leer, setzte sie mit einem lauten Klacken auf der Spüle ab und ließ die Küchentür geräuschvoll hinter sich zufallen.

7. Kapitel

Isabella Steif hatte die Todesanzeige in der Zeitung gelesen und zog sich zur Beerdigung um. Da Ina Baumstroh eine ehemalige Schülerin von ihr war, wollte sie an der Trauerfeier teilnehmen. Und natürlich wollte sie wissen, ob Britta Saarberg, die ebenfalls bei ihr das Abitur gemacht hatte, auch zur Beerdigung gehen würde. Sie hatte gerade ihre Tasche unter den Arm geklemmt und wollte zur Haustür gehen, als es klingelte.

»Oh, du bist schon fertig«, wurde sie beim Öffnen von Charlotte begrüßt.

Isabella musterte ihre Schwester erstaunt. »Willst du etwa in dem Aufzug zur Beerdigung?«

»Ich will gar nicht hin«, entgegnete Charlotte und runzelte die Stirn. »Aber wie ich sehe, willst du dir das Spektakel nicht entgehen lassen. Hast du etwa eine Einladung zum Beerdigungskaffee?«

»Nein, ich geh nur auf den Friedhof«, antwortete Isabella entrüstet. »Schließlich war Ina Baumstroh eine Schülerin von mir.«

»Von mir auch. Deshalb muss ich doch nicht zur Beerdigung. Ich will zum Baggersee und meine Runden schwimmen.«

»Viel Spaß, Charlotte«, sagte Isabella und drängte ihre Schwester zur Seite. »Ich hab's eilig.«

Charlotte ging wortlos davon, und Isabella eilte zu ihrem Auto, das schon startbereit vor der Garage stand.

Es war eine große Beerdigung. Alle örtlichen Vereine – der Schützenverein, der Heimatverein, der Schießclub und sogar der Sportverein – hatten eine Abordnung entsandt, was Isabella an den jeweiligen Fahnen erkannte, die von den Vertretern getragen wurden. Auch viele Landwirte der Umgebung waren erschienen.

Als Isabella ankam, wurde gerade der Sarg aus der Friedhofskapelle getragen. Dem Sarg folgten als Erstes die Geschwister Ina und Sven Baumstroh, dann einige Leute, die Isabella nicht kannte, bei denen es sich aber vermutlich um Verwandte handelte, und dann Britta Saarberg, Arm in Arm mit ihrer Mutter. War doch etwas dran an den Gerüchten, die im Ort kursierten? Aber wieso hatte Britta dann ihre Mutter mitgebracht?

Isabella war noch in Gedanken, als sie sah, dass Wachtmeister Meier an der Kapelle stand und den Trauerzug mit wachsamem Blick beobachtete. Isabella schloss sich ganz hinten an und wunderte sich, dass Hilde Juli, die Wirtschafterin der Baumstrohs, nirgends zu sehen war. Wahrscheinlich war Hilde auf dem Hof, um dort nach dem Rechten zu sehen. Schließlich war es schon häufig vorgekommen, dass bei solchen Anlässen Einbrecher die Gunst der Stunde genutzt und dem verlassenen Haus einen Besuch abgestattet hatten.

Der Pfarrer hielt eine Abschiedsrede, würdigte das große soziale Engagement des Verstorbenen und rügte mit harten Worten die frevelhafte Tat des Mörders. Als der Sarg langsam in die Gruft gesenkt wurde, nahmen die Jagdhornbläser Aufstellung, und das letzte Halali erklang und verschluckte die leisen Schluchzer von Ina Baumstroh und Britta Saarberg, die jede auf ihre Art einen geliebten Menschen verloren hatten. Sven Baumstroh schnäuzte sich heftig, nahm entschlossen den Spaten und warf, wie es Tradition war, etwas Erde auf den Sarg. Inas Rosenstrauß fiel gleich hinterher, und die Geschwister traten Arm in Arm schweigend zur Seite, um den anderen Gästen vor der Gruft Platz zu machen.

Kurz darauf traten Britta Saarberg und ihre Mutter vor das

Grab. Britta hielt ebenfalls einen Rosenstrauß in der Hand und warf ihn schluchzend auf den Sarg. Sven, der es mitbekommen hatte, schubste die beiden Frauen grob zur Seite und zischte ihnen empört etwas zu, das Isabella nicht verstehen konnte, weil sie weit hinten in der Menge stand. Überall empörte Blicke. Doch bevor es zu einem Schlagabtausch zwischen Sven und Britta kommen konnte, zog Elvira Saarberg hastig ihre Tochter vom Grab weg.

Der Pfarrer, ebenfalls aufmerksam geworden, eilte herbei und geleitete Mutter und Tochter durch die Menge, die sich neugierig um sie geschart hatte. Schweigend, wahrscheinlich weil der Pfarrer sie beschützte, zeigten die Anwesenden jedoch durch empörtes Kopfschütteln, wie unpassend sie den Auftritt der beiden empfanden.

Isabella Steif stand etwas abseits und beobachtete mit Erstaunen, wie die beiden Frauen mit gesenkten Köpfen eilig an ihr vorbei zum Ausgang strebten. Der Pfarrer blieb bei ihr stehen und sagte leise: »Der Schein trügt, Frau Steif. Aber die Menschen glauben, was sie sehen, und ziehen ihre Schlüsse. Aber ich kann Ihnen versichern, sie irren sich gewaltig.«

Isabella wollte gerade fragen, wie er das meinte, doch in diesem Moment kamen die Geschwister Baumstroh hinzu. Isabella sprach ihnen ihr Beileid aus und ging nachdenklich davon. Als sie im Auto saß, sah sie die Leute ins Kaffeestübchen gehen, wo zum traditionellen Beerdigungskaffee geladen war.

In Gedanken versunken ließ Isabella den Wagen anrollen und machte sich auf den Weg nach Hause. Dort zog sie sich hastig um, packte ihre Badesachen ein und fuhr mit dem Rad ebenfalls zum Baggersee, denn die Temperaturen waren mittlerweile auf über dreißig Grad angestiegen.

Als sie ankam, lag Charlotte auf ihrer Decke im Schatten eines Strauches und döste.

»Ist das eine Hitze«, stöhnte Isabella und stellte ihr Rad ab. »Schon vom Fahrradfahren bin ich völlig verschwitzt.«

»Oh, du bist schon zurück«, wunderte sich Charlotte und setzte sich hin. »Das war aber ein kurzes Begräbnis.«

»Das kannst du laut sagen, aber es waren sehr viele Leute da«, sagte Isabella und berichtete von den Vorkommnissen auf dem Friedhof.

»Dann weiß der Pfarrer also mehr«, sagte Charlotte, als Isabella ihren Bericht beendet hatte: »Könnte es sein, dass Elvira Saarberg mal mit Bernhard Baumstroh liiert war?«

»Du meinst, Britta ist seine Tochter?«

»Genau! Das wäre nämlich auch eine Erklärung dafür, dass sie kürzlich den ganzen Nachmittag bei ihm im Büro war und auch sonst in letzter Zeit häufiger mit ihm gesehen wurde.«

»Dann wüssten Sven und Ina doch sicher Bescheid«, warf Isabella ein.

»Den Vater möchte ich sehen, der seine Seitensprünge den Kindern beichtet!« Charlotte lachte.

»Das kann nicht sein«, widersprach Isabella. »Die Sache mit Britta ist doch erst seit einigen Wochen im Gespräch. Dann hätte man doch schon vorher etwas davon gehört.«

»Möglicherweise hat Elvira Saarberg das Geheimnis für sich behalten, um ihre Ehe nicht zu gefährden«, war Charlotte überzeugt. »Schließlich war sie bei Brittas Geburt noch verheiratet.«

»Bernhard Baumstroh war auch verheiratet«, sagte Isabella. »Seine Frau starb erst, als Ina schon sechzehn oder siebzehn war. Ich kann mich noch genau erinnern, dass sie völlig verstört zum Unterricht kam und wochenlang teilnahmslos in der Klasse saß.«

»Stimmt. Und Ina Baumstroh ist nur zwei oder drei Jahre älter als Britta Saarberg.«

»Wenn Britta wirklich die Tochter von Bernhard Baumstroh ist, dann wollten weder er noch Elvira, dass es publik wird, und haben es einfach verschwiegen«, vermutete Isabella. »Vielleicht ist jemand dahintergekommen, oder Britta hat etwas gemerkt.«

»Möglich«, sagte Charlotte und legte sich wieder zurück auf ihre Decke. »Sag mal, wolltest du nicht ins Wasser?«

»Auf jeden Fall!«, meinte Isabella und war kurz darauf schon abgetaucht. Sie war gerade ein Stück geschwommen, als sie unter sich einen Gegenstand spürte. Da das Wasser leicht trübe war, konnte sie nicht erkennen, was es war, sie war aber ziemlich sicher, dass dort jemand seinen Müll abgeladen hatte. Sie schwamm zurück und ging zu Charlotte, die noch immer auf ihrer Decke lag. »Charlotte, da hat jemand seinen Müll versenkt«, sagte sie. »Es muss ein größeres Teil sein, ein Herd oder ein alter Kühlschrank. Man sollte das wirklich melden.«

Charlotte richtete sich auf und blinzelte in die Sonne. »Du meinst, da drüben, schräg gegenüber der Einfahrt?«, sagte sie. »Ja, das habe ich letzte Woche schon gemerkt. Ich glaube, es ist ein Rest des Schwimmers, der nach dem Baggern nicht abgebaut wurde.«

»Nein, nein«, erwiderte Isabella bestimmt. »Da hat jemand etwas entsorgt. Dabei steht der See mittlerweile unter Naturschutz. Ob ich mal den Wachtmeister informiere?«

»Bloß nicht!« Charlotte stand auf und sah ihre Schwester entrüstet an. »Schließlich muss niemand wissen, dass wir regelmäßig hier schwimmen!«

»Warum denn nicht? Wir haben den Besitzer doch um Erlaubnis gefragt.«

»Schwimmen in Baggerseen ist gefährlich«, sagte Charlotte.

»Ich will mir keine Standpauke von unserm Wachtmeister anhören, dass wir als ehemalige Lehrerinnen ein gutes Beispiel geben müssen und gefälligst ins Freibad gehen sollen.«

»Quatsch«, sagte Isabella und hatte ihr Handy schon aus der Tasche geholt. »Wir haben die Erlaubnis des Besitzers und sind sehr vorsichtig. Alles andere geht den Wachtmeister nichts an.« Einen kurzen Moment telefonierte Isabella und beendete dann das Gespräch mit einem ärgerlichen: »Na, dann eben nicht!«

»Oh, sehr begeistert schien der Wachtmeister nicht zu sein«, bemerkte Charlotte spöttisch.

»Stell dir vor, er hat gesagt, dass sie sehr viel zu tun haben und sich nicht auch noch um solche Kleinigkeiten kümmern können. Ich soll das Umweltamt anrufen.« Isabella steckte das Smartphone wütend wieder ein. »Ich geh noch eine Runde schwimmen!«, fauchte sie ärgerlich.

»Ich komme mit.« Charlotte ging ebenfalls mit ins Wasser, und beide schwammen weit hinaus.

Als sie an der Stelle vorbeikamen, an der sie das Objekt im Wasser bemerkt hatten, sagte Isabella: »Du kannst doch so gut tauchen, Charlotte. Willst du nicht mal nachsehen, was da unten im Wasser ist?«

»Du spinnst wohl, dann verderbe ich mir ja die neue Frisur.«

»Dann versuch ich es eben!« Isabella zögerte einen Moment und tauchte ab, kam aber schon zwei, drei Sekunden später wieder hoch. »Da liegt etwas Helles, Abgerundetes, keine Ahnung, was das ist«, sagte sie, strich sich japsend die Haare aus dem Gesicht und rieb sich die Augen. »Ich kann unter Wasser ohne Taucherbrille nicht richtig sehen, darum bin ich gleich wieder aufgetaucht.«

Beide schwammen langsam zum Ufer.

»Und woher weißt du, dass es etwas Helles ist?«, fragte Charlotte, als sie aus dem Wasser kamen.

Isabella holte ihr Handtuch vom Fahrrad und rubbelte ihr Haar trocken. »Für einen Moment habe ich die Augen aufgemacht, aber das Wasser ist dort sehr trübe, als wenn jemand den Sand frisch aufgewirbelt hätte.«

»Vielleicht liegt das Teil dort noch nicht lange und es sackt langsam weiter ab«, vermutete Charlotte. »Dann sollten wir um die Stelle einen großen Bogen machen. Es ist ziemlich nah am Ufer, und der Sand kann dort ein ganzes Stück weit einbrechen.«

»Dann müsste es sich aber um ein ziemlich großes Teil handeln«, war Isabella sicher.

»Möglich«, stimmte Charlotte zu. »Ein alter Kühlschrank oder ein Herd, aber die sind eckig und nicht abgerundet.«

»Bestimmt hat dort jemand sein altes Auto versenkt, weil er den Preis fürs Verschrotten nicht zahlen will«, vermutete Isabella.

»Du sagst es, Isabella!« Charlotte fasste sich an den Kopf. »Das ist das Auto von Bernhard Baumstroh! Der Mörder hat es hier versenkt, damit ihm niemand auf die Schliche kommt.«

»Wieso? Ist das Auto denn noch immer nicht aufgetaucht?«

»Soviel ich weiß, nicht.«

»Das sagst du erst jetzt?« Isabella griff in ihre Tasche, holte ihr Handy heraus und telefonierte erneut mit der Polizeistation. »Herr Meier, im Baggersee liegt ein Auto. Könnte es das von Herrn Baumstroh sein?« Ein triumphierendes Lächeln glitt über Isabellas Gesicht. »Danke, Herr Meier.«

Charlotte starrte ihre Schwester an. »Hab ich das jetzt richtig verstanden?«

»Was denn?« Isabella steckte ihr Handy weg, holte eine Bürste aus ihrer Tasche und bearbeitete ihr nasses Haar.

»Du kannst doch dem Wachtmeister nicht weismachen, dass

dort ein Auto liegt«, protestierte Charlotte. »Das weißt du doch gar nicht.«

»Na und? Dann hab ich mich eben geirrt.«

Charlotte streifte ihr Kleid über. »Ich fahre. Das Donnerwetter von unserem Wachtmeister tu ich mir nicht an.«

Isabella lachte spöttisch. »Du stellst dich an«, sagte sie. »Ich bleibe hier, bis der Wachtmeister mit den Tauchern und der Feuerwehr anrückt. Ich will doch wissen, was dort liegt!«

»Ein Auto ist es mit Sicherheit nicht.« Charlotte hatte ihre Sachen gepackt, stieg auf ihr Fahrrad und fuhr davon.

Isabella setzte sich auf ihre Decke und ließ sich die Sonne auf den Rücken scheinen. Gerade als sie ihr Haar noch einmal durchgekämmt hatte, denn es war mittlerweile trocken geworden, kam das Polizeiauto im Schritttempo durch die Einfahrt im Gebüsch und stoppte nah am Ufer. Hauptkommissar Meier und Kommissar Frisch stiegen aus.

»Guten Tag, Frau Steif«, begrüßte der Hauptkommissar sie. »Wo haben Sie denn das Auto entdeckt?«

Isabella erhob sich und zeigte den beiden Männern, wo sie das Teil im Wasser vermutete. »Ob es wirklich das Auto von Herrn Baumstroh ist, weiß ich aber nicht, Herr Meier«, erklärte Isabella. »Aber ich bin mir ganz sicher, dass es ein Fahrzeug ist oder Teile davon.«

»Das werden wir bald haben«, sagte Meier, und sein Kollege fragte: »Wann haben Sie denn entdeckt, dass da was im Wasser ist?«

»Ich habe erst heute etwas bemerkt, aber meine Schwester war schon letzte Woche da«, gab Isabella an. »Sie war allerdings der Meinung, dort wären noch Reste des Schwimmers vom Sandbaggern zurückgeblieben.«

»Das ist eigentlich unmöglich, Frau Steif«, war Kommissar Frisch sicher. »Der Anglerverein, der hier den See angemietet hat, hat damals darauf bestanden, dass alle Altmetallteile abgeräumt werden, damit sich niemand vom Verein beim Schwimmen verletzen kann.« Er sah Isabella einen Moment lang an und fragte dann: »Sind Sie auch Mitglied im Verein?«

»Nein, aber der Besitzer hat uns erlaubt, hier zu schwimmen.«

Frisch runzelte die Stirn, äußerte sich aber nicht dazu, sondern ging mit großen Schritten auf den Weg und winkte den Leuten von der Feuerwehr, die nun mit ihrem Fahrzeug anrückten.

Isabella faltete ihre Decke zusammen, packte sie mit den anderen Sachen in ihre Strandtasche, verstaute alles auf dem Gepäckträger ihres Fahrrades und schob das Rad ganz nah ans Gebüsch, denn der Feuerwehrwagen nahm fast den ganzen Platz zwischen Hecke und Wasser ein. Dann ging Isabella ein Stück weiter, wo der Sandstrand ziemlich schmal war, und sah zu, wie zwei Männer ihre Taucherausrüstung anlegten und an der von ihr angezeigten Stelle ins Wasser stiegen.

Sie blieben kaum fünf Minuten unten, tauchten wieder auf und gaben durch Handzeichen zu verstehen, dass sie ein Abschlepptau benötigten. Mit dem Seil tauchten sie erneut, kamen gleich darauf wieder hoch, und die Winde am Feuerwehrwagen setzte sich langsam in Bewegung. Es dauerte einige Minuten, bis das Heck eines Autos Stück für Stück zum Vorschein kam und das Fahrzeug letztendlich ganz auf den Sand gezogen wurde. Es war verdreckt, nass und schlammig, wie es dort am Haken hinter dem Feuerwehrwagen hing, aber man sah deutlich, dass es sich um einen Mercedes älteren Baujahrs handelte, so wie ihn viele Bauern der Umgebung fuhren. Isabella war nun sogar sicher, dass es das verschwundene Auto des ermordeten Bauern war. Sie ging zu den Männern hin, die diskutierend um das Wrack herumstanden, und fragte Herrn Frisch: »Ist es das Auto von Herrn Baumstroh?«

Kommissar Frisch nickte. »Ja.«

»Und was passiert jetzt damit?«, erkundigte sich Isabella.

»Der Wagen wird abgeschleppt und von unseren Leuten gründlich untersucht.«

»Ich fahre dann«, sagte Isabella, holte ihr Rad und fuhr davon. Als sie die Münsterlandstraße erreicht hatte, kam ihr bereits der Abschleppwagen entgegen.

Kurz darauf kam Isabella in der Wiesenstraße an. Noch bevor sie ihr Fahrrad in die Garage räumte, klingelte sie bei Charlotte.

In Shirt und dünner Leinenhose öffnete Charlotte die Tür. »Na, was hat der Wachtmeister gesagt?«, fragte sie spitz.

»Gar nichts, er war hochzufrieden«, sagte Isabella und fuhr fort: »Du hättest ruhig bleiben können. Es war richtig spannend zu beobachten, wie das Auto mit der Seilwinde hochgezogen wurde.«

Charlotte starrte Isabella an. »Sag bloß, es war wirklich ein Auto.«

»Nicht nur das, es war das Auto von Bernhard Baumstroh. Kommissar Frisch hat es mir bestätigt!« Isabella sah ihre Schwester triumphierend an.

»Wirklich? Dann hat sich der Mörder ja richtig viel Arbeit gemacht.«

»Das kannst du wohl sagen, und nun bin ich sicher, dass es ein Fremder sein muss«, sagte Isabella. »So etwas traue ich weder den hiesigen Bauern noch den Umweltschützern zu, und auch die Mitglieder des Schießclubs sind nicht so kaltblütig, dass sie so gekonnt die Spuren verwischen.«

»Man weiß nie, was in den Leuten vorgeht«, sagte Charlotte.

»Gerade wenn der Täter ein Bekannter ist, wird er wohl das größte Interesse daran haben, dass er nicht geschnappt wird.«

»Als du beim Schwimmen das Auto bemerkt hast, war das an dem Tag, als wir die Leiche gefunden haben, oder einen Tag später?«

»Das war an dem Tag, als ich die Führung hatte «, sagte Charlotte. »Der Täter muss den Bauern erschossen haben und gleich darauf in der Nacht mit dem Auto zum Baggersee gefahren sein.«

»Aber warum?«, rätselte Isabella.

»Vielleicht gibt es um den Bauern noch weitere Geheimnisse, nicht nur die Sache mit Britta Saarberg«, vermutete Charlotte.

»So wird es sein«, sagte Isabella und fasste ihr Fahrrad am Lenker. »Hast du schon mit Hilde Juli gesprochen oder mit André?«

»Hilde war krank, und mit André wolltest du doch reden«, sagte Charlotte.

»Ach, deshalb war Hilde nicht auf der Beerdigung«, sagte Isabella und fuhr fort: »André scheint unterwegs zu sein, ich habe ihn seit Tagen nicht gesehen.«

»Lass uns morgen darüber reden, Isabella. Ich will mir die Sieben-Uhr-Nachrichten ansehen.«

»Viel Spaß dabei«, sagte Isabella, schnappte sich ihr Fahrrad und schob es in die Garage.

...

Es war gerade neun Uhr am nächsten Morgen, als Isabella vom Brötchenholen zurückkam. Zu ihrer Überraschung setzte ein Polizeiwagen mit Wachtmeister Meier am Steuer gerade von ihrem Hof auf die Straße zurück.

»Herr Wachtmeister, wollen Sie zu mir?«, rief sie laut aus.

Der Hauptkommissar ließ die Seitenscheibe herunter. »Frau Steif, wie gut, dass ich Sie antreffe. Ich muss einige Dinge wegen des Autos im Baggersee klären.«

»Kommen Sie«, unterbrach sie ihn und schloss die Tür auf. »Ich lade Sie zum Frühstück ein.«

»Das ist wirklich nicht nötig, Frau Steif«, wehrte Meier ab. »Ich will Ihnen keine Umstände machen.«

»Kommen Sie nur«, sagte sie mit einem Lächeln und ging in die Küche voraus, wo sie von einem anheimelnden Kaffeeduft empfangen wurden.

»Haben Sie den Kaffee schon vorher gekocht?«, fragte Meier leicht irritiert.

Isabella lächelte. »Das erledigt alles meine Zeitschaltuhr«, sagte sie. »Setzen Sie sich, ich decke nur rasch den Tisch. Was wollen Sie denn wissen?«

»Wieso waren Sie allein am Baggersee? Sie wissen doch, dass dort Schwimmen verboten ist.«

Isabella zog hochmütig die Brauen nach oben. »Hat Ihr Kollege Ihnen das nicht gesagt?«

Meier holte tief Luft, als müsse er sich einen Tadel verkneifen. »Beantworten Sie doch bitte meine Frage, Frau Steif.«

»Erstens war ich dort nicht allein, sondern mit meiner Schwester, und zweitens habe ich den Besitzer Herrn Schultherm gefragt«, sagte sie und fügte spöttisch hinzu: »Wie anfangs erwähnt habe ich das Ihrem Kollegen schon gestern mitgeteilt!«

Isabella sah Meier an, dass er am liebsten heftig protestiert hätte, aber der Kaffeeduft und die frischen Brötchen samt der Wurstplatte, die sie nun auftischte, hielten ihn offensichtlich zurück, denn seine Augen glänzten begeistert. Wahrscheinlich hatte er noch gar nicht gefrühstückt.

»Das sieht sehr gut aus, Frau Steif, danke«, sagte er und langte ordentlich zu.

Sie frühstückten in Ruhe, und Isabella stellte freudig fest, dass Meier mit Genuss aß und wohl ganz vergessen hatte, weshalb er eigentlich gekommen war.

Erst als er zwei Brötchen vertilgt hatte und Isabella den letzten Kaffee verteilte, räusperte der Beamte sich und fragte: »Was haben Sie denn auf der Beerdigung von Bernhard Baumstroh mit dem Pfarrer besprochen?«

Isabella riss die Augen auf und starrte ihn an, so überrascht war sie über seine Frage, und er grinste selbstbewusst. »Sie haben mich gesehen?«, fragte sie erstaunt, setzte aber gleich hinzu: »Ach ja, Sie standen ganz hinten an der Kapelle, nicht wahr?«

Meier äußerte sich nicht dazu, sondern wiederholte seine Frage.

»Der Pfarrer war der Meinung, dass sich alle irren und es anders ist, als es aussieht«, antwortete Isabella und führte nachdenklich ihre Tasse zum Mund, fuhr aber gleich fort: »Ich vermute, dass Britta Saarberg die Tochter von Bernhard Baumstroh ist.«

Total perplex sah der Hauptkommissar sie an. »Wie kommen Sie denn auf so einen Unsinn?«

»Überall wird seit einiger Zeit gemunkelt, dass Britta Saarberg ein Verhältnis mit Bernhard Baumstroh hatte, deshalb hat sich Sven Baumstroh doch so aufgeregt, als sie am Grab stand.«

»Ach, und weil sich Sven aufgeregt hat, ist das für Sie ein Beweis, dass Britta Saarberg die Tochter von Bernhard Baumstroh ist?« Meier konnte ihr offensichtlich nicht folgen.

»Was sonst soll der Pfarrer denn gemeint haben?« Isabella sah ihn provozierend an.

»Was der Pfarrer auch immer gemeint hat, ist mir egal«, sagte

Meier. »Aber ich habe Bernhard Baumstroh lange gekannt und bin sicher, dass Ihre Vermutung absoluter Unsinn ist!« Meier erhob sich, stellte noch ein paar Fragen zu dem Auto im Baggersee, bedankte sich für das Frühstück, ging hinaus und stieg in seinen Wagen. Als er wegfuhr, stand Isabella in der Haustür und sah ihm nachdenklich hinterher.

8. Kapitel

Am Morgen nach der Beerdigung seines Vaters, etwa zur selben Zeit, als sich Hauptkommissar Meier an Isabella Steifs Frühstücksplatte gütlich tat, kam Sven Baumstroh verschwitzt und gefrustet aus dem Stall. Ralf Pohl vom Betriebshilfsdienst hatte sich beim Heckenschneiden in seinem häuslichen Garten verletzt und war an diesem Tag nicht gekommen. Man hatte Sven versprochen, noch im Laufe des Tages einen Ersatz zu schicken. Als er nun in die Küche kam, war zum Glück Frau Juli wieder da.

»Wie schön, dass Sie wieder da sind, Frau Juli«, sagte er aufatmend und setzte sich an den Tisch.

»Sind Sie jetzt erst aus dem Stall gekommen?« Die Haushälterin sah ihn überrascht an. »Wo ist denn Herr Pohl?«

»Der kommt nicht«, sagte Sven. »Ich musste alles allein machen, hoffentlich kommt heute Nachmittag der Ersatzmann.«

Hilde Juli stellte die Warmhaltekanne mit dem Kaffee auf den bereits gedeckten Tisch und sagte: »Frühstücken Sie erst mal ordentlich, ich kümmere mich derweil um die Wäsche.«

Sven nickte nur beiläufig, goss sich Kaffee ein und nahm die Zeitung in die Hand, die Frau Juli wie immer an der Ecke des Tisches abgelegt hatte. Er blätterte lustlos darin herum und warf sie wieder zur Seite. Er konnte sich einfach nicht konzentrieren. Die ganze Zeit grübelte er über den Termin beim Anwalt nach, der für den Nachmittag um fünfzehn Uhr angesetzt war. Er holte sein Handy heraus und checkte seine Nachrichten und E-Mails. Seine Schwester hatte ihm geschrieben: *Komme gegen zehn zu dir und fahre mit zum Anwalt.*

Was sollte denn das nun? Ina wohnte doch in Münster und

hatte zum Anwalt einen wesentlich kürzeren Weg als er. Noch bevor er darüber nachdenken konnte, klingelte es an der Haustür.

Kommissar Frisch stand davor, und Sven knurrte ihn verärgert an: »Was wollen Sie denn schon wieder? Ich hab zu tun.«

»Gestern Abend wurde der Wagen Ihres Vaters aus dem Baggersee geborgen«, sagte Frisch.

»Was? Aus dem Baggersee?« Sven starrte den Polizisten an. »Das ist nicht Ihr Ernst, oder?«

»Tja, wir waren auch überrascht«, sagte Frisch. »Und Sie haben das Auto wirklich nirgends gesehen, nachdem Ihr Vater weg war?«

»Verdächtigen Sie jetzt mich?«, brüllte Sven, der in seiner momentan frustrierten Stimmung mächtig auf Krawall gebürstet war. »Sie spinnen wohl! Weiß der Himmel, wer die Karre in den See gefahren hat! Ich war's auf jeden Fall nicht!«

»Das behauptet doch keiner«, beschwichtigte der Beamte hastig. »Aber vielleicht ist Ihnen noch etwas eingefallen, das uns weiterhilft. Möglicherweise ist Ihr Vater am Abend vor seinem Tod hier gewesen und hat sein Gewehr geholt. Ich kann mir nicht vorstellen, dass er die Büchse mit nach Münster genommen hat.«

»Keine Ahnung, ich war nicht da, als er wegfuhr.« Sven strich sich sein Haar aus dem Gesicht. »Ist das alles? Ich muss in den Stall.«

»Fast. Wo waren Sie denn an dem Abend?«

»Ich war im Schießclub.«

»Ab wann? Und wie lange?« Kommissar Frisch sah ihn fragend an.

»Das weiß ich doch nicht mehr«, gab Sven wütend zurück.

»Sind Sie danach noch woanders gewesen?«

»Nein, ich bin mit dem Auto durch die Gegend gefahren.«

»Was heißt das? Sind Sie gleich nach Hause gefahren, oder haben Sie jemanden getroffen?«

»Verdammt, was soll das eigentlich?«, brauste Sven auf, dem die Fragerei total auf die Nerven ging. »Ich habe niemanden getroffen und bin etwas durch die Gegend gefahren. Ist das verboten?«

»Wann ungefähr waren Sie denn zu Hause?« Der Polizist sah ihn aufmerksam an, und Sven wurde immer wütender.

»Es war nach zwölf, aber genau weiß ich es nicht. Ich schreibe mir nicht auf, wann ich ins Bett gehe, verdammt noch mal!«

Kommissar Frisch runzelte die Stirn, notierte etwas und steckte den Block ein. »Ist Ihre Haushälterin da?«

»Ja. Was wollen Sie denn von der?«, fragte Sven überrascht. »Die hatte frei, als die Sache mit meinem Vater passiert ist.«

»Die Fragen stelle ich«, sagte Kommissar Frisch nun energisch. »Würden Sie die Frau bitte rufen.«

»Kommen Sie mit rein«, sagte Sven, der noch immer mit dem Beamten vor der Haustür stand. »Sie ist im Hausarbeitsraum.«

Der Polizist folgte ihm nach drinnen.

»Frau Juli«, rief Sven laut, als sie die Küche betraten. »Warten Sie hier, sie kommt ohnehin gleich«, sagte er zu Kommissar Frisch. »Ich geh dann mal in den Stall.«

Frau Juli kam genau in diesem Moment herein. »Was gibt es denn?«

»Der Wachtmeister hat ein paar Fragen an Sie«, sagte Sven zu ihr und machte die Tür hinter sich zu.

Er war schon auf dem Weg zum Kuhstall, als er es sich anders überlegte. Er musste unbedingt wissen, was die Haushälterin aussagte, und schlich sich leise zurück. Vor der Küchentür blieb er stehen und lauschte.

»Nun ja, manchmal haben sich der Vater und der Sohn schon

gestritten, aber das ist doch normal, oder?«, sagte Frau Juli gerade.

»Kommt drauf an«, meinte der Beamte. »Worum ging es denn bei dem Streit?«

»Keine Ahnung, ich habe mich nicht darum gekümmert«, antwortete die Haushälterin. »Insgesamt haben sich die beiden Männer aber gut verstanden.«

»Und wie war das Verhältnis zu Ingo Bergmann, dem Mitarbeiter?«

»Auch gut, der Ingo ist fleißig und immer gut gelaunt«, sagte Frau Juli. »Zumindest, was ich so mitbekommen habe.«

Für Minuten herrschte Schweigen in der Küche, dann erklang wieder die Stimme des Polizisten: »An dem Tag, an dem Herr Baumstroh ermordet wurde, wo waren Sie da?«

»Zu Hause, das habe ich doch schon gesagt«, meinte Frau Juli nun, und Sven hörte den Unmut in ihrer Stimme. »Ich hatte frei.«

»Das passte ja gut«, sagte der Polizist. »Und Herr Bergmann hatte Urlaub.«

Sven wäre am liebsten in die Küche gestürmt und hätte ihm den Hals umgedreht. Was fiel dem Mann ein?

»Na hören Sie mal, was soll das denn heißen?« Die Empörung in Frau Julis Stimme war so deutlich, dass Sven grinsen musste. »Glauben Sie etwa, man hätte mir freigegeben und dem Ingo auch, damit wir nicht mitbekommen, was hier abgeht?«

»Könnte doch sein«, sagte Kommissar Frisch. »War denn in den Tagen vorher irgendetwas los hier? Waren Besucher da?«

»Der Bau des Silos macht natürlich Arbeit, und da gab es schon mehrere Leute, die hier waren, wie das so ist auf einer Baustelle.«

»Frau Juli, Sie wissen genau, was ich meine«, sagte der Beamte nun etwas ungehalten. »Gab es Besucher, mit denen eine der Parteien Streit hatte? Hat der Junior eventuell eine Freundin, die dem Alten nicht passte?«

»Ob der Junior eine Freundin hat, weiß ich nicht, und von einem Streit habe ich nichts mitbekommen«, antwortete Frau Juli knapp, und Sven bemerkte ihre Verärgerung.

»Dann zählen Sie einfach alle Besucher auf, die in den letzten drei, vier Tagen vor dem Tod Ihres Chefs hier im Haus waren«, forderte sie der Polizist nun auf.

»Ina war hier, die Tochter von Herrn Baumstroh, sie wohnt in Münster«, erklärte Frau Juli. »Und dann war Britta Saarberg hier zu Besuch. Andere Personen habe ich nicht gesehen.«

Sven ballte die Fäuste in der Tasche, als er den Namen hörte. Warum erwähnte Frau Juli das?

»Wieso war denn Frau Saarberg hier? Hat sie den Jungbauern besucht?«

»Nein, der war nicht da. Sie hat den Alten besucht.«

»Und worum ging es da?«

»Das weiß ich doch nicht«, empörte sich Frau Juli laut. »Sie ist mit dem Alten im Büro verschwunden und erst abends weggefahren.«

»Und Sie wissen wirklich nicht, was besprochen wurde?«

»Ich lausche doch nicht an den Türen! Was fällt Ihnen ein?«

»Kam Ihnen das nicht komisch vor, so eine junge Frau und der alte Herr?«, fragte Kommissar Frisch.

»Ich beteilige mich nicht an dem Tratsch im Ort, wenn Sie das meinen.«

»Ach, was wird denn geredet?«

»Bernhard Baumstroh soll angeblich ein Verhältnis mit Britta Saarberg gehabt haben, aber ich halte das für Unsinn.«

»Warum?«

»Weil er nicht der Typ war und sie meines Wissens mit einem

Roland Waldmeier liiert ist«, sagte Frau Juli und fuhr aufgebracht fort: »Ist das jetzt alles? Ich war in den letzten zwei Tagen krank, und es ist 'ne Menge liegengeblieben.«

»Eine Frage noch«, sagte der Beamte. »Wer putzt den Waffenschrank?«

»Den Waffenschrank? Ach so, Sie meinen den Blechschrank in der Werkstatt. Da kümmere ich mich nicht drum, das machen die Männer selbst.«

Sven hatte genug gehört und ging in den Stall. Gerade als er dort angekommen war, kam Kommissar Frisch hinter ihm her. »Herr Baumstroh, haben Sie noch einen Moment Zeit?«

»Was gibt es denn noch?«, fuhr Sven ihn an. »Sie sehen doch, dass ich zu tun habe.«

»Haben Sie noch andere Waffen als die Gewehre, die im Waffenschrank sind?«

»Nein, habe ich nicht«, antwortete Sven verärgert. »Warum? Glauben Sie etwa, ich hätte meinen Vater erschossen?«

Der Kommissar ignorierte die Frage und sagte nur: »Kann ich den Waffenschrank noch einmal sehen?«

»Wenn's denn sein muss.« Sven ging mit großen Schritten über den Hof Richtung Werkstatt und schloss den Schrank auf. »Da hat sich nichts verändert. Ich gehe momentan nicht auf die Jagd, es ist Schonzeit.«

»Schon gut«, sagte der Beamte und ließ den Zeigefinger über die Waffen gleiten. »Sie reinigen den Schrank selbst, sagte mir die Haushälterin. Haben Sie an dem Abend, als Ihr Vater starb, den Schrank geputzt?«

»Ja«, gab der Jungbauer zu. »Wieso?«

Der Polizist sah auf seinen Notizblock. »Vorhin haben Sie noch gesagt, Sie wären im Schießclub gewesen. Ist doch merkwürdig, oder finden Sie nicht?«

»Was ist denn daran merkwürdig, hä?« Sven war mittlerweile fast auf hundertachtzig und hätte den Polizisten am liebsten rausgeworfen. »Den Schrank habe ich vorher geputzt!«

»Ausgerechnet an dem Tag, als Ihr Vater umgebracht wurde, haben Sie hier den Waffenschrank geputzt, und dann so penibel, dass wirklich nirgends ein Stäubchen liegt«, sagte der Beamte. »Haben Sie die Waffen auch gereinigt?«

»Ja.«

»Warum? Sie sagten doch gerade, dass Sie die Waffen zurzeit nicht benutzen.«

»Weil ich Lust dazu hatte!«, brüllte Sven. »Sonst noch was?«

»Momentan ist das alles, ansonsten melde ich mich.« Der Beamte rückte seine Dienstmütze zurecht und verließ mit großen Schritten die Werkstatt.

Wütend sah Sven ihm nach. Kaum war er weg, hörte Sven draußen ein Auto, und gleich darauf kam Ina hereingelaufen.

»Was wollte denn die Polizei von dir, Sven?«

Sven winkte ab. »Papas Auto ist gefunden worden.«

»Ach. Wo denn?«

»Im Baggersee«, knurrte Sven.

»Warum bist du eigentlich so sauer? Sei doch froh, dass sie es endlich gefunden haben.« Seine Schwester sah ihn prüfend an. »Ist was damit?«

»Nein, es wird noch untersucht«, sagte Sven. »Aber ansonsten ist alles scheiße. Der Kerl vom Betriebshilfsdienst ist krank, der Bulle hackt ständig auf unserm Waffenschrank herum und ich komme kaum aus dem Stall, so häuft sich die Arbeit.«

»Was hat der Polizist denn gegen den Waffenschrank? War der nicht abgeschlossen?« Ina sah ihn verständnislos an.

»Er war sauber, für die Polizei zu sauber.«

»Oh, das ist ja ganz was Neues«, frotzelte Ina. »Bisher war es darin staubig, und vor lauter Spinnweben konnte man die Waffen nicht sehen. Wann hast du ihn denn geputzt?«

»Als Papa in Münster war.«

»Hattest du Langeweile?« Ina sah ihn einen Moment zweifelnd an, dann grinste sie plötzlich spöttisch. »Ah, jetzt weiß ich es. Du warst mal wieder auf Dohlenjagd. Lass dich bloß nicht erwischen. Die Viecher stehen unter Naturschutz!«

»Sei still«, wurde Sven nun laut. »Oder willst du mich etwa anzeigen?«

Ina schüttelte den Kopf. »Du musst wissen, was du tust.« Sie drehte sich um und ging davon. Sven sah ihr wütend nach.

Verdammt! Woher wusste Ina, dass er, wenn er allein war, Jagd auf die Dohlen machte? Er hasste diese Vögel, die da oben in den Eichen eine Kolonie bilden wollten. Aber auch Ingo durfte davon nichts wissen, denn der Mitarbeiter mochte die schwarzen Vögel und hätte ihn wahrscheinlich angezeigt. Zum Glück hatte Ingo nun Urlaub.

Sven hatte gewartet, bis niemand mehr da gewesen war, und die Dohlen geschossen, um zu verhindern, dass es zu viele wurden. Vier Stück hatte er erlegt und gleich hinter der Scheune vergraben. Dann hatte er die Waffe gründlich gereinigt, denn sein Vater hätte sofort gemerkt, dass er mit der Waffe geschossen hatte, und nur den Lauten gemacht. Der Alte hatte die Vögel auch nicht gemocht, aber wegen des Naturschutzgesetzes keine Anstalten gemacht, sie zu vertreiben.

Hoffentlich hielt Ina die Klappe, aber eigentlich war seine Schwester immer auf seiner Seite gewesen. Schlimmer wäre es, wenn einer der Bauarbeiter etwas mitbekommen würde, aber seit zwei Wochen war Ruhe auf der Baustelle wegen Lieferschwierigkeiten bei der Firma für die Eisenteile, die im Beton verarbeitet wurden. Natürlich hatte er gleich die Situation genutzt, als der Hof so gut wie ausgestorben war.

Viele Gedanken gingen Sven während der Arbeit durch den Kopf, und manche, die so brisant waren, dass er sie niemandem anvertrauen konnte. Er wischte sich durchs Gesicht und wünschte, dass er seinen Kopf einfach ausschalten könnte, aber die Gedanken kamen hartnäckig immer wieder und ließen ihn des Nachts nicht schlafen.

Es war elf Uhr, als er den Stall verließ und auf den Traktor sprang, um Futtermittel aus der Scheune zu holen. Er hatte die Fütterungsanlage gerade aufgefüllt, als ein dunkles Auto mit dem Ersatzmann vom Betriebshilfsdienst auf den Hof schoss. Er stellte sich als Ulf Taller vor.

Sven begrüßte ihn erleichtert und sagte: »Sie hat man sicher für den verletzten Ralf Pohl geschickt, nicht wahr?«

»Genau«, sagte Taller.

Sven ging gleich zum Wesentlichen über. »Kommen Sie, ich zeige Ihnen, was gemacht werden muss. Ich habe heute Nachmittag einen wichtigen Termin.«

Es war schon spät, als Sven endlich unter die Dusche stieg. Es hatte alles etwas länger gedauert als geplant, und er war knapp dran.

Er war noch nicht richtig fertig, als Ina an die Badezimmertür klopfte und rief: »Beeil dich, Sven, ich möchte wirklich nicht zu spät kommen.«

Sven antwortete nicht, sondern trocknete sich weiter ab und verließ kurz darauf das Bad. Ina stand im Flur und sah ihn vorwurfsvoll an.

»He, was stehst du da rum, ich muss mich noch anziehen«, knurrte er sie an, um jeglichem Kommentar ihrerseits zuvorzukommen, und ging, nur das Handtuch um die Hüften, in sein Schlafzimmer.

Eine halbe Stunde später waren sie auf dem Weg nach Münster.

Als sie vor der Kanzlei vorfuhren, war es kurz vor drei, und Sven sagte selbstbewusst: »Siehst du, wir sind pünktlich.«

»Weil du gerast bist wie ein Verrückter«, konterte Ina. »Eines Tages wirst du geblitzt, und dann kannst du deinen Schein erst mal abgeben und zu Fuß gehen.«

»Was du immer hast«, wiegelte Sven ab, und sie gingen gemeinsam hinein.

Die Sekretärin meldete die beiden an, und gleich darauf betraten sie das Büro des Anwalts. Das Geschwisterpaar wurde von Herrn Liegmann freundlich begrüßt. »Setzen Sie sich, es dauert noch einen Moment, dann sind wir komplett«, sagte er.

»Wieso? Kommt noch jemand?«, fragte Sven erstaunt, und auch Ina blickte den Notar überrascht an.

»Ja, wir erwarten noch jemanden«, antwortete der Notar und legte einen versiegelten Umschlag auf den Tisch.

»Wer kommt denn noch?«, erkundigte sich Ina, doch im selben Moment meldete die Sekretärin zwei weitere Besucher an.

Die Tür öffnete sich, und Britta Saarberg trat ein, gefolgt von ihrer Mutter Elvira.

9. Kapitel

Es war bereits fünfzehn Uhr, als Kommissar Frisch wieder in die Polizeistation zurückkam.

»Wo kommst du denn jetzt her?«, wurde er von seinem Kollegen ziemlich brüsk angemacht. »Die Befragung bei Baumstroh kann doch nicht bis jetzt gedauert haben.«

»Ich sollte doch die Bauernhöfe abklappern und mir die Waffenschränke zeigen lassen, das dauert halt«, hielt Frisch dagegen.

»Und hat es was Neues gegeben?«

»Nein«, sagte Frisch. »Die Bauernhöfe, die ich überprüft habe, hatten entweder gar keine Waffen oder es war alles in Ordnung. Und jeder der Bauern, wirklich jeder, hat behauptet, dass er mit Bernhard Baumstroh gut Freund war. Keiner konnte sich erklären, warum der Mann erschossen wurde. Ich schreib jetzt den Bericht dazu.«

»Und auf dem Hof Baumstroh, hast du da was herausbekommen?«

Frisch winkte ab. »Die Haushälterin hat nichts gesehen und nichts gehört, außer dass in den Tagen vor dem Tod des Alten seine Tochter Ina zu Besuch war und eine Britta Saarberg, die sich einen ganzen Nachmittag dort aufgehalten haben soll.«

»Und was ist daran so ungewöhnlich?«

»Sie hat nicht den Jungbauern besucht, sondern Bernhard Baumstroh«, erklärte Frisch grinsend. »Die Haushälterin hat genau das wiederholt, was wir vor Tagen schon besprochen haben, nämlich, dass im Ort geklatscht wird, der Alte habe ein Verhältnis mit dieser Britta Saarberg.«

»Ich kann diesen Quatsch nicht mehr hören«, entgegnete

Meier. »Da war der Bernhard mal ein bisschen freundlich zu einer jungen Frau, und die Klatschbasen im Ort machen gleich eine Affäre daraus. Der Bernhard hat wirklich nicht den Eindruck gemacht, als stünde er auf so junges Gemüse. Hat diese Frau Juli auch etwas zur Wahrheitsfindung beigetragen, oder war dieser Tratsch alles, was du aus ihr rausgelockt hast?«

»Nichts, was uns weiterhelfen könnte«, sagte Frisch. »Zur Tatzeit hatte sie Urlaub.«

»Hast du sie nach dem Waffenschrank gefragt?«

»Hab ich«, setzte Frisch hinzu. »Den Waffenschrank haben die Herren immer selbst geputzt und gleichzeitig auch die Gewehre gereinigt. Und andere Waffen besitzen sie auch nicht.«

»Ach, und was sagt der Bauer dazu?«

Frisch grinste. »Der leidet ein bisschen an Vergesslichkeit«, sagte er. »Erst hat er behauptet, dass er im Schießclub war und nach Mitternacht wieder nach Hause gefahren ist, und dann sprach er plötzlich davon, dass er den Schrank gereinigt hat.«

»Hast du ihn nicht darauf hingewiesen?«

»Doch«, gab Frisch zurück. »Da hat er behauptet, er hätte die Waffen gereinigt, bevor er zum Schießclub gefahren ist. Irgendwie habe ich aber das Gefühl, dass er gelogen hat. Fragt sich nur, warum.«

Meier seufzte. »Das klingt alles ziemlich unbefriedigend. Wir kommen aber auch kein Stück weiter.« Er plumpste in seinen Schreibtischsessel und hieb mit der Hand auf den Tisch. »Verdammt, irgendwo muss es doch Hinweise geben!«

»Hast du denn nun endlich die Mitteilungen von dem sichergestellten Handy durchgecheckt, oder soll ich das morgen machen?«, fragte Dietmar Frisch.

»Da war nichts drauf, was uns weiterhilft«, sagte Meier.

»Und die Telefondaten? Ist der Bericht schon da?«

Meier fasste in seinen Ablagekorb und überreichte seinem Kollegen wortlos ein Blatt.

Kommissar Frisch überflog den Bericht. »Da sind ja richtig viele Gespräche drauf. Hast du die alle schon überprüft?«

»Wann denn?«, antwortete Meier erregt. »Die Liste ist doch erst vor einer Stunde gekommen.«

»Dann überprüfe ich die Liste morgen«, sagte Frisch.

»Mach das«, sagte Meier. »Aber vergiss nicht, gleich deinen Bericht zu schreiben.«

Frisch nickte und setzte sich hinter seinen Schreibtisch. Plötzlich beugte er sich vor. »Beinahe hätte ich es vergessen«, sagte er. »Frau Juli hat gesagt, vor drei Wochen wären mehrere Leute von einer Naturschutzgruppe vor dem Hof gewesen und hätten protestiert, weil der Bauer einen großen Schweinestall bauen will. Könnte es sein, dass von denen einer den Alten erschossen hat?«

»Könnte, könnte ... klar, aber warum?«, raunzte Meier. »Der Jungbauer lebt doch noch, und er ist doch der Bauherr für den Stall. Ich habe das beim Landratsamt extra noch mal überprüft, obwohl es vorher schon in der Zeitung stand.«

»Vielleicht hat der Täter einfach nur den Falschen erwischt«, vermutete Frisch.

»Quatsch.« Meier schüttelte unwillig den Kopf. »Der Alte sieht doch ganz anders aus als der Sohn, das hätte der Täter bestimmt gemerkt.«

»Dann müssen wir halt noch ein bisschen suchen«, sagte Frisch lapidar und fragte dann grinsend: »Du wirkst so gefrustet, hat dich die schöne Isabella geärgert?«

Meier winkte ab. »Hier ist der Bericht«, sagte er und warf seinem Kollegen ein Blatt Papier zu.

Frisch überflog das Geschriebene »Steht fast das Gleiche drin wie in meinem Bericht von gestern Abend«, sagte er und grinste immer noch. »Hast du etwa abgeschrieben?«

»Was fällt dir ein?«, polterte Meier los. »Mehr hat sie mir nicht gesagt.«

Frisch lachte. »Man, man, du bist wirklich schlecht drauf.«

»Wundert dich das?« Meier schlug mit der Faust auf den Tisch. »Diese beiden Weiber sind uns immer ein Stück voraus! Woher zum Donnerwetter wussten sie, dass es Bernhards Auto war, das dort im See lag?«

»Das frag ich mich ehrlich gesagt auch«, sagte Frisch. »Hast du Frau Steif nicht gefragt?«

»Hab ich«, sagte Meier. »Sie hat geantwortet, sie hätte es nur vermutet.«

»Das hat sie aber gestern Abend auch schon gesagt«, gab Frisch zurück.

»Stimmt«, sagte Meier verärgert. »Aber es wurmt mich doch, dass diese beiden alten Schachteln immer den richtigen Riecher haben.«

»Mein Gott, Burghard, sieh die Sache doch mal positiv«, antwortete Frisch gemütlich und setzte sich hinter seinen Bildschirm. »Wir hätten die Karre wahrscheinlich so schnell nicht gefunden, und alle anderen, die dort schwimmen gehen, behalten das schön für sich, wenn sie etwas im Wasser entdecken, weil dort Baden verboten ist!«

»Das gilt aber auch für Steif und Kantig«, fauchte Meier. »Auch wenn Frau Steif behauptet, der Besitzer hätte es ihr erlaubt.«

»Die muss dich ja richtig geärgert haben, du hättest vorher frühstücken sollen.« Frisch lachte. »So eine Befragung auf leeren Magen ist nichts für dich.«

Meier winkte ab, verriet aber mit keinem Wort, dass er bei

Isabella Steif gut bewirtet worden war, sondern knurrte: »Und außerdem wird die Steif langsam schusselig.«

»Wie darf ich das verstehen?« Frisch sah seinen Kollegen fragend an.

»Sie hat allen Ernstes behauptet, diese Britta Saarberg wäre die Tochter von Bernhard Baumstroh«, sagte Meier. »Ich kannte den Bernhard und bin sicher, dass das ebenfalls Hirngespinste sind.«

»Wieso? Könnte doch sein«, sagte Frisch. »Das klingt zumindest für mich plausibler als dieser Tratsch, der da im Ort umgeht.«

»Aber nicht für mich«, brummte Meier bestimmt.

Das Faxgerät spuckte eine Meldung aus. »Oho, die neuesten forensischen Ergebnisse in Sachen Baumstroh«, sagte Frisch, als er das Blatt kurz überflog. »Das ist der Abschlussbericht. Steht nichts Neues drin.« Er reichte das Blatt dem Hauptkommissar rüber.

Meier las den Bericht ebenfalls »Wieso nichts Neues? Der Todeszeitpunkt und die exakte Waffenbezeichnung sind doch angegeben. Außerdem wird bestätigt, dass der Tote erhebliche Hämatome hat, die auf einen Kampf schließen lassen. Nun müssen wir doch nur noch rausfinden, wer dem Bernhard zwischen 21:30 und 22:00 Uhr verprügelt und dann mit einer Pistole vom Typ Walther, Kaliber 7,65 mm, erschossen hat.«

»Ach, und das ist wahrscheinlich ein Kinderspiel«, frotzelte Dietmar Frisch grinsend. »Lass uns zu Steif und Kantig fahren, die wissen bestimmt, wer um die Zeit nach dem Gewitter an der Feldscheune mit einer Knarre in der Tasche spazieren gegangen ist.«

»Hör bloß auf«, sagte Meier, stand auf und setzte die Kaffeemaschine in Gang.

Frisch beugte sich über die Tastatur und tippte eilig seinen Bericht, während der Kaffeeduft sich langsam im Büro verteilte.

Meier füllte gleich darauf seine Tasse und blickte grübelnd zu seinem Kollegen hinüber. »Hast du den Bauern gefragt, ob er die Waffen auch gereinigt hat?«

»Ja«, sagte Frisch und holte sich ebenfalls Kaffee. »Er war ziemlich verärgert, als ich gefragt habe, ob er eine der Waffen benutzt hat.«

»Wieso verärgert?«

»Er hat gleich gesagt, er hätte seinen Vater nicht getötet«, sagte Frisch. »Überhaupt war der Jungbauer ziemlich schlecht drauf.«

»Hast du ihn provoziert?«

»Nicht, dass ich wüsste.« Dietmar Frisch trank von seinem Kaffee und fuhr fort: »Sag mal, warum hat eigentlich der Alte seine Knarre mitgenommen, wenn doch Schonzeit ist?«

Meier sah ihn irritiert an. »Wieso?«

»Na ja, er hatte doch sein Gewehr dabei, und das Fernrohr lag oben auf dem Hochsitz«, antwortete der Kollege. »Wenn Baumstroh nur Tiere beobachten wollte, brauchte er doch das Gewehr gar nicht. Könnte es sein, dass er sich mit jemandem treffen wollte und das Ding zur Sicherheit bei sich trug?«

»Der Bernhard hatte immer sein Gewehr dabei, wenn er zu einem seiner Hochsitze ging«, sagte Meier. »Ich war mal mit, morgens früh um fünf. Da wollte er nur die Rehböcke beobachten. Das Gewehr hatte er damals auch dabei.«

Frisch zuckte die Schultern. »Wenn ich Tiere beobachte, nehme ich keine Knarre mit.«

»Du bist ja auch kein Jäger.«

»Erzähl mir nichts«, gab Frisch grinsend zurück. »Die Jäger

schießen auch in der Schonzeit, und wenn es nur Tauben oder wildernde Katzen sind. Deshalb nehmen die ihr Gewehr mit.«

Meier zog die Brauen hoch und goss sich erneut Kaffee ein. »Jetzt mal was anderes«, sagte er. »War Ina Baumstroh auch auf dem Hof?«

»Nein, nur Frau Juli und der Jungbauer waren da. Warum?«

»Mit Ina Baumstroh muss ich noch einmal sprechen«, sagte Meier. »Gleich nach dem Tod von Bernhard war sie so durcheinander, dass sie kaum geantwortet hat.«

»Aber als ich wegfuhr, ist mir auf der Münsterlandstraße ein Mercedes entgegengekommen. Im Rückspiegel habe ich gesehen, dass er in die Straße zum Hof Baumstroh einfuhr. Vielleicht war sie das.«

»Die ist doch Studentin, da wird sie kaum einen Mercedes fahren«, sagte Meier. »Bestimmt ist sie zu Hause. Ich fahr da mal hin.«

»Heute noch?«, protestierte sein Kollege. »Es ist gleich fünf Uhr. Du weißt doch, dass ich um Viertel vor sechs einen Zahnarzttermin habe.«

»Das hatte ich ganz vergessen«, sagte Meier. »Dann geh. Ich fahre dann morgen zu Ina Baumstroh nach Münster.«

Dietmar Frisch war gerade weg, und Meier sah sich noch einmal genau alle Protokolle und bisherigen Aussagen an, denn das Gefühl, etwas vergessen zu haben, ließ ihn nicht los. Plötzlich ging mit Schwung die Tür auf, und Charlotte Kantig trat ein.

»Guten Tag, Herr Wachtmeister, wie schön, dass ich Sie noch antreffe«, begrüßte sie ihn, und schon stellten sich ihm die Nackenhaare auf, weil sie wieder einmal die ortsübliche Anrede benutzt hatte und nicht seine korrekte Amtsbezeichnung.

»Für Sie immer noch Polizeihauptkommissar, Frau Kantig«,

korrigierte er empört und fragte spöttisch: »Was gibt es denn Neues in unserm schönen Städtchen?«

»Oh, komme ich ungelegen?« Frau Kantig sah ihn treuherzig an.

Meier wischte die Frage mit einer Handbewegung weg und wiederholte: »Also, was gibt's?«

Frau Kantig lehnte sich über den Besuchertresen und sagte: »An dem Tag, als Bernhard Baumstroh erschossen wurde, war jemand am Nachmittag an der Feldscheune. Ich stand am Tor und habe das Wetter beobachtet, dabei ist mir aufgefallen, dass an der anderen Seite der Scheune jemand stand. Als ich nachsehen wollte, war er weg.«

Meier stand auf und ging zu der Lehrerin hinüber. »Und damit kommen Sie erst jetzt?«, sagte er verärgert. »Warum haben Sie das nicht schon früher gesagt?«

»Anfangs habe ich gedacht, ich hätte mich geirrt, aber in Anbetracht dessen, was da passiert ist, könnte es vielleicht von Wichtigkeit sein«, sagte Frau Kantig.

»War das ein Mensch oder ein Tier?«, fragte Meier.

»Ich schätze, dass es ein Mensch war, aber er war so schnell weg, dass ich nicht einmal weiß, ob er ein Mann oder eine Frau war.«

»Mit so vagen Angaben kann ich nicht viel anfangen, Frau Kantig.«

»Könnte es sein, dass der Mörder von Bernhard Baumstroh sich schon zu der Zeit dort aufgehalten hat?«, fragte Frau Kantig.

»Kaum, wahrscheinlich war es ein Wanderer, der sich untergestellt hat«, gab Meier zurück.

»Und warum ist er dann nicht in die Scheune gekommen, wo sich unsere Gruppe aufgehalten hat?«, fragte Frau Kantig lauernd.

»Keine Ahnung«, sagte Meier. »Vielleicht war es gar kein

Mensch, sondern der Schatten eines Baumes, den Sie gesehen haben.«

»Das bezweifle ich sehr«, sagte Frau Kantig bestimmt. »Muss ich noch etwas unterschreiben? Ein Protokoll oder so?«

»Nein, das ist nicht nötig. Ich nehme es nur als Gesprächsnotiz auf, Frau Kantig.«

Die Seniorin wandte sich zur Tür und sagte: »Einen schönen Abend noch, Herr Meier.«

»Auch so, Frau Kantig.« Meier sah ihr nach, wie sie hinausging, und holte tief Luft. Die hatte ihm zum Abschluss des Tages gerade noch gefehlt. Wahrscheinlich hatte sie sich das alles ausgedacht, um neue Ermittlungsergebnisse aus ihm herauszulocken. Wütend blickte er aus dem Fenster und sah zu, wie Frau Kantig lächelnd in ihr Auto stieg, als ihm der Gedanke kam, dass die Seniorin vielleicht doch recht gehabt hatte. Womöglich hatte sich Bernhard Baumstroh mit jemandem verabredet.

Auf den Platz seines Kollegen lag noch die Liste mit den Telefondaten, Meier nahm sie an sich und setzte sich wieder. Bei der Überprüfung der Daten hatte er das Gefühl, es seien mehr Gespräche auf der Liste, als er vom Handy her in Erinnerung hatte. Er holte das Handy des Getöteten aus dem Fach und verglich die Anrufe des Gerätes mit denen der Liste. Und richtig. Drei Gespräche in der Telefonliste waren auf dem Handy nicht zu finden und wohl nachträglich gelöscht worden. Meier markierte sich die Nummern, die zu seiner Überraschung alle unterschiedlich waren.

Das erste Gespräch hatte um sechzehn Uhr stattgefunden, das zweite eine Viertelstunde später, und der letzte Anruf war um zwanzig Uhr auf dem Handy eingegangen.

Was war an diesen drei Gesprächen so wichtig gewesen, dass

Bernhard sie gelöscht hatte? Oder hatte er sie gar nicht gelöscht, sondern jemand anders?

Bei einer sofortigen Überprüfung stellte er fest, dass die erste Nummer zu einer Gaststätte in Münster gehörte, beim zweiten und dritten Anruf meldete sich niemand. Gefrustet von so mageren Ergebnissen gab Meier die Nachforschung auf und fuhr den PC herunter. Doch noch bevor er seine Jacke geholt hatte, kam ein Anruf von der Zentrale. »Unfall in der Münsterlandstraße.«

»Ich übernehme«, knurrte Meier und machte sich auf den Weg.

10. Kapitel

Charlotte Kantig war auf dem Weg nach Hause. Wachtmeister Meier war alles andere als freundlich gewesen, und sie schwor sich, nicht noch einmal mit Hinweisen zu ihm zu gehen. Da hatte sie gedacht, ihre Mitteilung würde ihn freuen, aber er hatte es so abgetan, als habe sie sich das Ganze nur ausgedacht.

»Soll er doch sehen, wo er seinen Mörder findet«, sprach sie verärgert vor sich hin, als sie die nächste Kurve nahm, und schrak zusammen.

Hastig drosch sie auf die Bremse, und der Wagen blieb mit quietschenden Reifen abrupt stehen. Charlotte starrte für Sekunden wie gelähmt zur anderen Straßenseite hinüber. Nur wenige Meter vor ihr war ein Auto gegen einen Baum geprallt, und der graue Rauch, der aus dem Motorraum aufstieg, zeugte davon, dass der Unfall erst vor wenigen Minuten passiert war.

Charlotte hatte sich wieder gefasst, stieg rasch aus und rannte über die Straße zur Unfallstelle hinüber. Der Mercedes war vorn stark eingedrückt und umschloss regelrecht den Baum. Der Fahrer hing auf dem Lenkrad, sein Kopf war im Weiß des Airbags versunken.

Charlotte riss an der Tür, vergeblich. Sie klemmte und ließ sich nicht öffnen. Aufgeregt tippte Charlotte die 110 in ihr Handy ein und verständigte die Polizei, dann lief sie zur Beifahrerseite hinüber. Dort konnte sie die Tür zum Glück öffnen und zwängte sich ins Auto.

Vorsichtig hob sie den Kopf des Fahrers an und erkannte den Bauern Sven Baumstroh. Sein alkoholisierter Atem wehte ihr unangenehm entgegen, ein sicheres Zeichen, dass er noch lebte.

Behutsam drehte sie seinen Oberkörper so, dass sie ihn aus dem Auto ziehen konnte.

»Lass mich schlafen«, murmelte er plötzlich, als sie ihn unter den Armen fasste und zum Beifahrersitz hinüberzog. Er schien nicht schwer verletzt zu sein, und dank des Airbags war auch sein Gesicht unversehrt.

Er war schwer, und Charlotte war so geschafft, dass sie jetzt für einen Moment innehielt. Sie schwitzte vor Anstrengung, aber auch vor Angst, etwas falsch zu machen, zu lange lag ihr Erste-Hilfe-Kurs schon zurück. Sekunden überlegte sie, den Mann im Auto zu lassen, bis die Polizei kam, doch mit einem Blick auf den Motor, der noch qualmte, mobilisierte sie noch einmal all ihre Kräfte. Sie fasste den Mann erneut unter den Armen, zog ihn über den Sitz aus dem Auto heraus, ließ ihn sanft ins Gras gleiten und setzte sich erschöpft daneben. Zu ihrer Erleichterung zog er nun seine Beine leicht an und begann, laut zu schnarchen.

Im selben Moment kam ein Polizeiwagen herangeschossen und hielt direkt hinter dem demolierten Auto. Hauptkommissar Meier stieg aus. »Sie? Was machen Sie denn hier?«, fuhr er Charlotte an, als sie sich erhob.

Charlotte ignorierte seinen Ausspruch und sagte: »Er scheint nur leicht verletzt zu sein, er liegt da und schläft.«

Meier ging um das Auto herum. »Das ist ja Sven Baumstroh«, stellte er laut fest und hockte sich neben den Unfallfahrer.

Charlotte nickte nur zustimmend und wollte gerade fragen, ob die Ambulanz verständigt wurde, als schon die Sirenen erklangen und gleich darauf der Krankenwagen angefahren kam.

Meier erhob sich ächzend und murmelte: »Der stinkt wie 'ne ganze Kneipe.«

Charlotte hatte sich etwas erholt und grinste spöttisch, enthielt sich aber jeden Kommentars und beobachtete den Sanitäter, der jetzt neben dem Verletzten kniete. »Der hat aber einen guten Schutzengel gehabt«, sagte er. »Nach dem, was ich so sehen kann, ist er unverletzt.« Sein Kollege kam mit der Trage, und sie legten Sven Baumstroh darauf.

Kaum auf der Liege, richtete sich der Jungbauer hastig auf und blickte sich irritiert um. »Was soll das? Ich will nach Hause.«

»Legen Sie sich wieder hin, Sie hatten einen Unfall«, beschwichtigte einer der Sanitäter ihn und drückte ihn sanft auf die Liege zurück.

»Ich muss in den Stall«, protestierte der Mann und wollte erneut aufstehen.

»Bleiben Sie liegen, nach der Untersuchung können Sie nach Hause.«

Sven Baumstroh stöhnte, hielt sich den Kopf und legte sich wieder zurück.

Die beiden Sanitäter schoben die Trage in den Wagen, einer stieg mit ein, und der andere schloss hinter seinem Kollegen die Tür.

Meier hatte bis jetzt danebengestanden, wandte sich nun an den Sanitäter und gab ihm die Personalien. »Denken Sie an die Blutprobe«, sagte er zum Schluss. Der Sanitäter nickte, stieg ein und der Wagen fuhr davon.

Charlotte hatte die ganze Zeit unschlüssig herumgestanden und wollte nach Hause. »Ich fahre dann mal, Herr Meier«, sagte sie und ging eilig zu ihrem Auto hinüber.

»He, warten Sie!«, rief Meier und lief ihr nach. »Ich brauche Ihre Aussage. Haben Sie gesehen, wie der Unfall geschah?«

»Nein, als ich kam, lag das Auto genauso da wie jetzt«, sagte Charlotte. »Sehen Sie die Bremsspur?« Charlotte zeigte auf die Straße, wo an ihrem Auto vorbei mitten über die Fahrbahn die Reifen beim Bremsvorgang einen deutlich sichtbaren schwarzen

Streifen hinterlassen hatten. »Er muss aus Richtung Münster gekommen sein, genau wie ich.«

Meier widersprach nicht und sagte nur: »Er war offensichtlich viel zu schnell.«

Er stellte noch weitere Fragen, machte sich Notizen und ging dann wortlos zum Kofferraum des Polizeiautos. Während Charlotte ihm zusah, begann er damit, die Reifenspuren mit Leuchtfarbe zu markieren. Sie stieg kopfschüttelnd in ihren Wagen und fuhr langsam davon.

Charlotte war gerade unter der Dusche, die sie nach der schweißtreibenden Arbeit am Unfallort dringend brauchte, als es an ihrer Haustür klingelte. Sie stellte das Wasser ab, schnappte sich ihr Handtuch und öffnete das Fenster, um hinunterzusehen.

»Da bist du«, kam es von unten, und ihre Schwester trat einen Schritt von der Haustür zurück. »Wolltest du nicht mit Ottokar ins Theater?«

»Nein, die Aufführung ist doch erst morgen. Wieso?« Charlotte hätte am liebsten sofort das Fenster wieder zugeschlagen, weil sie einfach keine Lust hatte, sich zu unterhalten.

»Hast du den Krankenwagen vorhin gehört?«, fragte Isabella.

»Ja«, gab Charlotte zur Antwort, ging ins Zimmer zurück und streifte Shirt und Hose über. Sie kämmte ihr feuchtes Haar durch und entschied sich, es an der Luft trocknen zu lassen, um sich die Arbeit mit Föhn und Rundbürste zu sparen. Schon wieder klingelte es. Charlotte steckte erneut den Kopf durchs Fenster und rief verärgert: »Ich komme gleich runter.«

»Wo warst du denn so lange?«, fuhr Isabella sie an, als sie etwas später die Haustür öffnete.

»Was gibt es denn so Eiliges, dass du mich schon beim Duschen störst?«, fragte Charlotte ungehalten zurück, ohne die

Frage ihrer Schwester zu beantworten. Sie wollte nach dem Ereignis mit dem Unfall nur noch ihre Ruhe.

»Ich will in die Eisdiele«, sagte Isabella. »Aber ich sehe schon, du hast mal wieder keine Lust.« Sie drehte auf dem Absatz um und ging zur Tür.

»Isabella, ich komme gerade von dem Unfall und bin echt geschafft«, sagte Charlotte versöhnlich. »Lass uns morgen zur Eisdiele fahren.«

Isabella fuhr herum und starrte Charlotte an. »Welcher Unfall? Auf der Münsterlandstraße?«

Charlotte nickte. »Sven Baumstroh ist gegen einen Straßenbaum geknallt.«

»Das war der Krankenwagen, den ich gehört habe«, sagte Isabella. »Und? Ist er schwer verletzt?«

»Nein. Er hat ein unwahrscheinliches Glück gehabt. Der Wagen ist aber hin.«

»War er allein im Wagen?«

»Ja«, sagte Charlotte und berichtete nun, was vorgefallen war, weil sie genau wusste, dass Isabella keine Ruhe geben würde, bis sie komplett informiert war.

»Du hast den schweren Kerl allein aus dem Auto gezogen?«, staunte Isabella. »Alle Achtung. Der Bauer ist doch mindestens einen Kopf größer als du und wiegt bestimmt an die neunzig Kilo.«

»Und er war total voll«, ergänzte Charlotte. »Es muss irgendetwas vorgefallen sein, dass er mitten am Tag so viel Alkohol intus hatte.«

»Am späten Nachmittag«, korrigierte Isabella. »Es ist gleich acht Uhr.«

»Als ich ihn gefunden habe, war es kurz nach sechs«, sagte Charlotte. »Ich war über eine Stunde an der Unfallstelle.«

»Jetzt verstehe ich, dass du keine Lust mehr auf Eis hast«, sagte Isabella und seufzte. »Schade. Eberhard hat auch keine Zeit. Dann fahre ich eben allein.«

»So langsam geht es mir besser«, sagte Charlotte nachdenklich. »Wenn du eine Viertelstunde wartest, komme ich doch noch mit.« Sie fuhr sich durch ihr Haar, das mittlerweile trocken war. »Dann muss ich mein Haar aber noch mal nass machen und ordentlich föhnen.«

»Deine Haare sehen toll aus mit den leichten Wellen«, sagte Isabella. »Viel natürlicher als diese gestylte Frisur, die dir die Friseurin verpasst hat.«

»Was?« Charlotte lief zu dem großen Spiegel neben der Garderobe. »Meine Locken sind wieder da. Genau wie früher.« Sie strahlte, denn ihr Haar war leicht wellig und umschmeichelte wie eine helle Kappe ihr gebräuntes Gesicht. »Ab jetzt lass ich die Haare immer an der Luft trocknen.« Schnell lief sie die Treppe hinauf, bürstete ihr Haar noch einmal durch und zog sich um.

Zur Eisdiele gehörte ein Garten mit großer Terrasse, auf der ganz in der Ecke noch ein Zweiertisch für Isabella und Charlotte frei war.

»Sieh mal da drüben«, sagte Charlotte. »Ist das nicht Ina Baumstroh?«

Isabella sah zur anderen Ecke hinüber. »Ja, das ist sie. Sie hat sich seit dem Abitur kaum verändert.«

»Komisch«, sagte Charlotte nachdenklich. »Ob sie gar nicht weiß, dass ihr Bruder verunglückt ist?«

Isabella zuckte die Schultern. »Keine Ahnung.« Die Bedienung kam, und sie gaben ihre Bestellung auf. Als sie weg war, fragte Isabella: »Wer sind denn die beiden Frauen bei Ina Baumstroh, die uns den Rücken zukehren?«

»Ich weiß es nicht«, antwortete Charlotte und stand auf. »Ich gehe eben rüber und spreche mit Ina.«

Zielstrebig ging Charlotte auf die drei Frauen zu. Zu ihrer Überraschung handelte es sich bei den anderen beiden um Britta Saarberg und ihre Mutter.

Charlotte entschuldigte sich für die Störung und informierte Ina in kurzen Worten über den Unfall.

Ina Baumstroh sprang auf. »Das gibt's doch gar nicht! Ist er schwer verletzt?«

»Nein, soviel ich mitbekommen habe, nicht, aber sein Auto war nicht mehr fahrtüchtig«, erklärte Charlotte. »Rufen Sie doch im Krankenhaus an.«

Ina Baumstroh hatte ihr Handy schon in der Hand, während die beiden anderen Frauen ihr besorgt zusahen. Nach wenigen Sekunden beendete die junge Frau das Gespräch und sagte: »Er ist schon wieder zu Hause.«

»Warum hat er dich denn nicht informiert?«, fragte nun Britta Saarberg.

»Das ist typisch Sven«, sagte Ina. »An solche Sachen denkt er nie!«

Charlotte verabschiedete sich von den Frauen und ging wieder zu Isabella hinüber. »Ina wusste wirklich noch nicht Bescheid, aber Sven ist schon wieder zu Hause«, klärte Charlotte ihre Schwester auf.

»Dann war er ganz sicher nicht schwer verletzt«, sagte Isabella und zeigte auf das Eis. »Iss, sonst ist dein Eis eher geschmolzen, als du gucken kannst.«

Charlotte runzelte wortlos die Stirn und löffelte ihr Eis, das wirklich schon in einer kleinen Pfütze schwamm. In ihrem Hirn arbeitete es, und sie sah zu den drei Frauen hinüber. Ina Baumstroh verabschiedete sich gerade herzlich von Britta Saarberg und ihrer Mutter. Wahrscheinlich wollte sie zu ihrem Bruder nach Hause.

Zu Charlottes Verwunderung hatte auch Isabella geschwiegen und nur interessiert die drei Frauen beobachtet.

»Komisch«, äußerte sich Isabella nun. »Auf dem Friedhof sah es so aus, als wären die Geschwister Baumstroh ziemlich verärgert über Britta Saarberg und ihre Mutter, aber die Frauen wirken jetzt, als seien sie die besten Freundinnen.«

»Wahrscheinlich stimmt unsere Vermutung, und Ina und Britta sind wirklich Halbschwestern«, gab Charlotte zurück.

»Sieht ganz so aus«, bestätigte Isabella. »Trotzdem wundert es mich, dass Sven nicht dabei ist.«

»Er war doch völlig betrunken«, erklärte Charlotte. »Auch wenn er den Unfall nicht gehabt hätte, wäre er wohl kaum noch in der Lage gewesen, in die Eisdiele zu gehen. Ich habe mich schon gewundert, wie er überhaupt noch fahren konnte.«

»Vielleicht ist er erst heute dahintergekommen, dass Britta Saarberg seine Halbschwester ist, und hat sich deshalb volllaufen lassen«, vermutete Isabella.

»Warum sollte er sich deshalb betrinken?«, fragte Charlotte. »Er muss ja keinen Kontakt zu ihr pflegen.«

»Das liegt doch auf der Hand«, sagte Isabella. »Wenn es so ist, wie wir vermuten, hat Britta Saarberg Erbansprüche. Bei dem großen Hof dürfte der Pflichtteil schon ganz schön üppig sein.«

Charlotte sah ihre Schwester überrascht an. »Stimmt, daran hab ich gar nicht gedacht. Dann braucht Sven für seinen Stallbau wahrscheinlich einen größeren Kredit, als er sich ausgerechnet hat.« Sie dachte einen Moment nach und fuhr dann fort: »Und wieso macht Ina das nichts aus? Die Frauen machten doch einen sehr gelösten Eindruck.«

»Vielleicht hat sie auch Probleme mit ihrem Pflichtteil, und deshalb halten die Frauen zusammen.« Isabella kratzte die Reste aus ihrer Eisschale. »Wir werden schon noch erfahren, was da los ist. Spätestens in drei Tagen ist es Stadtgespräch, wenn an unserer Vermutung was dran ist.«

...

Am nächsten Tag ging Charlotte zu ihrer Nachbarin Hilde Juli hinüber. Die beiden Frauen hatten sich zum gemütlichen Kaffeeplausch auf der Terrasse verabredet.

Charlotte berichtete von dem Unfall und sagte zum Schluss: »Es war ein echtes Wunder, dass der junge Mann nicht verletzt war, das Auto ist völlig hinüber. Der ganze Motorraum hatte sich praktisch um den Baum gewickelt.«

Hilde seufzte nickend. »Ich hab schon davon gehört«, sagte sie. »Heute habe ich zum Glück nur bis Mittag gearbeitet. Der Bauer hatte eine Laune, das war nicht zum Aushalten.«

Charlotte lachte. »Er war betrunken gestern. Wahrscheinlich hatte er einen ordentlichen Kater und war deshalb so grantig.«

»Da muss noch etwas anderes vorgefallen sein. Irgendetwas ist auf dieser Testamentseröffnung total schiefgelaufen. Gleich um acht, als er aufstand, hat er seine Schwester förmlich rausgeschmissen. Die beiden haben heftig gestritten, und dann ist sie weggefahren.«

»Sie war gestern in der Eisdiele mit zwei anderen Frauen«, erklärte Charlotte. »Sie wusste gar nichts von dem Unfall ihres Bruders, als ich sie darauf ansprach. Sie hat gleich im Krankenhaus angerufen, aber er war schon zu Hause.«

»Sie hat ja auch auf dem Hof übernachtet«, sagte Hilde Juli. »Schließlich hat sie noch einen Schlüssel, weil sie oft am Wochenende auf dem Hof ist. Er hat aber wohl erst heute Morgen gemerkt, dass seine Schwester da war.«

Charlotte lachte. »So wie er nach Alkohol gerochen hat, ist das echt kein Wunder.«

»Es muss wirklich schlimm gewesen sein«, erklärte Hilde Juli. »Kaum war die Schwester weg, kam der Wachtmeister, danach war die Stimmung bei Sven Baumstroh ganz im Eimer.« Sie seufzte. »Ich glaube, ich muss mir wirklich eine neue Stelle suchen.«

»Sieh mal nicht so schwarz«, tröstete Charlotte. »Das renkt sich bestimmt alles wieder ein, aber der Führerschein des Bauern wird wohl fürs Erste weg sein.«

»Wie will er denn seine Felder ohne Führerschein bestellen?«

»Auf dem Feld gilt doch die Straßenverkehrsordnung nicht, da ist das kein Problem«, war Charlotte sicher. »Und ansonsten muss er halt mal das Fahrrad nehmen oder ein Taxi.«

»Du siehst das alles so locker, Charlotte«, sagte Hilde betrübt. »Du hast leicht reden, aber ich bin davon wirklich betroffen.«

»Lass dir nicht den Tag vermiesen, in ein paar Wochen ist das alles vergessen«, antwortete Charlotte und fragte, um die Nachbarin auf andere Gedanken zu bringen: »Wie hat es denn mit den Fotos von den Brachvögeln geklappt? Hat André mit seiner Drohne gute Bilder bekommen?«

Jetzt leuchteten Hildes Augen auf. »Er hat ganz wunderbare Fotos gemacht. Vom Nest und von der Fütterung und überhaupt, all diese Naturfotos von hoch oben sind super geworden.«

»Das freut mich«, sagte Charlotte. »Frag André mal, ob ich mir die Bilder ansehen darf.«

»Ganz bestimmt. Er besucht im Moment einen Workshop zur Bildgestaltung und -bearbeitung.«

Charlotte nickte, sah auf die Uhr und stand auf. »Oh, schon

halb sechs. Ich will heute Abend mit Ottokar ins Theater, Hilde. Grüß André und deinen Mann von mir.«

Mit einem Winken verließ Charlotte den Garten.

Langsam leerte sich der Theatersaal, und die Zuschauer gingen plaudernd und zufrieden nach Hause. Charlotte hatte sich bei Ottokar eingehakt und sagte: »Das war wieder eine tolle Inszenierung. Einfach spitze.«

»Mir hat es auch gut gefallen«, bestätigte Ottokar und fuhr fort: »Was meinst du, sollen wir die schöne Sommernacht noch für einen Besuch in einer Bar nutzen?«

»Gerne, wo soll es denn hingehen?«, fragte Charlotte begeistert, denn es war erst kurz vor Mitternacht und sie hatte keine Lust, schon heimzufahren.

»Ich dachte an den Jazzclub in der alten Scheune«, sagte Ottokar. »Da sind wir praktisch schon fast zu Hause. Ich lasse das Auto stehen, und wir fahren anschließend mit dem Taxi nach Hause.«

»Wenn wir nicht viel trinken, können wir doch mit dem Rad zurückfahren«, ergänzte Charlotte. »Der Jazzclub bietet Mieträder an. Wir fahren die zwei Kilometer nach Hause, und am nächsten Tag radeln wir wieder zurück und holen dein Auto ab.«

Ottokar runzelte die Stirn. »Meinst du? Also ehrlich gesagt habe ich keine Lust, mir meinen guten Anzug zu verderben, und dein hübsches Kleid könnte auf dem Fahrrad auch Schaden nehmen, findest du nicht?«

Charlotte lachte. »Es ist über zwanzig Grad warm und sternenklar, warum sollten wir uns denn dann auf dem Rad unsere Kleidung ruinieren?«

Sie waren mittlerweile auf dem Parkplatz und stiegen ins Auto.

»Lass uns später darüber reden«, antwortete Ottokar lachend, während er den Wagen startete. »Erst mal nehme ich Kurs auf den Jazzclub.«

Etwa zwanzig Minuten später erreichten sie den Jazzclub, der in der Scheune eines alten Bauernhofes im Außenbereich von Oberherzholz lag und ein echter Geheimtipp für alle Jazzfreunde der Umgebung darstellte.

Es war voll in der Scheune und zu ihrer Freude trafen sie Bekannte aus dem Ort und feierten mit ihnen noch bis zum Morgengrauen. Es war fast vier Uhr, als Charlotte und Ottokar aufbrachen und die Morgendämmerung schon heraufzog.

Charlotte hatte sich durchgesetzt, und sie entschieden sich für die Mieträder, obwohl Ottokar mit einem Damenrad vorliebnehmen musste, denn die Herrenräder waren alle schon ausgeliehen. Charlotte war schon häufig mit ihrer Schwester im Jazzclub gewesen und kannte eine Abkürzung, die über einen Feldweg direkt zur Münsterlandstraße führte. Der Weg lief am Hof Schultherm vorbei, war gut befahrbar und durchquerte auf den letzten Metern vor der Münsterlandstraße ein Wäldchen.

»Du hast wirklich gute Ideen, Charlotte«, sagte Ottokar anerkennend. »Diesen Weg kannte ich noch gar nicht. Die Luft heute Morgen ist einfach unbezahlbar, so frisch und angenehm.«

»Ja, das tut gut nach der stickigen Luft in der Scheune vorhin«, bestätigte Charlotte lachend. »Ich wette, du kannst gleich wunderbar schlafen.«

Ein Knall peitschte so urplötzlich durch die milde Sommernacht, dass Charlotte heftig zusammenzuckte und Ottokar mit einem Satz vom Rad sprang.

»Verdammt, was war das?« Ottokar stand mitten auf dem Weg und sah sich um, aber es war noch nicht hell genug, um in dem Wäldchen ohne das Fahrradlicht viel zu erkennen. Charlotte war ebenfalls abgestiegen und blickte zur Münsterlandstraße hinüber. Im selben Moment erklang das Geräusch einer zufallenden Autotür, und gleich darauf dröhnte der Lärm eines davonfahrenden Autos zu ihnen herüber.

»Das war ein Schuss«, sagte Charlotte mit noch immer klopfendem Herzen. »Die Jäger sind immer früh unterwegs.«

»Jäger? Charlotte, es ist Schonzeit«, antwortete Ottokar. »Lass uns machen, dass wir nach Hause kommen. Mir ist es hier nicht geheuer.«

Sie wollten gerade aufsteigen, als sie erneut ein Geräusch hörten.

»Sei mal still«, flüsterte Charlotte. »Da war doch was.«

Ottokar wartete einige Sekunden ab. »Ich hör nichts«, sagte er und sah sich erneut suchend um. »Komm endlich, Charlotte.«

Sie stiegen auf die Räder und fuhren die wenigen Meter bis zum Radweg an der Münsterlandstraße.

»Sieh mal, da liegt ein Schuh, sieht ganz neu aus.« Charlotte stieg ab und hob den Schuh auf. Es war ein Damenschuh einer teuren Marke. Er war aus hellblauem Leder und hatte einen spitzen Absatz. »Der ist aber schön«, sagte Charlotte. »Wer wirft denn so was weg?«

»Charlotte, bitte komm«, sagte Ottokar, der ungeduldig auf sie wartete. »Lass uns fahren. Es ist schon spät.«

Charlotte zögerte nur einen Moment, dann verstaute sie den Schuh, von Ottokar ungesehen, in ihrer Handtasche. Noch einmal blickte sie sich um, aber sie sah nur den Graben neben dem Radweg, der in der aufkommenden Morgendämmerung wie ein tiefes schwarzes Loch anmutete. Charlotte stieg auf ihr Rad, und sie fuhren weiter.

Minuten später waren sie zu Hause angekommen und stellten die Räder in Ottokars leerer Garage ab. Charlotte verabschiedete sich und lief winkend zu ihrem Haus hinüber, wo die Zeitung bereits im Kasten steckte. Charlotte machte sich einen Tee und überflog die erste Seite der Zeitung. Als sie endlich ins Bett sank, war es bereits halb fünf Uhr am Morgen. Im Unterbewusstsein registrierte sie noch das Geräusch des Martinshorns, das von der Münsterlandstraße durch das geöffnete Kippfenster zu ihr hereindrang, dann schlief sie ein.

11. Kapitel

Während Charlotte mit Ottokar ins Theater gefahren war, hatten Isabella und Eberhard Looch sich trotz der späten Abendstunde zum Nordic Walking verabredet. Langsam und gemütlich gingen sie nun durch den Gestütswald.

»Wir hätten wirklich die Stöcke zu Hause lassen sollen«, sagte Isabella, blieb stehen und wischte sich mit der Hand über die Stirn. »Für einen flotten Marsch ist es immer noch zu warm.«

Eberhard lachte. »Schwitzen ist gesund, Isabella.«

Isabella nickte und ließ sich auf einem dicken Baumstamm am Wegrand nieder. »Zum Glück ist es ja hier im Wald noch etwas angenehmer als in der Sonne.«

Eberhard setzte sich neben sie, nahm den Rucksack ab und holte zwei Flaschen Wasser heraus. »Hier, trink, dann geht es dir gleich besser.«

»Dann muss ich ja noch mehr schwitzen«, stöhnte Isabella, nahm aber dennoch die Flasche und tat einen kräftigen Zug. »Danke, das tut gut!«

»Siehst du, ich weiß, was du brauchst«, sagte Eberhard lächelnd. »Wir sind nicht mehr die Jüngsten, Isabella, da muss man halt hin und wieder etwas ausruhen.«

»Wahrscheinlich hast du recht.« Isabella sah ihn dankbar an und gestand: »Wenn ich es auch manchmal nicht gerne zugebe, aber so langsam merke auch ich, dass ich älter werde.«

»Du siehst doch gut aus«, sagte Eberhard. »Meine Tochter war letzte Woche ganz angetan und hat gefragt, warum du nicht bei mir einziehst.«

»Echt?« Isabella starrte ihn an, und ihre Erschöpfung war plötzlich wie weggeblasen.

Er nickte. »Laura war der Meinung, wenn sie Kinder hätte, würdest du sicher eine wunderbare Oma abgeben.«

Isabella seufzte. »Ich hätte auch gern Enkelkinder, aber leider hat das bei mir mit den Kindern nicht geklappt. Aber mein Neffe Thomas liegt mir sehr am Herzen, und ich hoffe, dass er und seine Frau Marita bald Eltern werden.«

»Wollen sie denn Kinder?«

»Ja, unbedingt, das hat mir Marita beim letzten Besuch noch gesagt«, antwortete Isabella. »Charlotte wartet auch schon darauf.«

»Dann drück ich euch mal die Daumen.« Eberhard schlug nach einer Mücke, die sich auf seinen Arm gesetzt hatte, und stand auf. »Lass uns weitergehen. Hier sind so viele Mücken, dass ich nachher aussehe wie ein Streuselkuchen.«

»Oh.« Isabella betrachtete Eberhards nackte Unterarme, die schon mehrere Insektenstiche aufwiesen. »Das sieht ja gar nicht gut aus. Hast du keine Mückensalbe dabei?«

»Ich habe mich zu Hause schon eingerieben, aber diese Viecher scheint das nicht zu interessieren«, gab Eberhard sarkastisch zurück.

»Wie schön, dass du trotzdem nicht deinen Humor verlierst«, sagte Isabella. »Genau das mag ich an dir.«

Sie schritten jetzt schneller aus, verließen nach wenigen Minuten den Wald und folgten einem Weg, der zwischen den Feldern hindurch direkt am Hof Baumstroh vorbeiführte.

Sie gingen schweigend am Hof vorbei, und Isabella blickte nachdenklich zu einem Traktor hinüber, der hinten auf dem Gelände stand. Ein Mann werkelte trotz der späten Stunde daran herum.

»Hat der Bauer jetzt einen neuen Mitarbeiter?«, fragte Eberhard und schaute zu dem Mann, der wesentlich älter wirkte als Sven Baumstroh.

Isabella zuckte die Schultern. »Keine Ahnung«, sagte sie. »Es könnte auch jemand vom Betriebshilfsdienst sein. Die springen doch ein, wenn etwas passiert. Schließlich hatte Sven Baumstroh gestern einen Unfall.«

»Ach, davon hab ich ja noch gar nichts gehört. Wann denn?«

Isabella berichtete ihm, was sie von Charlotte gehört hatte, und sagte zum Schluss: »Er war aber wohl nur leicht verletzt, abends war er schon wieder zu Hause. Wir haben seine Schwester in der Eisdiele getroffen.«

»Wie kam es denn zu dem Unfall? War er zu schnell?«

»Ich denke schon. Er soll auch betrunken gewesen sein, zumindest hat Charlotte davon gesprochen.«

»Mitten am Nachmittag?«

»Ja. Da muss etwas passiert sein, was ihn völlig aus der Bahn geworfen hat.«

»Ist das ein Grund, sich vollaufen zu lassen?« Eberhard schüttelte missbilligend den Kopf und fuhr fort: »Ich habe einmal jemanden erlebt, der total voll war und sich aufgeführt hat wie ein Berserker. Er hat in der Gaststätte *Zur Sonne* das ganze Mobiliar zertrümmert. Das ist schon ewig her, aber ich habe mir damals vorgenommen, niemals so tief zu sinken, egal was auch passiert.«

»Wer war denn das damals?«

»Keine Ahnung. Auf jeden Fall wurde der Typ von der Polizei abgeholt und ich habe ihn nie wieder gesehen.«

»Ist ja auch heute nicht mehr wichtig«, sagte Isabella und fragte: »Hast du eigentlich schon mal was davon gehört, dass vor Jahren hier im Wald ein Spaziergänger erschossen wurde? Bei unserer Planwagenfahrt hat eine der Frauen davon gesprochen.«

»Das ist aber sicher zwanzig Jahre her, Isabella«, sagte Eberhard. »Das ist damals im Sommer passiert. Bei dem Täter soll sich versehentlich ein Schuss gelöst haben, und der Angeschossene ist verblutet.«

»Verblutet? Wie entsetzlich!«

»Der Schütze ist getürmt, ohne sich um das Opfer zu kümmern. Man hätte den Mann noch retten können, wenn er rechtzeitig behandelt worden wäre. Zumindest haben die Rechtsmediziner das später festgestellt.«

»Und wie hat man den Täter gefunden?«

»Ich weiß es nicht. Wenn du es genau wissen willst, musst du dich bei der Polizei erkundigen.«

Isabella lachte. »Nein, so genau will ich es gar nicht wissen.«

Sie hatten mittlerweile den Radweg an der Münsterlandstraße erreicht und gingen zügig zur Wiesenstraße zurück.

Ein schwarzer Jeep fuhr mit hoher Geschwindigkeit an ihnen vorbei. »Komisch, das Auto haben Charlotte und ich schon vor einigen Tagen gesehen, als wir zum Baggersee gefahren sind. Ein Mann saß am Steuer, genau wie jetzt«, sagte Isabella.

»Bestimmt war es nur ein ähnliches Auto, Isabella«, antwortete Eberhard lächelnd. »Der Wagen hatte ein Hamburger Kennzeichen.«

»Ich weiß, deshalb muss es ja dasselbe sein«, beharrte Isabella. »Der Mann muss sich seit längerer Zeit hier aufhalten.«

»Wann hast du das Auto denn gesehen?«

»Kurz nachdem wir den Toten an der Feldscheune gefunden haben«, sagte Isabella. »Der Wagen kam aus der Zufahrt vom Baggersee.«

»Er stammt vielleicht hier aus der Gegend und macht Urlaub«, vermutete Eberhard.

»Das haben Charlotte und ich auch gedacht, aber das ist jetzt fast drei Wochen her. Wer hat denn so lange Urlaub?«

»Was geht uns das an, Isabella?« Eberhard lachte. Isabella stimmte mit ein, und sie wandten sich anderen Themen zu.

Mittlerweile waren sie vor dem Haus von Eberhard angekommen, das ganz am Anfang der Wiesenstraße lag.

Isabella wischte sich den Schweiß von der Stirn. »Puh, es ist immer noch ziemlich warm, obwohl die Sonne gleich untergeht und es schon halb zehn ist.«

»Ich mag es, wenn es warm ist, dann sind die Abende so schön«, sagte Eberhard und fragte: »Hast du Lust, den Abend noch mit einem Glas Wein auf meiner Terrasse ausklingen zu lassen?«

Isabella stutzte, dann lächelte sie. »Keine schlechte Idee. Aber erst muss ich unter die Dusche.«

»Sagen wir, kurz nach zehn bei mir?«

»Gerne, ich freu mich!« Isabella winkte ihm zu und ging schnellen Schrittes die wenigen Meter nach Hause.

Ein dumpfes Geräusch weckte Isabella aus dem Schlaf. Irgendwo war etwas heruntergefallen. Oder hatte jemand geklopft? Schlaftrunken sah sie zur Uhr. Elf. Isabella stutzte, setzte sich im Bett auf und sah nochmals auf die Uhr. Wirklich, schon fast Mittag.

Der Abend auf Eberhards Terrasse war schön gewesen, und sie war erst beim Morgengrauen nach Hause gekommen. Trotzdem hatte sie in letzter Zeit noch nie so lange geschlafen.

Entsetzt schlug sie deshalb die Bettdecke zurück und hörte im gleichen Augenblick die Türklingel. Bestimmt war das Charlotte. Sie streifte ihren Morgenmantel über, lief aus dem Zimmer, die Treppe hinunter zur Haustür. Ohne durch den Spion zu sehen, riss sie die Tür auf und erstarrte.

Draußen stand Britta Saarberg. »Oh Gott, habe ich Sie aus dem Bett geworfen, Frau Steif? Das tut mir leid.« Sie sah Isabella schuldbewusst an.

Isabella fasste an ihren Kopf. Sie hatte sich nicht einmal gekämmt. »Kommen Sie herein«, sagte sie hastig, schloss die Haustür und führte Britta in die Küche. »Setzen Sie sich bitte, ich ziehe mich schnell an.« Isabella verschwand wieder nach oben, zog sich in Sekundenschnelle um, ordnete ihr Haar und war schon wenig später wieder unten. Sie setzte Kaffee auf und fragte: »Möchten Sie auch einen Kaffee oder lieber Tee?«

»Kaffee ist okay«, sagte Britta Saarberg.

Erst jetzt stellte Isabella fest, dass die junge Frau merklich blass war und einen niedergeschlagenen Eindruck machte. Während Isabella geschäftig herumwirbelte, um das verspätete Frühstück auf den Tisch zu bringen, fragte sie: »Was führt Sie zu mir, Britta? Ist etwas passiert?«

»Ja, meine Mutter ist verschwunden«, stotterte die junge Frau. »Ich weiß einfach nicht, was ich machen soll.«

»Verschwunden?« Isabella sah sie erstaunt an. »Vor zwei Tagen waren Sie doch noch mit Ihrer Mutter und Ina Baumstroh in der Eisdiele.«

»Ja, und gestern Morgen haben wir noch zusammen gefrühstückt«, sagte Britta. »Gestern Abend war sie zum Geburtstag einer Kollegin eingeladen, aber sie ist in der Nacht nicht nach Hause gekommen. Heute Morgen war ihr Bett unbenutzt. Ich habe keine Ahnung, wo sie steckt.«

»Vielleicht hat sie bei ihrer Kollegin übernachtet.«

»Nein, da habe ich schon angerufen. Sie ist so zwischen drei und vier Uhr morgens dort weggegangen. Außerdem hätte sie mich dann doch bestimmt informiert. Ich habe mehrmals versucht, sie über ihr Handy zu erreichen, aber ich bekomme keine Verbindung.«

»Keine Verbindung?« Isabella sah erstaunt auf. »Haben Sie auf die Mailbox gesprochen oder eine Nachricht hinterlassen?«

»Ich hab alles versucht. Es gibt keine Verbindung. Entweder ist der Akku leer oder Mama hat das Handy ausgestellt.«

»Und Sie sind sicher, dass sich Ihre Mutter nicht bei einem Bekannten aufhält?«

»Ganz sicher. Mama war doch in letzter Zeit immer mit meinem Vater zusammen.« Britta stockte. »Bernhard Baumstroh ist mein Vater. Mama und er wollten zusammenziehen, aber jetzt, wo er tot ist ...« Sie schluchzte. »Und nun ist Mama auch noch weg.«

»Seit wann ist Ihre Mutter denn verschwunden?«

»Das hab ich doch schon gesagt«, antwortete Britta. »Gestern zum Frühstück habe ich sie zum letzten Mal gesehen. Sie hatte ihren freien Tag und wollte einen Einkaufsbummel in Münster machen, und abends war sie bei ihrer Kollegin. Dort ist sie in den frühen Morgenstunden weggegangen.«

»Also ist sie eigentlich erst seit heute Morgen verschwunden«, fasste Isabella zusammen und lächelte. »Vielleicht hat Ihre Mutter auf dem Heimweg jemanden getroffen, einen alten Bekannten womöglich, und hält sich dort auf.«

»Das sieht meiner Mutter gar nicht ähnlich«, sagte Britta. »Außerdem hätte sie auch dann bestimmt bei mir angerufen.«

»Sicher hat sie auf der Feier bei der Kollegin Alkohol getrunken, da macht man schon mal Dinge, die man sonst nicht macht«, versuchte Isabella, die junge Frau zu beruhigen.

Britta schüttelte energisch den Kopf. »Aber nicht meine Mutter. Ihr ist was passiert, ich spüre es.«

»Waren Sie schon bei der Polizei?«

»Nein, bloß keine Polizei«, wehrte Britta ab. »Außerdem lachen die mich nur aus, wenn ich sage, dass Mama heute Nacht nicht nach Hause gekommen ist.«

»Aber wenn Ihre Mutter heute im Laufe des Tages nicht zurückkommt, müssen Sie zur Polizei.«

»Nein!« Mit Tränen in den Augen sah sie Isabella an. »Das ... das geht überhaupt nicht.« Gleich darauf senkte Britta Saarberg den Kopf und blickte auf ihre Hände hinunter, die verkrampft in ihrem Schoß lagen. Die Angst drang ihr förmlich aus allen Poren.

Isabella goss Kaffee ein und setzte sich der jungen Frau gegenüber. »Britta, nun erzählen Sie mir doch mal genau, was los ist und wovor Sie solche Angst haben.«

Britta wischte sich die Tränen mit dem Handballen ab, und Isabella stand auf, holte eine Packung Papiertaschentücher aus dem Küchenschrank und legte sie ihr hin. Britta nahm eines, schnäuzte sich heftig und flüsterte: »Sie dürfen aber mit niemandem darüber sprechen.«

»Das verspreche ich Ihnen«, sagte Isabella. »Aber wenn sich herausstellt, dass etwas Ungesetzliches passiert ist, dann muss ich gemeinsam mit Ihnen die Polizei informieren. Können wir uns darauf einigen?«

Britta nickte und fing an: »Seit einigen Monaten ist bei uns alles durcheinandergeraten. Es begann alles im April mit meinem kaputten Fahrrad. Sven Baumstroh hat es geflickt, und ich habe Mama erzählt, dass ich ihn total nett finde.« Britta stockte und fuhr dann fort: »Meine Mutter war plötzlich ganz nervös und hat mich gebeten, bloß nichts mit ihm anzufangen. Dann hat sie mir gestanden, dass sie eine Affäre mit Bernhard Baumstroh hatte, bevor ich geboren wurde.« Britta hielt inne. »Na ja, auf jeden Fall ist nicht Mamas Ex-Mann, sondern Bernhard Baumstroh mein

Vater und Sven mein Halbbruder. Wir haben zur Sicherheit einen DNS-Test machen lassen.«

»Das habe ich mir schon gedacht«, sagte Isabella leise. »Warum hat Ihre Mutter Ihnen denn nicht eher die Wahrheit gesagt?«

»Sie wollte nicht, dass er oder seine Familie davon erfuhren, weil seine Frau damals krank war«, sagte Britta.

»War das der Grund, warum sich Ihre Eltern haben scheiden lassen?«, fragte Isabella.

»Ja, ich glaube schon«, sagte Britta. »Aber früher hat mir Mama immer erzählt, dass mein Papa Alkoholprobleme hatte und sie sich deshalb hat scheiden lassen.«

»Hat er sich denn mal bei Ihnen gemeldet?«

Britta schüttelte den Kopf. »Nein. Ich war früher immer ganz traurig, dass ich keinen Vater habe. Als Mama mir vor einigen Wochen die Wahrheit gesagt hat, war ich natürlich wütend auf sie. Schließlich ist Frau Baumstroh schon vor zehn Jahren gestorben, da hätte sie es mir ruhig eher sagen können. Und jetzt habe ich auch noch Ärger mit Sven.«

»Mit Sven Baumstroh?«

»Ja. Ich habe genau wie Ina etwas geerbt, und Sven ist deshalb total ausgerastet beim Anwalt, und dann hatte er den Unfall.« Sie seufzte. »Jetzt ist Mama weg, und ich habe niemanden mehr, mit dem ich reden kann.«

»Sie haben doch einen Freund. Was sagt der denn dazu?«

Britta winkte ab. »Wenn Sie Roland Waldmeier meinen, mit dem ist es aus.«

»Wie sieht es denn mit Ina Baumstroh aus? Mit der waren Sie doch in der Eisdiele.«

»Ina ist ganz nett und hat auch verstanden, dass ich genauso geerbt habe wie sie, aber sie hält natürlich zu ihrem Bruder«, sagte Britta. »Sven wollte das Geld für seinen Stall haben, und jetzt muss er dafür einen ziemlich großen Kredit aufnehmen.«

»Das ist aber doch nicht Ihre Schuld, ein Pflichtteil steht Ihnen ohnehin zu«, versicherte Isabella. »Trotzdem sollten wir uns lieber um Ihre Mutter kümmern. Gibt es Verwandte oder Bekannte, bei denen sie sein könnte?«

»Nicht, dass ich wüsste«, sagte Britta. »Außerdem habe ich alle unsere Bekannten schon angerufen.«

»Vielleicht hatte Ihre Mutter einen Unfall«, sagte Isabella. »Wenn sie in den nächsten Stunden nicht wiederkommt, sollten Sie wirklich die Polizei informieren und eine Vermisstenanzeige aufgeben.«

»Nein, bloß nicht.« Britta schrak zusammen und hob beschwörend die Hände. »Sie haben mir versprochen, dass Sie nicht zur Polizei gehen, Frau Steif.«

»Ich verstehe einfach nicht, warum Sie sich so sträuben«, sagte Isabella. »Die Polizei hat doch viel mehr Möglichkeiten, Ihre Mutter zu finden, als wir.«

»Es geht nicht, ich glaube, er …« Britta hatte es so leise gesagt, dass Isabella es kaum verstanden hatte, und sie zitterte jetzt vor Angst.

»Wer? Ich verstehe nicht.«

»Seit Mama weg ist, hat ein Fremder schon zweimal bei mir angerufen«, gestand Britta. »Die Nummer ist unterdrückt, und er legt immer sofort auf.«

»Hat er noch nie etwas gesagt?«

»Gestern zum ersten Mal«, flüsterte Britta kaum hörbar. »*Sag deiner Alten, sie soll endlich an ihr Handy gehen, sonst passiert was.*« Sie hielt inne und fuhr dann fort: »Bestimmt tut er Mama was an, wenn ich zur Polizei gehe.«

»Das hört sich eher an, als wisse er gar nicht, wo Ihre Mutter ist«, vermutete Isabella. »Vielleicht hat Ihre Mutter deshalb ihr Handy abgestellt und ist irgendwo untergetaucht. Wollen Sie nicht doch zur Polizei gehen?«

Britta schluchzte wieder. »Nein, auf keinen Fall. Wenn ihr was passiert, mach ich mir ewig Vorwürfe. Ich hab doch nur noch sie.«

Isabella überlegte angestrengt, wie sie vorgehen sollte, um die junge Frau von ihrer Ansicht zu überzeugen. Weil ihr nichts Besseres einfiel, fragte sie: »Hat Ihre Mutter denn nichts davon gesagt, dass sie angerufen wurde?«

»Nein«, sagte Britta. »Aber sie war in den letzten Tagen total nervös und hat immer alles gut abgeschlossen.«

»Wie meinen Sie das? Hat sie sonst nicht abgeschlossen?«

»Doch, schon. Aber in den letzten Tagen ist sie noch mal durchs Haus gegangen, wenn ich im Bett war, und hat jedes Fenster und jede Tür überprüft.«

»Haben Sie sie nicht gefragt, warum sie das macht?«

»Ich wollte es, aber dann war sie plötzlich verschwunden.« Britta schluchzte erneut auf und bedeckte das Gesicht mit ihren Händen, während Isabella immer noch krampfhaft überlegte, wie sie in dieser Situation reagieren sollte.

»Was halten Sie davon, wenn Sie erst mal hierbleiben?«, schlug sie vor. »Ich habe ein Gästezimmer, da könnten Sie sich einquartieren.« Isabella hoffte, Britta im Laufe des Tages doch von einer Anzeige bei der Polizei überzeugen zu können.

Britta nahm die Hände vom Gesicht und blickte sie erstaunt mit Tränen in den Augen an. »Das wäre wirklich wunderbar, Frau Steif«, sagte sie und wischte sich über die Augen. »Ich müsste mir aber vorher noch einige Sachen holen. Schließlich muss ich arbeiten.«

»Ach ja, daran habe ich gar nicht gedacht«, sagte Isabella. »Haben Sie heute frei? Es ist gleich Mittag.«

»Ich hatte noch Überstunden und habe mir heute den Vormittag freigenommen«, sagte Britta. »Ich fange um vierzehn Uhr an.«

Isabella überlegte einen Moment und fragte: »Hat Ihre Mutter ein Auto?«

»Nein, sie wollte mit dem Bus nach Münster. Wir teilen uns das Auto.«

»Dann ist ja alles so weit geklärt«, sagte Isabella. »Wollen Sie sich das Gästezimmer einmal ansehen?«

»Wenn ich darf, gerne.«

Britta stand auf, und Isabella führte sie nach oben. Isabella hatte regelmäßig Besuch von entfernt wohnenden Kolleginnen oder Kollegen, und deshalb war ihr Gästezimmer perfekt eingerichtet.

»Das ist ja toll, Frau Steif, danke«, sagte Britta bei der Besichtigung.

»Dann fahren wir jetzt in Ihre Wohnung und holen Ihre Sachen«, sagte Isabella und war froh, die junge Frau endlich wieder auf andere Gedanken gebracht zu haben. Insgeheim glaubte sie fest daran, dass Brittas Mutter bald wieder zu Hause war und Brittas Sorgen sich in Luft auflösen würden.

12. Kapitel

Charlotte Kantig stutzte, als sie ihr Auto aus der Garage holte. Vor dem Haus ihrer Schwester stand ein Auto, und just als sie aus der Garage kam sah sie, wie Britta Saarberg gemeinsam mit Isabella einstieg und sie davonfuhren. Nachdenklich fuhr Charlotte hinterher. Sie wusste, dass Britta Saarberg eine ehemalige Schülerin von Isabella war, trotzdem war sie überrascht, dass Isabella noch Kontakt zu ihr hatte.

Charlotte war auf dem Weg zum Hofladen, weil es dort kurz vor Mittag meistens leer war. Nach der langen Nacht war sie trotz einiger Stunden Schlaf noch ziemlich müde und wollte den Einkauf möglichst schnell hinter sich bringen.

Frau Kottenbaak stand hinten im Laden und räumte leere Kisten auf einen Stapler, als sie eintrat. Charlotte beeilte sich und wollte schon mit ihrem Korb zur Kasse gehen, als ein Kunde in grüner Arbeitshose und leicht verschmutztem Shirt hereinkam.

»Ich komm schon«, rief Frau Kottenbaak und ging geschäftstüchtig an die Theke. »Was soll's denn sein?«

Charlotte hatte den Mann noch nie gesehen, aber Frau Kottenbaak schien ihn zu kennen, denn sie sprach ihn mit Namen an, rechnete ab, und schon nach wenigen Minuten ging der Mann hinaus. Charlotte sah nun, dass er an der linken Hand einen ziemlich verschmutzten Verband trug.

»Wer war denn das?«, fragte Charlotte und ging mit ihrem Korb zur Kasse.

»Das ist der Betriebshelfer, der bei Baumstroh auf dem Hof aushilft«, antwortete Frau Kottenbaak. »Er wohnt in Münster und war im Frühling schon mal hier. Sven kann ja im Moment jede

Hand gebrauchen, wo doch der Auszubildende noch im Urlaub ist.«

»Der Auszubildende muss doch bald wieder da sein«, sagte Charlotte. »Bernhard Baumstroh ist doch schon fast drei Wochen tot.«

Frau Kottenbaak zuckte die Schultern und tippte die Preise für Charlottes Waren in die Kasse ein. »Auch wenn der Ingo Bergmann da ist, fällt auf dem Hof noch genug Arbeit an«, sagte sie und fuhr übergangslos fort: »Macht zweiundzwanzig fünfunddreißig.«

Charlotte zahlte und verabschiedete sich. Draußen empfing sie der warme, sonnige Tag, während ein Mercedes langsam davonrollte. Wahrscheinlich gehörte er dem Mann, der gerade den Laden verlassen hatte. Irgendetwas schien mit dem Auto aber nicht in Ordnung zu sein, denn aus dem Auspuff kam eine dicke Qualmwolke und der Dieselmotor tuckerte stotternd vor sich hin. Noch während Charlotte ihre Sachen im Kofferraum verstaute, blieb der Wagen etwas entfernt an der Straße stehen. Der Mann stieg aus und öffnete den Motorraum. Charlotte fuhr langsam vom Parkplatz, stoppte direkt hinter dem liegengebliebenen Auto und stieg aus.

»Kann ich Ihnen helfen?«, fragte sie.

Der Mann schrak zusammen und sah unter der Motorhaube hervor. »Nein danke, ich komm schon klar«, sagte er und ging um das Auto herum zum Kofferraum.

Charlotte blieb einige Minuten unentschlossen stehen. Sie sah, wie er den Kofferraum öffnete und einen Werkzeugkoffer herausholte, neben dem eine Tüte mit dem Werbeaufdruck einer angesagten Boutique in Münster lag. Ein bunter Stoff lugte daraus hervor.

Hoffentlich wird das schöne Stück nicht schmutzig, dachte Charlotte, als sie die ölverschmierten Hände des Mannes sah. Dann ging sie zu ihrem Auto und fuhr davon. Einige Minuten später war sie zu Hause.

Nachdem sie ihre Einkäufe verstaut hatte, ging sie in ihr Büro an den Computer und beschäftigte sich mit einer Fahrradtour, die sie und Hilde Juli für die Landfrauen planten. Charlotte zeichnete einen Weg auf, suchte sich Adressen von Gaststätten entlang der Route aus dem Internet und kopierte alles für Hilde, die momentan ganztags auf dem Hof Baumstroh arbeitete. Nach einer knappen halben Stunde hatte sie alles fertig, packte die Unterlagen in eine Mappe und machte sich auf den Weg zum Hof, damit sich Hilde in Ruhe am Wochenende damit befassen konnte, während sie selbst in München weilte.

Hilde Juli empfing Charlotte gleich nach dem Klingeln an der Tür und führte sie in die Küche. »Setz dich, Charlotte, ich muss noch Salat schnippeln. Hier wird immer erst um kurz nach ein Uhr gegessen.« Hilde ging zu ihrem Schneidbrett zurück, während Charlotte auf der großen Bank an der anderen Seite der Küche Platz nahm.

»Dann will ich mich mal beeilen«, murmelte Charlotte, holte den Plan aus der Tasche und breitete ihn auf dem Küchentisch aus. »Ich habe zwei unterschiedliche Strecken aufgezeichnet, die man aber gut kombinieren kann, und etliche Restaurants, in denen wir einkehren können. Wenn du einen Moment Zeit hast, schau es dir einfach in Ruhe an. Ich habe den Plan extra für dich kopiert.«

»Klasse«, sagte Hilde, streifte die Plastikhandschuhe ab, die sie zum Salatschnippeln gebraucht hatte, kam an den Tisch und warf einen Blick auf Charlottes Aufzeichnungen. »Das *Hühnerstallcafé* ist gut. Dort war ich mal mit einer Gruppe zum Frühstück. Es ist richtig toll dort, da sollten wir unbedingt einen Zwischenstopp machen.«

»Dann schreib ich das schon mal als festen Anlaufpunkt auf«, sagte Charlotte und holte ihren Block aus der Tasche.

Hilde sah unterdessen aus dem Küchenfenster auf den Hof. »Wo der Ralf Pohl nur bleibt? Er sollte mir Essig aus dem Hofladen mitbringen, den brauch ich für das Dressing.« Sie schüttelte den Kopf und murmelte: »Männer, wenn man sich auf die schon verlässt ...«

»Sprichst du von dem Betriebshelfer, der bei euch eingesetzt ist?«, fragte Charlotte.

»Ja, er hatte sich an der Hand verletzt und ist seit heute wieder da. Er wollte in den Hofladen«, sagte Hilde und blickte Charlotte fragend an. »Wieso? Hast du ihn gesehen?«

»Ja, er hatte nach dem Einkauf bei Kottenbaak einen Motorschaden und stand an der Straße.«

»Warum sagst du das erst jetzt?«, fuhr Hilde auf. »Da hätte ich ja gleich mit dem Fahrrad hinfahren können, dann wäre ich schneller.«

Im selben Moment drang lautes Motorgeräusch durch das geöffnete Küchenfenster.

»Ach, da ist er ja«, sagte Hilde erleichtert und fuhr grinsend fort: »Der sollte seine alte Karre wirklich verschrotten lassen, so wie die qualmt und nach Diesel stinkt.« Sie schlug das Kippfenster zu, denn der Dieselgeruch drang bereits in die Küche, dann lief sie hinaus und kam gleich darauf mit dem Essig wieder.

»Hat ja noch geklappt«, sagte Charlotte, während Hilde mit dem Salatdressing beschäftigt war. »Ich muss los«, fügte Charlotte gleich darauf hinzu. »Die Pläne lass ich dir hier liegen, Hilde. Sieh sie dir in Ruhe zu Hause an. Wir sehen uns dann nächste Woche wieder und besprechen die letzten Einzelheiten. Am

Wochenende bin ich in München bei meinem Sohn.« Mit einem Gruß verließ Charlotte die Küche.

Als sie mit ihrem Auto vom Hof fuhr, sah sie im Rückspiegel Sven Baumstroh mit dem Betriebshelfer vor der geöffneten Motorhaube des alten Mercedes stehen. *Hilde hat recht*, dachte sie. *Der Mann sollte sich wirklich mal ein anderes Auto kaufen.*

Gleich nachdem sie zurück war, ging Charlotte zu Isabella hinüber, um sie an die Anmeldung zur Radtour zu erinnern.

»Hab ich's mir doch gedacht, dass deine Neugier dir keine Ruhe lässt«, empfing Isabella sie provozierend an der Tür. »Du willst doch sicher wissen, was Britta Saarberg bei mir gemacht hat.«

Charlotte schüttelte den Kopf. »Eigentlich bin ich aus einem anderen Grund hier, aber das interessiert mich natürlich auch.«

Isabella lachte. »Komm, wir gehen in den Garten, ich hab mir gerade meinen Nachtisch mit hinausgenommen.«

»Eis? Hast du für mich auch noch eins?«, fragte Charlotte, als sie das Schälchen auf dem Terrassentisch sah. »Ich hab nichts zu Mittag gegessen.«

»Klar, ich hol es dir«, gab Isabella zurück und ging davon, um gleich darauf mit einem Eisbecher wiederzukommen. »Ich habe aber nur noch Vanille. Magst du das?«

»Ja, gerne«, antwortete Charlotte und fuhr gleich fort: »Wieso hast du dich für die Radtour der Landfrauen nicht angemeldet? Hast du keine Zeit, oder hast du es vergessen?«

»Klar, will ich mit. Ich melde mich schon noch an.«

»Dann aber möglichst bald«, fuhr Charlotte auf. »Es liegen schon fünfzehn Anmeldungen vor, und die Zahl ist auf zwanzig begrenzt, sonst wird die Gruppe für eine Radtour zu groß.«

»So viele haben sich schon angemeldet?«, wunderte sich Isabella. »Ich mache das morgen sofort.«

»Am besten, du machst das heute noch, du kannst es über das Online-Formular erledigen«, riet ihr Charlotte und stand abrupt auf. »Ich muss noch packen für die Fahrt nach München. Ich will morgen früh fahren.«

»Morgen ist doch erst Freitag, ich denke, du bist nur am Wochenende da«, antwortete Isabella.

»Ich fliege nicht, ich fahre mit dem Auto und lasse mir Zeit«, erklärte Charlotte leicht genervt, als ihr der Besuch von Isabellas ehemaliger Schülerin wieder einfiel. »Wieso war denn nun eigentlich Britta Saarberg bei dir?«

Isabella seufzte. »Britta macht sich Sorgen, weil es mit Sven Baumstroh Streit gibt.«

»Deshalb war sie bei dir?« Charlotte sah Isabella ungläubig an.

»Mich hat das auch etwas gewundert«, gab Isabella zu.

»Sie hat vor – lass mich raten – fünf Jahren bei dir Abitur gemacht. Oder waren es gar sechs? Nun taucht sie plötzlich hier auf und bespricht mit dir solche Dinge? Da stimmt doch was nicht, oder war das nur die halbe Wahrheit?«

»Du hast recht«, sagte Isabella. »Ihre Mutter ist heute Morgen nicht heimgekommen, deshalb war Britta da. Sie ist in großer Sorge und glaubt, dass ihrer Mutter was passiert ist.«

»Das ist schon eher verständlich«, sagte Charlotte und setzte sich wieder. »Trotzdem frage ich mich, warum sie damit zu dir kommt und nicht die Polizei einschaltet.«

Isabella räumte die Eisschälchen zusammen und sagte, als hätte sie Charlottes Worte gar nicht gehört: »Ich möchte gleich noch raus. Willst du nicht mitkommen? Packen kannst du doch noch heute Abend. Eberhard ist heute bei seiner Tochter in Bielefeld und hat unsere Nordic-Walking-Tour abgesagt.«

»Nordic Walking?« Charlotte sah ihre Schwester empört an. »Du spinnst wohl. Und das bei der Hitze. Nein danke!«

»Kommst du denn mit, wenn wir mit dem Rad fahren?«

»Fahrradfahren tut sicher gut«, sagte Charlotte und grinste plötzlich. »Ich hab einfach nicht genug geschlafen. Wir waren noch im Jazzclub und sind erst nach vier Uhr nach Hause gekommen.«

Isabella lachte. »Du auch? Ich war bis nach drei mit Eberhard auf der Terrasse. Die Nacht war aber auch zu schön.«

»Wann willst du denn losfahren?«

»Sagen wir, um vier?« Isabella sah Charlotte fragend an.

»Ich trinke vorher einen starken Kaffee«, sagte Charlotte schmunzelnd. »Dann schlaf ich bestimmt nicht auf dem Rad ein.«

Charlotte hatte gerade ihr Rad aus der Garage geholt, als Ottokar Breit zu ihr herüberkam. »Charlotte, ich muss in einer Stunde in Bielefeld sein. Kannst du jetzt gleich mitkommen, die Räder zurückbringen, damit ich mein Auto abholen kann?«

»Die Mieträder, die hab ich ja ganz vergessen«, sagte Charlotte und überlegte einen Moment. »Ich bringe dich hin, Ottokar, das geht schneller. Meinen Wagen lasse ich dort stehen, und mit deinem Auto fahren wir zurück. Isabella und ich bringen dann die Räder weg und nehmen für den Rückweg mein Auto.«

»Wenn dir das nichts ausmacht, das wäre echt toll.« Ottokar sah sie dankbar an und grinste plötzlich. »Dann ist es ja gut, dass wir gestern nur Damenräder bekommen haben.«

»Genau«, antwortete Charlotte und lief zu Isabella hinüber, um sie zu informieren.

Es dauerte nur zwanzig Minuten, dann war Charlotte mit Ottokar zurück. Ottokar fuhr mit seinem Auto nach Bielefeld, und die Schwestern starteten mit den Mieträdern zu ihrer Tour.

Die beiden Frauen fuhren sofort Richtung Gestüt, denn die Wälder dort verfügten nicht nur über Reitwege, sondern auch über gut befahrbare Wanderstrecken. Es war angenehm schattig auf den Radwegen durch den Wald. Charlotte berichtete begeistert von dem Theaterstück, das sie am Abend zuvor mit Ottokar besucht hatte. »Es war ein echtes Erlebnis, und der Besuch im Jazzclub war genauso toll«, sagte Charlotte zum Schluss. »Wir waren beide etwas angeheitert, und die Fahrt durch die frische Morgenluft hat wirklich gutgetan.«

»Ich bin nach dem Abend auf Eberhards Terrasse auch erst kurz vor vier Uhr ins Bett gekommen«, erklärte Isabella lachend. »Ich hab bis elf geschlafen!«

»Dann hat Britta Saarberg dich wohl geweckt, oder?«

»Genau. Ich hab gedacht, du wärst an der Tür.«

»Ich war kurz vor Mittag im Hofladen und hab mich danach mit der Radtour beschäftigt.«

»Ich hab deine Worte von zuvor übrigens beherzigt und mich vorhin über das Online-Formular angemeldet«, sagte Isabella. »Die Tour will ich mir auf keinen Fall entgehen lassen.«

»Das wird bestimmt gut«, meinte Charlotte.

Sie verließen den Wald, fuhren an den Gestütsweiden entlang und hatten einen wunderbaren Blick auf die Pferde.

»Die züchten tolle Pferde hier«, schwärmte Isabella, die eine echte Pferdenärrin war.

Charlotte nickte zustimmend, und dann bogen sie auf den Radweg an der Münsterlandstraße ein und erreichten gleich darauf den Wald, durch den der Weg zum Jazzclub verlief.

»Hier habe ich heute Nacht einen blauen Damenschuh gefunden«, sagte Charlotte. »Er ist fast neu.«

»Wo?«, fragte Isabella. »Hast du ihn ins Gebüsch geworfen?«

»Ich habe ihn mitgenommen. Vielleicht meldet sich die Frau, die ihn verloren hat.«

Isabella lachte spöttisch. »Bist du jetzt unter die Altkleidersammler gegangen? Wie bitte schön soll die fremde Frau wissen, dass du ihren Schuh hast?«

»Ich melde das beim Fundamt«, antwortete Charlotte und schüttelte den Kopf über Isabellas Frage. »Denkst du etwa, ich geh Klinken putzen, um die Besitzerin zu finden?«

»Schon gut, schon gut«, beschwichtigte Isabella. »Aber ich bin sicher, dass du den Schuh völlig umsonst mitgenommen hast.«

»Dann werf ich ihn eben in die Tonne«, sagte Charlotte und stutzte plötzlich. »Was ist denn das da am Boden? Sieht aus wie Blut!« Sie zeigte auf einen Fleck auf dem Asphalt des Radweges.

»Könnte sein«, sagte Isabella und sah sich nun ebenfalls um. »Das Gras ist ziemlich zertreten hier.« Auch das Gras an der Böschung des tiefen Grabens, der den Wald vom Radweg trennte, war niedergetrampelt.

»Sieht aus, als hätte jemand ein Reh oder einen Hasen angefahren und schnellstens aufgeladen, damit niemand was merkt«, vermutete Charlotte. »Als wir heute Morgen hier vorbeikamen, habe ich davon nichts gesehen.«

»Du warst ja auch sicher nicht mehr ganz nüchtern«, stellte Isabella grinsend fest. »Da übersieht man schon mal was.«

»Haha«, unkte Charlotte, stieg ohne ein weiteres Wort auf ihr Rad und fuhr davon.

Isabella folgte ihr eilig, und sie erreichten schon bald den Jazzclub. Dort gaben sie die Räder ab und fuhren mit Charlottes Auto nach Hause.

»Du hast Besuch«, sagte Charlotte, als sie vor ihrer Garage hielt, denn Britta Saarberg stand vor Isabellas Haus.

»Oh, es ist ja schon nach sechs«, sagte Isabella, stieg hastig aus und eilte davon, um ihre Tür aufzuschließen.

Charlotte sah beim Aussteigen beide Frauen im Haus verschwinden, verschloss ihre Garage und ging ebenfalls in ihr Haus.

Es war kurz nach sieben. Charlotte hatte ihren Koffer für die Fahrt nach München gepackt und saß gemütlich beim Abendessen, als es an der Haustür Sturm läutete. Seufzend öffnete sie, und natürlich stand, wie erwartet, Isabella davor.

»Hast du deinen Besuch schon vergrault?«, fragte Charlotte spöttisch.

Doch Isabella ging nicht darauf ein, sondern raunte ihr zu: »Mach die Tür zu, ich hab was mit dir zu besprechen.« Ohne ein weiteres Wort lief Isabella in die Küche voraus und schloss das Fenster, das Charlotte kurz zuvor geöffnet hatte, um die etwas kühlere Abendluft hereinzulassen.

»He, was soll das?«, fragte Charlotte empört und wollte es wieder öffnen.

Doch Isabella zischte: »Lass das Fenster zu. Ich will nicht, dass jemand zuhört.«

»Sag mal, bist du nun komplett übergeschnappt, oder was ist los?«, sagte Charlotte und funkelte sie wütend an. »Erst störst du mich beim Abendessen, und nun willst du mir auch noch die frische Luft verbieten.«

»Setz dich, ich erklär dir gleich alles«, stieß Isabella hervor. »Wo ist der blaue Schuh, den du gefunden hast?«

»Im Schuhschrank. Wieso?« Charlotte nahm einen Schluck von ihrem Tee und setzte verärgert hinzu: »Jetzt lass endlich die Geheimniskrämerei und erzähl, was los ist.«

»Der Schuh gehört vielleicht Brittas Mutter«, sagte Isabella.

»Sag das doch gleich, deshalb musst du doch nicht so einen

Aufstand machen. Ich hol ihn sofort.« Charlotte ging davon und kam mit dem Schuh zurück. Er war aus hellblauem Wildleder, der Absatz und die Spitze waren mit Lackleder überzogen.

»Der ist ja richtig schön und war bestimmt nicht billig«, sagte Isabella und drehte den Schuh in der Hand.

»Deshalb habe ich ihn ja mitgenommen«, antwortete Charlotte. »Wie kommst du eigentlich darauf, dass er Brittas Mutter gehört?«

»Ich habe Britta gefragt, was ihre Mutter anhatte, da hat sie von einem blauen Kleid und dazu passenden Schuhen gesprochen«, sagte Isabella. »Ihre Mutter hatte sich die Sachen für den abendlichen Besuch bei ihrer Kollegin zurechtgelegt, und nun sind sie weg. Britta war sicher, dass sie das Kleid und die Schuhe angezogen hat.«

»Nimm den Schuh mit und gib ihn Britta«, bot Charlotte an. »Die wird ja wissen, ob er ihrer Mutter gehört.«

»Behalt ihn erst mal«, sagte Isabella und erklärte, dass Elvira Saarberg noch immer verschwunden war.

»Dann muss Britta zur Polizei, eine Vermisstenanzeige aufgeben«, gab Charlotte zurück.

»Das hab ich auch gesagt, aber sie hat Angst, deshalb bleibt sie heute Nacht auch bei mir im Gästezimmer.«

»Ach, interessant«, sagte Charlotte. »Und wie kam der Schuh von Brittas Mutter auf die einsame Landstraße?«

»Das weiß ich doch nicht«, sagte Isabella. »Vielleicht ist es ja auch gar nicht ihr Schuh.«

»Und wo ist Britta jetzt?«

»Bei Roland Waldmeier«, sagte Isabella.

»Und warum ist sie nicht schon heute Morgen zu ihm gefahren?«

»Die beiden müssen Streit gehabt haben«, sagte Isabella. »Als ich sie heute Morgen nach ihm gefragt habe, hat sie ziemlich ablehnend reagiert. Aber er hat vorhin auf ihrem Handy angerufen, und jetzt ist sie zu ihm gefahren.«

»So ein Durcheinander«, sagte Charlotte. »Nimm den Schuh mit und klär mit Britta, ob er wirklich ihrer Mutter gehört. Ich gehe nämlich gleich ins Bett, weil ich todmüde bin und morgen gut ausgeruht nach München fahren will.«

»Ja, gut«, sagte Isabella, nahm den Schuh und ging zur Tür. »Viel Spaß in München. Grüß Marita und Thomas von mir.«

13. Kapitel

Hauptkommissar Meier saß am frühen Freitagmorgen grübelnd vor seinem Bildschirm, als sein Kollege hereinkam.

»Burghard, was machst du für ein Gesicht?«, begrüßte Kommissar Frisch ihn grinsend. »Hast du schon wieder einen Toten gefunden?«

»Wieso? Reicht dir eine Leiche nicht aus?«, konterte Meier. »Ich bin übrigens schon seit sechs Uhr hier und habe noch mal alle Unterlagen im Zusammenhang mit dem Tod von Bernhard Baumstroh durchgesehen.«

»Wieso? Ist was vorgefallen?«

»Nachdem du gestern Mittag zum Lehrgang gefahren bist, habe ich eine Meldung vom Klinikum in Münster bekommen. Eine unbekannte Frau wurde gestern Morgen um vier Uhr dreißig bewusstlos im Straßengraben neben der Münsterlandstraße gefunden.«

»Hier bei uns?«, fragte Frisch, während er seinen Computer startete. »Warum haben die Kollegen aus Münster uns nicht sofort am Morgen verständigt?«

»Keine Ahnung, warum wir das so spät erfahren haben«, antwortete Meier. »Die Kollegen aus Münster waren am Unfallort und haben sofort Anzeige wegen Fahrerflucht und unterlassener Hilfeleistung gestellt, weil sie anfangs von einem Verkehrsunfall ausgingen.«

»Das ist ja zumindest etwas«, sagte Frisch. »Ist die Frau auf dem Weg der Besserung?«

»Sie liegt noch im Koma«, sagte Meier und fuhr fort: »Aber jetzt kommt's: Bei ihrer Verletzung handelt es sich um eine

Schusswunde. Nun müssen wir davon ausgehen, dass in unseren Wäldern jemand herumballert.«

»Ist das sicher?«

»Ja, das Geschoss hat nur ganz knapp eine Herzkammer verfehlt, ansonsten wäre die Frau wohl bereits tot«, erklärte Meier. »Zumindest hat mir der Kollege aus Münster das mitgeteilt. Nun ist die Anzeige auf versuchten Totschlag erweitert worden. Allerdings ist bisher nicht bekannt, um was für eine Waffe es sich handelt. Das Geschoss ist durch den Körper der Frau hindurchgegangen.«

»Also könnte die Kugel da noch irgendwo rumliegen«, murmelte Frisch.

»Genau«, bestätigte Meier. »Und wir müssen denjenigen finden, der hier herumballert.«

»Das muss doch nicht unbedingt jemand aus unserer Gegend gewesen sein«, warf Frisch nachdenklich ein. »Vielleicht war es ein Paar auf der Durchreise. Sie hatten Streit, und der Typ hat sie in der Münsterlandstraße aus dem Auto geworfen und angeschossen.«

»So könnte es natürlich gewesen sein«, antwortete Meier. »Auf jeden Fall haben die Kollegen aus Münster schon eine Beschreibung der Frau ins Internet gestellt. Die Verletzte liegt auf der Intensivstation des Klinikums.«

»Das hört sich ja gar nicht gut an«, sagte Frisch. »Haben die Münsteraner schon die Unfallstelle nach der Kugel abgesucht?«

»Ja, aber nichts gefunden.«

»Tja, dann müssen wir wohl auch noch mal nachsehen«, sagte Frisch lapidar. »Wie ist denn die Vernehmung von Ina Baumstroh gelaufen?«

»Die hat noch gar nicht stattgefunden!«, fuhr Meier empört

auf. »Ich kann mich schließlich nicht vierteilen, wenn du ständig weg bist.«

»Reg dich nicht gleich so auf«, antwortete Frisch grinsend. »Dass du nach dem Unfall des Jungbauern hier alle Hände voll zu tun hattest, weiß ich doch.«

»Dann quatsch nicht so doof«, regte sich Meier auf. »Mit der Ina Baumstroh spreche ich schon noch. Vorerst kläre ich mal die Angelegenheit mit ihrem Bruder und dieser Erbschaftssache.«

»Dieser Bernhard Baumstroh hatte es ja faustdick hinter den Ohren, und du hast ihn für einen Engel gehalten«, frotzelte Dietmar Frisch.

»Halt die Klappe!«, fauchte Meier. »Es wurmt mich sowieso, dass die Steif mal wieder mehr wusste als ich.«

»Sie hat doch nur vermutet, dass die Britta Saarberg Baumstrohs Tochter ist«, antwortete sein Kollege.

»Schon, aber wieso? Ich wäre im Traum nicht darauf gekommen, dass der Bernhard fremdgegangen ist, während seine Frau damals so krank war.«

Frisch lachte. »Du bist ja auch keine Frau. Frauen spüren so etwas!«

»Beim eigenen Mann vielleicht, aber doch nicht bei einem Fremden«, widersprach Meier. »Ich werde heute auf jeden Fall diese Elvira Saarberg und ihre Tochter befragen. Gestern hab ich keine der Damen erreicht. Aber der Anwalt Liegmann, von dem Sven Baumstroh nach seinem Unfall gesprochen hat, hat mir bestätigt, dass Britta Saarberg als Tochter des Verstorbenen am Erbe beteiligt wurde.« Er hielt einen Moment inne und fragte dann: »Und wie war es gestern bei deinem IT-Lehrgang, Dietmar?«

Kommissar Frisch zuckte die Schultern. »Ganz interessant. Hoffentlich bekommen wir auch die Büroausstattung, damit wir demnächst wirklich die Daten anderer Dienststellen einsehen und damit arbeiten können.«

Meier winkte ab. »Hier sind wir doch am Arsch der Welt. Bevor wir irgendwelche Neuerungen bekommen, muss erst einmal unser Internet schneller werden.«

»Stimmt. Und was gibt es hier noch so? Hast du etwas herausgefunden, was uns weiterbringt?«

»Nichts, leider«, sagte Meier und erhob sich. »Ich fahre jetzt zu Elvira und Britta Saarberg und anschließend nach Münster zu Ina Baumstroh. Schließlich gehören die Damen alle zum Kreis unserer Verdächtigen.«

»Verdächtig ist ja wohl etwas übertrieben.« Frisch lachte. »Hast du bei den Telefondaten noch was herausgefunden?«

Meier stand auf und griff nach seiner Dienstmütze. »Alles wie gehabt. Die gelöschten Gespräche konnte ich nicht zuordnen.« Gerade als Meier die Tür aufdrücken wollte, flog sie ihm förmlich entgegen und Isabella Steif kam herein.

»Wollten Sie gerade weg?«, sagte sie aufgeregt. »Ich muss etwas melden!«

»Frau Steif, das erledigt mein Kollege«, sagte Meier und grinste. »Ich muss leider weg.«

»Warten Sie doch bitte noch einen Moment, Herr Meier«, bat Frau Steif. »Es geht um die Frau im Internet.«

»Welche Frau?« Meier sah sie sekundenlang an, bis ihm die Erleuchtung kam. Er wollte etwas sagen, doch sein Kollege kam ihm zuvor: »Sie meinen die Verletzte, die in der Münsterlandstraße gefunden wurde, nicht wahr?«

»Genau, Herr Frisch«, bestätigte Frau Steif. »Eigentlich wollte ich noch warten, aber als ich die Mitteilung auf der Polizeihomepage las, bin ich gleich hierhergefahren.«

Hauptkommissar Meier hatte seine Dienstmütze zur Seite

gelegt und fragte nun ungeduldig: »Worauf wollten Sie warten? Ich verstehe gar nichts.«

»Auf Britta Saarberg«, antwortete Frau Steif. »Ich wollte erst mit ihr sprechen, aber sie ist über Nacht bei ihrem Freund geblieben, und ich konnte sie heute Morgen über ihr Handy nicht erreichen.«

Meiers Gesicht war mittlerweile rot angelaufen. Diese Frau brachte ihn zum Wahnsinn mit ihren ausschweifenden Erzählungen. »Was zum Donnerwetter hat Britta Saarberg mit der Verletzten im Krankenhaus zu tun, Frau Steif?«, fuhr er die Seniorin wütend an. »Kommen Sie endlich zur Sache!«

»Die Frau im Krankenhaus ist Brittas Mutter Elvira Saarberg. Zumindest gehe ich davon aus.«

Jetzt war Meier völlig baff. Er starrte die ehemalige Lehrerin an, als käme sie von einem anderen Stern. Es fiel ihm unheimlich schwer, ruhig zu bleiben, während er seinem Kollegen Frisch am liebsten das Grinsen aus dem Gesicht geschlagen hätte. »Und was bringt Sie zu dieser Erkenntnis, Frau Steif?«, fragte er.

»Die Beschreibung steht doch im Internet«, erklärte Frau Steif vollkommen ruhig. »Britta hat mir gesagt, dass ihre Mutter auf der Party ihrer Kollegin ein blaues Kleid und blaue Schuhe trug. Solche Schuhe!« Isabella Steif hielt einen Schuh hoch.

»Sie hat recht, Burghard«, ertönte die Stimme von Dietmar Frisch, der vor seinem Bildschirm saß. »Ich hab die Datei gerade geöffnet. Die verletzte Frau trug ein schlichtes blaues Kleid ohne Ärmel und hellblaue Wildlederschuhe, von denen nur einer gefunden wurde.«

»Nicht nur das«, sagte Frau Steif. »Die Beschreibung passt ebenfalls auf Elvira Saarberg. Britta hat gesagt, dass ihre Mutter seit dem Partybesuch bei ihrer Kollegin verschwunden ist.«

»Ach, das hat sie Ihnen gesagt?«, fragte Meier provokatorisch und wischte sich den Schweiß von der Stirn. »Warum hat sie bei uns keine Vermisstenanzeige aufgegeben?«

»Ihre Mutter war doch erst ein paar Stunden überfällig, als sie gestern Mittag bei mir war«, sagte Isabella Steif.

»Da hat sie Ihnen gleich erzählt, was ihre Mutter anhatte«, antwortete Meier spöttisch. »Finden Sie nicht, dass das etwas merkwürdig klingt?«

»Was wollen Sie eigentlich?«, wurde Frau Steif nun laut, und sie wirkte ziemlich verärgert. »Wenn Sie mir nicht glauben und alles infrage stellen, was ich sage, dann melde ich mich eben bei der Polizei in Münster. Vielleicht sind Ihre Kollegen dort etwas verständnisvoller.« Sie schnappte sich den Schuh, den sie auf dem Tresen abgestellt hatte und lief hinaus.

Verdattert blickte Meier ihr nach.

»Mein Gott, Burghard, hinterher!«, rief Dietmar Frisch und sprang auf. »Wenn die Steif nach Münster fährt, kriegst du den Rüffel deines Lebens.«

Meier war noch immer wie vor den Kopf gestoßen und blickte seinen Kollegen fragend an.

»Mann, mach Platz, ich hol sie zurück«, sagte Frisch und stürmte an ihm vorbei.

Meier ballte die Hände in den Taschen, denn draußen heulte der Motor eines Autos auf, dann quietschten Bremsen und sekundenspäter war wieder Stille. »Puh«, machte er, ging zum Waschbecken und spritzte sich Wasser ins Gesicht. Diese Frau Steif war ihm ein Dorn im Auge. Warum musste diese entsetzliche Person immer recht behalten? Er holte tief Luft, tupfte mit dem Handtuch sein Gesicht trocken und ließ sich in seinen Schreibtischsessel fallen.

Im selben Moment öffnete sich die Tür, und Frau Steif kam gemeinsam mit seinem Kollegen wieder herein. »Es tut mir leid,

Herr Meier«, sagte sie und nahm ihm damit jeglichen Wind aus den Segeln. »Ich habe wohl etwas überreagiert.«

»Keine Ursache, Frau Steif«, presste Meier hervor. »Mein Kollege macht das jetzt.«

Dietmar Frisch ging zu seinem Schreibtisch und fragte so freundlich, dass es Meier in den Ohren klingelte: »Darf ich unser Gespräch aufzeichnen, Frau Steif?«

»Aber gerne, Herr Frisch«, flötete die alte Dame, und Meier verkroch sich hinter seinem Bildschirm, um ja nicht in Versuchung zu kommen, einen Kommentar abzugeben.

Trotzdem war er überrascht, als er ihre Darstellung hörte. Diese Person, die er selbst absolut nicht leiden konnte, schien bei ihren Schülern beliebt gewesen zu sein. Wie sonst konnte man sich erklären, dass Britta Saarberg ausgerechnet zu ihr ging, um ihr Herz auszuschütten?

Dietmar Frisch unterhielt sich mit ihr, als wäre nichts gewesen, erkundigte sich nach Details, als sie vom Fund des Schuhs erzählte, und fragte zum Schluss: »War das jetzt alles, Frau Steif?«

»Ja, zumindest fällt mir im Moment nichts mehr ein.« Sie überlegte einen Augenblick und sah zu Meier hinüber, wandte sich dann aber wieder an seinen Kollegen: »Meine Schwester hat den Schuh gestern Morgen gefunden, als sie mit einem Bekannten auf dem Rückweg vom Jazzclub war«, sagte sie. »Sie ist heute nach München gefahren. Am Montag ist sie aber wieder da, falls Sie von ihr noch genauere Angaben brauchen.«

»Natürlich, dann melden wir uns«, sagte Kommissar Frisch. »Ist Ihnen sonst noch irgendetwas aufgefallen?«

Die Seniorin verneinte und fragte: »Würden Sie bitte Britta Saarberg informieren? Sie ist sicher zur Arbeit gefahren, bei ihrem Freund konnte ich sie, wie gesagt, nicht mehr erreichen.«

»Auf jeden Fall«, sagte Kommissar Frisch. »Die junge Frau

muss uns ja bestätigen, dass es sich bei der Verletzten wirklich um ihre Mutter handelt. Die Frau ist ja noch immer bewusstlos.«

»Danke«, sagte Frau Steif knapp.

Kommissar Frisch tippte das Protokoll, und nach einer halben Stunde verließ Isabella Steif die Polizeistation. Er übergab seinem Kollegen das Protokoll und sagte: »So schlimm ist die Steif doch gar nicht. Was hast du eigentlich gegen sie?«

»Ich kann sie einfach nicht leiden, weil sie sich immer so aufspielt«, knurrte Meier, was nicht ganz der Wahrheit entsprach, denn am meisten ärgerte ihn, dass Isabella Steif fast nie seine korrekte Dienstbezeichnung benutzte.

»Ich finde es ganz toll, dass sie gekommen ist«, sagte Dietmar Frisch zufrieden. »Was meinste, wie die Kollegen in Münster staunen, dass wir die Identität der Verletzten schon geklärt haben.«

»Und wenn das alles Hirngespinste waren?« Meier schüttelte unwillig den Kopf.

»Das stimmt, da bin ich ganz sicher«, sagte Dietmar Frisch überzeugt. »Wir haben nämlich den zweiten Schuh, und der sieht ganz genauso aus wie der, den die Kollegen aus Münster ins Netz gestellt haben.«

»Ist der Schuh abgebildet?«

»Natürlich, das Foto des Schuhs ist allerdings erst auf der zweiten Seite.« Frisch grinste. »Du solltest dir wirklich die aktuellen Fahndungen gründlich ansehen, Burghard«, tadelte er und wiederholte damit genau die Worte, die Meier immer zu ihm sagte, wenn er nicht alle aktuellen Nachrichten der anderen Dienststellen parat hatte.

»Ach, halt die Klappe«, sagte Meier, stand auf und nahm seine Dienstmütze. »Du fährst zur Arbeitsstelle von Britta Saarberg und anschließend mit ihr in die Klinik. Und ich sehe mir mal die Stelle an, an der die Verletzte gefunden wurde. Vielleicht finde ich da ja was, was den Kollegen aus Münster entgangen ist.«

»Dann ist ja keiner im Büro«, monierte Frisch.

»Egal. Wir stellen das Telefon auf die Hauptzentrale um.«

»Okay, Sir.« Frisch erhob sich ebenfalls, und beide verließen gleichzeitig das Büro.

Hauptkommissar Meier erreichte kaum zehn Minuten später den Ort des Geschehens an der Münsterlandstraße. Er kletterte die Böschung hinunter und untersuchte den Wassergraben, der wegen der lang anhaltenden Hitze zum Glück kein Wasser führte. Nachdem er auf einer Länge von zehn Metern alles abgesucht und nichts gefunden hatte, verließ er den Graben und wandte sich den Büschen am Waldrand zu. Ganz vorn waren Zweige geknickt, aber er fand außer einem Blutfleck auf dem Asphalt des Radweges nichts, was er in irgendeiner Weise dem Verbrechen an Elvira Saarberg zuordnen konnte. Nach einer halben Stunde gab er auf und fuhr zurück in die Stadt.

Zur Sicherheit, und auch um zu überprüfen, ob im Haus von Elvira Saarberg alles in Ordnung war, drehte er eine Runde in der Straße, in der sie wohnte. Zu seiner Verwunderung stand die Haustür einen Spaltbreit offen.

War Frau Saarberg etwa zu Hause und die Verletzte im Klinikum eine andere? Sein Kollege hatte sich bisher nicht gemeldet, und es war erst eine gute Stunde vergangen, seit er die Polizeistation verlassen hatte, also konnte es die Tochter nicht sein. Er musste dieser Sache unbedingt nachgehen.

Meier stoppte den Wagen, ging hastig zur Haustür und trat leise ein. Irgendwo rumorte es. Ein Einbrecher!

Der Hauptkommissar zückte seine Pistole und ging langsam, ohne ein Laut zu machen, von Zimmer zu Zimmer. Nichts.

Da! Ein Geräusch. Es kam von oben.

Leise schlich Meier nun die Treppe hoch, die Pistole schussbereit in der Hand. Eine Zimmertür stand weit offen, und diverse Kleidungsstücke lagen auf dem Boden vor einem großen Bett.

Ein Mann von etwa fünfundfünfzig Jahren mit dichtem, grau meliertem Haar stand vor dem Schrank und wühlte in den Fächern.

»Hände hoch!«, schrie Meier und stürmte in das Zimmer. Der Angesprochene war so überrascht, dass seine Hände wie von selbst nach oben schnellten und er den Hauptkommissar entsetzt ansah.

»Was, was machen Sie hier?«, stotterte er.

»Das frage ich Sie, Herr ...?« Meier hielt immer noch die Pistole in der Hand.

Der Mann schluckte, er war mittlerweile bleich geworden unter seiner sportlichen Bräune, und antwortete: »Saarberg, Carlo Saarberg.«

»Sind Sie mit Frau Saarberg verwandt?«

»Sie, äh, Elvira ist meine ... war meine Frau«, gab der Mann nun stotternd preis.

»Und was suchen Sie hier?«, fragte Meier.

»Ich habe hier noch Sachen, die wollte ich mir holen«, sagte Saarberg nun und fuhr hastig fort: »Elvira hat es mir erlaubt.«

»Ach, wann haben Sie denn mit ihr gesprochen?«, erkundigte sich Meier lauernd.

»Ich habe sie gestern Abend angerufen«, sagte der Mann und ließ seine Hände langsam sinken.

»Hände oben lassen!«, schrie Meier ihn an. »Wann gestern wollen Sie mit Ihrer Ex-Frau gesprochen haben?«

»Keine Ahnung, so gegen zehn Uhr, glaub ich«, antwortete Carlo Saarberg.

»Ganz bestimmt nicht, Herr Saarberg«, knurrte Meier und fummelte Handschellen aus der Tasche, hielt aber nach wie vor die Pistole schussbereit in der rechten Hand.

»Was soll das? Wollen Sie mich etwa festnehmen?« Saarberg riss entsetzt die Augen auf.

Meier gab keine Antwort, warf die Pistole auf das Bett und drehte dem Mann so schnell die Arme auf den Rücken, dass er voller Überraschung keine Gegenwehr leistete.

»Sie machen einen großen Fehler«, jammerte Saarberg nun. »Elvira kommt sicher gleich wieder und kann alles aufklären.«

Meier schüttelte unwillig den Kopf, drückte den Mann an den Schrank und tastete ihn nach Gegenständen ab. Er nahm Portemonnaie und Autoschlüssel an sich, während der Gefesselte unaufhörlich redete und mehrmals seine Unschuld beteuerte.

»Reden Sie nicht so viel, wir gehen«, kommandierte Meier, schnappte sich seine Pistole und schob den Mann vor sich her die Treppe hinunter. Meier zog die Haustür hinter sich zu, öffnete die hintere Tür des Streifenwagens und schubste Saarberg hinein. Als der Hauptkommissar einstieg, fiel sein Blick auf einen schwarzen Jeep, der ein Haus weiter geparkt war. »Ist das Ihr Auto da drüben?«

»Ja«, kam die Antwort von hinten.

Meier notierte sich das Kennzeichen und fuhr zur Polizeistation, wo auch gerade sein Kollege eintraf.

»Burghard, die liebe Frau Steif hat mal wieder ins Schwarze getroffen«, begann Dietmar Frisch gleich beim Aussteigen.

»Schön«, sagte Meier nur knapp, gab seinem Kollegen ein Zeichen, dass er nicht allein war, und öffnete die hintere Tür.

»So, Herr Saarberg, da wären wir«, sagte er, geleitete den vorläufig Festgenommenen vor den überraschten Augen seines Kollegen in die Polizeistation und nahm ihm die Handschellen ab.

»Setzen Sie sich, Herr Saarberg.« Meier holte das Handy sowie das Portemonnaie des Mannes hervor, das außer einem kleinen Geldbetrag auch den Führerschein, den Personalausweis und eine Bankkarte enthielt. Nach gründlicher Überprüfung der Personalien fragte der Hauptkommissar noch einmal: »Was haben Sie in dem Haus von Elvira Saarberg gesucht?«

»Das hab ich doch schon gesagt«, antwortete Saarberg wütend. »Ich wollte meine Sachen abholen. Meine Ex-Frau hat es mir erlaubt.«

Jetzt mischte sich auch Kommissar Frisch ein. »Seit wann sind Sie denn geschieden?«

»Ein paar Jahre«, gab Carlo Saarberg unwillig zu und fuhr verärgert fort: »Was soll das hier? Ich werde mich über Sie beschweren. Ich habe nichts verbrochen.«

Dietmar Frisch warf seinem Kollegen einen fragenden Blick zu. Als Meier nickte, sagte er, ohne auf die letzten Worte von Saarberg zu reagieren: »Nach meiner Information sind Sie schon zwanzig Jahre geschieden. Warum kommen Sie erst jetzt, um Ihre Sachen abzuholen?«

»Weil ich vorher keine Zeit hatte. Außerdem geht Sie das gar nichts an.«

»Da bin ich aber anderer Ansicht«, schaltete sich nun der Hauptkommissar wieder ein. »Ich kann mir nicht vorstellen, dass Ihre Ex-Frau mit Ihrem Aufenthalt in ihrem Schlafzimmer einverstanden ist.«

»Natürlich ist sie einverstanden, das hat sie mir gestern gesagt«, fuhr Saarberg wütend auf. »Ich will jetzt gehen.« Er stand auf, doch Kommissar Frisch drückte ihn auf seinen Stuhl zurück.

»Sitzen bleiben!«, kommandierte Frisch. »Wo waren Sie gestern Morgen zwischen zwei und sechs Uhr.«

»Im Hotel im Bett, wo sonst?«, rief Saarberg empört.

»Und wann haben Sie zuletzt mit Ihrer Ex-Frau telefoniert?«

»Gestern Abend so um zehn Uhr.«

»Sehen Sie«, sagte Kommissar Frisch mit grimmiger Miene. »Und das glaube ich Ihnen nicht. Ihre Ex-Frau liegt seit gestern Morgen bewusstlos im Krankenhaus, und zwar wegen einer Verletzung, die Sie ihr wahrscheinlich beigebracht haben!«

»Was?« Saarberg sprang auf. »Davon weiß ich ja gar nichts. Das ist doch nicht möglich. Was ist denn passiert?«

Frisch drückte ihn auf den Stuhl zurück. »Bleiben Sie sitzen, wir klären das jetzt«, sagte er und nahm Saarbergs Handy zur Hand. »Haben Sie bei dem angeblichen Telefonat den Hausanschluss Ihrer Ex-Frau benutzt?«

»Ja, das Gespräch muss noch auf dem Protokoll zu sehen sein«, sagte Saarberg. »Sie war nicht dran, nur die Tochter. Ich hab gedacht, sie will nicht mit mir sprechen. Ich wusste doch nicht …«

»Ruhe!«, stoppte Frisch seinen Redefluss und überprüfte die Anrufe, während Meier abwartend danebenstand. »Aha«, sagte Frisch. »Sie haben gestern den Anschluss Ihrer Ex-Frau genau um zehn Uhr dreißig kontaktiert. Aber Ihre Ex-Frau war nicht dran, sondern deren Tochter. Die junge Frau hat ausgesagt, dass Sie sie bedroht hätten. Stimmt das?«

»Bedroht?«, fragte Saarberg. »So ein Quatsch. Na gut, ich war nicht so freundlich, weil sich Elvira nicht gemeldet hat. Aber ich hab ihr kein Haar gekrümmt. Ich war das nicht. Kann ich jetzt endlich wieder gehen?«

»Nein«, sagte Meier. »Kommen Sie mit.« Er führte Saarberg in den Nebenraum und sagte: »Warten Sie hier. Wir werden Ihre Angaben überprüfen.«

»Aber ich muss weg, ich hab einen Termin«, protestierte Saarberg.

Meier antwortete nicht, verschloss die Tür und ging zu seinem Kollegen zurück. »Ist auf dem Handy was drauf, was uns weiterhilft?«

Kommissar Frisch nickte. »Mehrere Anrufe auf den Apparat von Elvira Saarberg in den letzten Tagen. Ich habe sie mir alle notiert, falls Elvira Saarberg oder ihre Tochter deshalb Anzeige erstatten wollen.«

Meier überprüfte im Computer den Ausweis und den Führerschein. »Der Kerl ist sauber. Kein Unfall, keine Punkte in Flensburg, nichts.«

»Ich ruf mal im Hotel an«, sagte Frisch und legte das Handy zu den Papieren auf den Tisch. Das Telefonat mit dem Hotel brachte ein eindeutiges Ergebnis: Saarberg war um vier Uhr morgens wütend im Bademantel beim Nachtportier erschienen, um sich über die Spülung seines WCs zu beschweren, die ständig gelaufen war und ihn am Einschlafen gehindert hatte. Sein Auto hatte die ganze Nacht vor dem Hotel gestanden.

»Dann müssen wir den Herrn wieder laufen lassen«, sagte Meier resigniert. »Wenn er um vier Uhr im Hotel herumgemosert hat, kann er es nicht gewesen sein.« Meier holte Saarberg wieder aus dem Nebenraum, übergab ihm seine Sachen und sagte: »Wir haben alles überprüft, Sie können gehen.« Kaum war Carlo Saarberg weg, erkundigte sich Meier: »Hat Britta Saarberg ihre Mutter identifiziert?«

»Ja, sie war völlig geschockt und hat mir von den Anrufen erzählt, die sie in den letzten Tagen bekommen hat«, erklärte Frisch. »Darum habe ich vorhin die Gespräche alle notiert.«

»Und wo ist Britta Saarberg jetzt?«, fragte Meier.

»Noch im Krankenhaus. Ihr Freund Roland Waldmeier will sie dort abholen.« Frisch sah in seinem Notizblock nach und fuhr fort: »Ich habe sie auch gleich nach ihrem Verhältnis zu Bernhard

Baumstroh befragt. Angeblich weiß sie erst seit April, dass er ihr Vater ist. Sie glaubt, dass Carlo Saarberg von ihrer Mutter Geld haben will, weil auch sie was geerbt hat.«

»Hat sie das?« Meier sah seinen Kollegen überrascht an. »Mir hat der Anwalt nur bestätigt, dass Britta Saarberg als leibliche Tochter geerbt hat. Einzelheiten hat er nicht preisgegeben.«

»Vielleicht haben Sven Baumstroh oder seine Schwester das herumerzählt«, vermutete Kommissar Frisch. »Der Jungbauer soll ziemlich verärgert sein über die ganze Erbschaft.«

»Kein Wunder«, sagte Meier. »Wer teilt schon gerne?« Er holte tief Luft und fuhr fort: »Ich mach erst mal einen Kaffee. Den brauch ich jetzt unbedingt.«

14. Kapitel

Es war am späten Freitagnachmittag, als Sven Baumstroh mit dem Betriebshelfer Ralf Pohl bei Schnittchen und Bier in der Küche saß und die geleisteten Arbeitsstunden abzeichnete.

»Ab morgen ist mein Auszubildender wieder da«, sagte Sven. »Trotzdem werde ich dich vermissen, Ralf. Machst du jetzt Urlaub?«

Ralf Pohl setzte die Flasche ab, wischte sich über den Mund und erklärte umständlich: »Erst mal mache ich für ein paar Tage Urlaub im Osten. Ich habe dort ein Stellenangebot als Landarbeiter auf einem Gut. Vielleicht wird was draus. Immer auf einem anderen Hof, wie jetzt, ist auf Dauer auch nicht das Wahre.«

»Schade«, sagte Sven. »Ich brauche dich bestimmt bald wieder. Die Maisernte steht an, und der Ingo hat ausgerechnet dann wichtige Prüfungen.«

»Mal sehen«, sagte Ralf Pohl. »Ich will mir den Betrieb dort drüben auf jeden Fall ansehen.« Er stand auf, nahm seine Papiere und verließ mit einem Abschiedsgruß die Küche.

Nachdenklich blieb Sven zurück.

Ralf Pohl war fast genauso alt wie sein Vater, und er kannte sich in allen Dingen auf dem Hof aus. Sven musste dem Betriebshelfer nicht viel erklären, der Mann wusste einfach Bescheid. Er kannte sich auch in der Gegend ziemlich gut aus, wahrscheinlich wurde er häufiger hier im Umkreis eingesetzt.

Komischerweise hatte sein Vater gleich herumgemosert, als Ralf Pohl im Mai ausgeholfen hatte. Warum, wusste Sven allerdings nicht, und auf seine Frage hatte sein Vater ihm keine Antwort gegeben, sondern nur unwirsch abgewunken. Egal, nun war er der Chef und konnte sich die Leute selbst aussuchen.

Sven räumte die Bierflaschen weg und ging nach draußen, als plötzlich der Polizeiwagen mit Hauptkommissar Meier auf den Hof fuhr. Verdammt, konnte der Bulle ihn denn nie in Ruhe lassen?!

Am liebsten hätte Sven sich versteckt, aber Meier hatte ihn schon gesehen. »Hallo, Herr Baumstroh, haben Sie einen Moment Zeit für mich?«

Sven hätte gern verneint, riss sich aber zusammen und fragte: »Was gibt es denn, Herr Wachtmeister?«

»Könnte ich noch mal Ihren Waffenschrank sehen?«

»Warum denn das?«, regte sich Sven auf. »Sie und Ihr Kollege haben den Schrank doch schon so oft angesehen, dass Sie ihn schon zeichnen könnten, ohne hinzusehen.«

»Da ist mir noch etwas unklar, das möchte ich prüfen«, sagte Meier.

»Wenn's denn sein muss, bitte.« Der Jungbauer ging mit schnellen Schritten über den Hof zur Scheune hinüber, wo auch die Werkstatt mit dem Waffenschrank untergebracht war.

»Wird die Werkstatt in der Nacht abgeschlossen?«, erkundigte sich der Hauptkommissar und sah sich beim Eintreten in den abgeteilten Raum um.

»Wozu? Hier ist doch niemand«, sagte Sven und ging zielstrebig zum Waffenschrank hinüber, der etwas versteckt in einer Ecke stand.

»Das wäre aber wichtig, schließlich könnte theoretisch jeder an den Waffenschrank.«

»Der Schrank ist immer abgeschlossen, da kann keiner ran«, verkündete Sven und holte den Schlüssel aus seiner Tasche.

Doch Meier war schneller, hatte die Tür des Waffenschrankes

schon in der Hand und öffnete sie. »Ach, was Sie nicht sagen«, frotzelte er. »Von ›abgeschlossen‹ keine Rede.« Er schüttelte missbilligend den Kopf und sah sich im Waffenschrank um, während Sven die Schweißperlen auf die Stirn traten.

»Das muss ich vorhin vergessen haben«, stotterte Sven und verfluchte den Moment, als er mit Ralf Pohl in der Werkstatt war und ihm die Waffen gezeigt hatte. Das war vor gut einer Stunde gewesen, und er hatte wohl anschließend beim Plaudern vergessen, den Schrank abzuschließen.

»Wenn Sie den Schrank nicht ordentlich sichern muss ich Meldung machen«, sagte der Beamte. »Achten Sie demnächst darauf, und verschließen Sie am besten auch die Werkstatt.«

Sven rann der Schweiß mittlerweile den Rücken hinunter, was nicht an den Außentemperaturen lag, denn die waren mit vierundzwanzig Grad durchaus moderat. »Ja, auf jeden Fall, ich schließe sonst immer ab.«

Der Bulle schien noch immer nicht genug gesehen zu haben, oder er suchte etwas Bestimmtes, denn nun bückte er sich und kontrollierte die Munition.

»Ist das alles an Munition, was Sie haben?«, fragte der Hauptkommissar und fasste gleichzeitig an die Schublade, die ganz unten im Schrank war.

»Die Lade klemmt schon seit Langem«, sagte Sven. »Da ist nichts drin.«

»Das will ich sehen.« Der Polizist rüttelte daran, und nach einigen Versuchen, bei denen der ganze Schrank wackelte, gelang es ihm, die Schublade zu öffnen. »Ach!« Hauptkommissar Meier hielt ein kleines in völlig vergilbtem Papier eingewickeltes Päckchen hoch. »Ist das nichts?«

»Ich weiß gar nicht, wie das da reinkommt«, fuhr Sven entsetzt auf und starrte auf den Fund in Meiers Hand.

Der Polizist riss an der Verpackung und lugte ins Innere. »Sieh mal einer an, noch mehr Munition«, verkündete er, und Sven sah ihm an, dass er sofort erkannt hatte, dass es sich um Pistolenmunition handelte. »Interessant. Wieso haben Sie das Kästchen so gut versteckt?«

»Ich hab die Munition noch nie gesehen«, rief Sven. »Die Lade geht seit Ewigkeiten nicht mehr auf. Das Päckchen muss mein Vater da reingelegt haben.«

»Hatte Ihr Vater noch eine andere Waffe?«

»Das weiß ich nicht, verdammt noch mal!«, erwiderte Sven wütend. »Ich habe noch nie eine andere Waffe bei ihm gesehen, nur die Gewehre, die hier im Schrank sind.«

Der Polizist trat heftig gegen die Lade, bis sie wieder zu war, und sagte: »Gibt es einen weiteren Schlüssel für den Schrank?«

»Mein Vater hatte einen an seinem Schlüsselbund.«

»Ach ja, ich erinnere mich, der Schlüsselbund befindet sich noch bei uns unter Verschluss«, sagte der Hauptkommissar. »Sind das alle Schlüssel für den Schrank?«

»Ja, wieso fragen Sie?«, erkundigte sich Sven leicht verärgert.

»Geben Sie mir bitte den Schlüssel«, sagte der Beamte. »Ich muss den Fund der Munition melden.«

Sven war so verdattert, dass er widerstandslos den Schlüssel abgab. Der Beamte verschloss den Schrank, klebte das Polizeisiegel auf, und sie verließen die Scheune.

Auf dem Weg zum Auto fragte der Polizist: »Ist Ihre Schwester zufällig da? Ich müsste sie dringend noch einmal anhören.«

»Nein, sie wohnt in Münster«, sagte Sven, obwohl er sicher war, dass der Beamte das wusste, denn er war mit seinem Vater immer gut bekannt gewesen.

Wie erwartet kam dann auch die Antwort des Hauptkommissars: »Ich weiß. Aber wenn ich sie hier angetroffen hätte, wäre mir der Weg dorthin erspart geblieben.«

Sven antwortete nicht darauf, und Hauptkommissar Meier ging zum Kofferraum seines Autos und öffnete ihn.

»Da fällt mir noch was ein«, sagte der Beamte. »In dem Auto Ihres Vaters wurden etliche Papiere gefunden, die für unsere Ermittlungen unwichtig sind. Ich habe sie mitgebracht.«

Sven nickte nur, denn seine Gedanken kreisten noch um die Munition, die der Beamte gerade gefunden hatte, und er war froh, dass der Polizist seine Gedanken nicht lesen konnte.

Der Beamte holte einen Karton aus dem Kofferraum und übergab ihn Sven. »Und lassen Sie den Waffenschrank zu, bis wir die Untersuchungen der Munition abgeschlossen haben«, gab der Hauptkommissar ihm einen Rat und fuhr davon.

Sven ging langsam mit dem Karton ins Haus und stellte ihn auf den Küchentisch. Die Papiere waren wellig und teilweise verwischt vom Wasser, aber er konnte erkennen, dass es Unterlagen des Notars Liegmann aus Münster waren. Es waren auch Kopien dabei, einmal vom Testament und von der Mitteilung des Labors über die rechtmäßige Vaterschaft zu Britta Saarberg. Sven glättete die Papiere etwas und legte sie zur Seite.

Ganz unten in dem Karton fand er eine alte Zeitung vom Spätsommer 1997.

Wieso befand sich diese Zeitung in einem Auto, das sein Vater erst vor vier Jahren neu gekauft hatte? Hatte er sie als Unterlage im Kofferraum benutzt? Sven wusste es nicht, und er wollte es auch gar nicht wissen. Er knüllte die Zeitung zusammen und warf sie mitsamt dem Karton in die Papiertonne. Es war in den letzten Wochen so viel passiert, und alles, woran er geglaubt hatte, alles, was er vorgehabt hatte, seine ganzen Pläne waren mit einem Mal null und nichtig, da wollte er wirklich keinen Gedanken an eine alte Zeitung verschwenden.

Sein Vater war nicht der gutherzige, großartige Mensch gewesen, den er in ihm gesehen hatte, im Gegenteil, er war ein Schuft, ein gemeiner Kerl, der seine kranke Frau betrogen hatte und nun auch noch durch eine Erbschaft jene Frau adelte, die damals ebenfalls Ehebruch begangen und ihren Mann betrogen hatte. Dass Britta geerbt hatte, hätte er noch akzeptieren können, schließlich war sie unschuldig an der ganzen Sache. Aber warum hatte sein Vater Elvira Saarberg die auf seinem Sparbuch befindlichen sechzigtausend Euro vermacht, die eigentlich für den Stall vorgesehen waren? Er verstand es nicht.

Na ja, und dann sein Unfall! Die Sache war mittlerweile Ortsgespräch, und im Schießclub witzelten sie schon darüber. Dabei hatte er sich nur volllaufen lassen, weil er sich über die Erbschaft so geärgert hatte. Was war die Quittung? Sein Führerschein war futsch, und die Mitteilung über die Punkte in der Verkehrssünderkartei hatte er auch schon bekommen. Fluchend ballte er die Hände in den Taschen und wanderte planlos über den Hof, als der Kleinwagen seines Auszubildenden heranschoss und direkt vor ihm hielt.

»Wollte mal fragen, was so ab Montag anliegt?«, sagte Ingo Bergmann beim Aussteigen.

»Montag?« Sven Baumstroh sah ihn empört an. »Du musst morgen antreten.«

»Ich hab doch noch Urlaub«, konterte Ingo mehr überrascht als verärgert.

»Die fünfzehn Tage Urlaub sind heute um. Wenn mein Vater noch leben würde, hätte ich nichts dagegen, dass du am Wochenende zu Hause bleibst, aber so ...« Sven lachte bitter auf. »Ich brauche hier jede Hand. Ralf Pohl vom Betriebshilfsdienst ist vorhin weggefahren und kommt vorläufig nicht wieder. Also, wir sehen uns morgen.«

Ingo Bergmann nickte und murmelte: »Das mit deinem Vater tut mir leid. Wie ist denn das überhaupt passiert?«

»Irgend so 'n Arsch hat ihn erschossen«, knurrte Sven. »Und die Bullen haben nichts Besseres zu tun, als hier auf dem Hof herumzuschnüffeln.«

»Wie? Verdächtigen sie etwa dich?« Ingo sah ihn überrascht an.

»Nein, das nicht«, wehrte Sven ab. »Aber ständig kommt einer und schnüffelt hier rum.« Sven machte eine wegwerfende Handbewegung. »Auf jeden Fall bin ich hier jetzt der Chef, und ich brauch dich morgen unbedingt. Möglichst schon um sechs in der Frühe. Heute sind die Schweine verladen worden, und morgen werden die neuen Ferkel gebracht. Bis zehn Uhr muss der erste Stall tipptopp sauber sein.«

»Na dann, bis morgen.« Ingo Bergmann stieg wieder ein und fuhr ohne ein weiteres Wort davon. Sven hatte ihm allerdings angesehen, dass er keinesfalls begeistert war, an einem Samstagmorgen so früh anzufangen. Egal, darauf konnte er jetzt keine Rücksicht nehmen, denn im Ausbildungsvertrag war eindeutig geregelt, dass an den Wochenenden im Wechsel gearbeitet werden musste. Tiere versorgen war nun mal ein Rundumjob, da spielte das Wochenende keine Rolle. Er selbst hatte seit drei Wochen keinen einzigen Tag freigemacht, nicht einmal sonntags.

Gerade als er sich in seinen Frust und sein Selbstmitleid hineinsteigern wollte, kam seine Schwester mit ihrem Auto auf den Hof gefahren. Auch das noch! Nach seinem Unfall hatte er sie aus dem Haus geworfen, weil sie ihm Vorwürfe gemacht hatte wegen seines unhöflichen Benehmens den Saarbergs gegenüber. Jetzt regte sich bei ihm das schlechte Gewissen.

Ina schien allerdings den Streit schon vergessen zu haben, denn sie sprang aus dem Auto und rief: »Sven, hast du schon gehört? Brittas Mutter liegt im Krankenhaus im Koma.«

»Was?« Sven starrte sie an.

»Ja, sie soll angeschossen worden sein. Britta hat mich vorhin aus dem Krankenhaus angerufen. Ihre Mutter ist in Münster im Klinikum. Jemand hat auf sie geschossen.«

»Geschossen?« Sven wurde bleich, und der Besuch des Polizisten von vorhin bekam plötzlich eine andere Bedeutung. Dieses Arschloch von Meier hatte das gewusst und kein Wort gesagt. Der verdächtigte ihn!

»Ja«, sagte Ina. »Britta hat gesagt, dass ihre Mutter angeschossen an der Münsterlandstraße gefunden wurde.«

»Scheiße!«, fluchte Sven.

Ina sah ihn entsetzt an. »Mehr fällt dir dazu nicht ein?«

»Der Bulle war da«, antwortete Sven gepresst. »Vor einer guten halben Stunde. Er hat nichts gesagt, nur den Waffenschrank untersucht. Ich glaube, der verdächtigt mich.«

»Wie kommst du denn darauf?«, fragte Ina. »Das ist doch Blödsinn.«

»Ist es nicht«, widersprach Sven. »Meier hat den Schrank versiegelt und mir den Schlüssel abgenommen.«

»Darf er das denn?« Ina schüttelte ungläubig den Kopf.

»Er hat Munition gefunden, von der ich noch nie was gesehen hab. Ich weiß gar nicht, wie das Zeug in die Schublade gekommen ist.« Sven raufte sich das Haar. »Es ist alles so ein Mist. Am liebsten würde ich den ganzen Kram hinwerfen und weit wegfahren.«

»Komm ins Haus«, sagte Ina und fasste ihn am Arm. »Und dann erzähl mal genau, was vorhin vorgefallen ist.«

Sven ging wortlos mit, und in seinem Kopf purzelten die

Gedanken durcheinander, ohne dass er sie ordnen konnte. Sie gingen in die Küche, und während Ina einen Tee aufsetzte, erzählte Sven von dem Besuch des Hauptkommissars.

»In der unteren Schublade war die Munition?«, meinte Ina nachdenklich. »Die Schublade ging doch schon seit Jahren nicht mehr auf. Das ist ja merkwürdig.« Dann setzte sie fragend hinzu: »Und du weißt wirklich nicht, wer sie dort versteckt hat?«

»Nein«, fuhr Sven wütend auf. »Jetzt fängst du auch noch an. Ich habe Papa nicht umgebracht, auch wenn ich mittlerweile total wütend auf ihn bin. Dieses Arschloch! Er hat Mama betrogen, als sie krank war. Und ich hab ihn immer bewundert.«

»Nun reg dich mal nicht so auf«, sagte Ina. »Ich finde es auch nicht toll, dass er Mama betrogen hat. Aber vielleicht war er einfach einsam und brauchte jemanden zum Reden. Da ist es halt passiert.«

»Ach, du nimmst ihn auch noch in Schutz«, giftete Sven. »Dann findest du es sicher toll, dass du jetzt eine Halbschwester hast.«

»Britta ist an der Sache doch nun wirklich unschuldig«, antwortete Ina. »Sie ist doch noch schlechter dran als wir. Wir hatten beide Eltern, die sich immer für uns eingesetzt haben. Denn das hat Papa gemacht, auch als Mama schon tot war. Aber Britta hat nie einen Vater gehabt, und jetzt, wo sie ihn endlich kennengelernt hat, ist er tot.«

»Das arme Mädchen, wie schön, dass ihr ach so lieber Vater ihr wenigstens ein Haus hinterlassen hat«, entgegnete Sven spöttisch.

»Jetzt bist du echt gemein«, sagte Ina. »Du erbst den ganzen Hof, und wenn ich und Britta unseren Anteil bekommen, dann gönnst du es uns nicht! Außerdem solltest du nicht vergessen, dass Brittas Mutter schwer verletzt im Krankenhaus liegt und es überhaupt nicht sicher ist, ob sie wieder gesund wird.«

»Na und?«, fauchte Sven. »Unsere Mutter ist schon zehn Jahre tot.«

»Stimmt, aber bis vor zwei Jahren war immer Tante Elsbeth da und hat uns geholfen«, sagte Ina.

Sven seufzte. »Trotzdem ist es im Moment einfach schrecklich, und immer, wenn ich gerade glaube, es wird besser, dann kommt irgendeine andere Schwierigkeit.«

»Ich finde es auch nicht toll, wie es momentan läuft«, sagte Ina. »Erst Papas Tod, dann die Sache mit der Erbschaft und jetzt auch noch Brittas Mutter, die im Krankenhaus liegt.«

»Du hast meinen Unfall vergessen«, warf Sven verärgert ein. »Und mein Führerschein ist auch weg.«

»Das ist ja wohl ganz allein deine Schuld«, antwortete Ina bestimmt. »Wenn du betrunken Auto fährst, brauchst du dich nicht über die negativen Folgen beschweren.«

»Trotzdem ist alles Mist.«

Ina rührte in ihrer Teetasse herum. »Hat der Polizist eigentlich noch was gesagt?«, erkundigte sie sich nun. »Ist Papas Auto schon untersucht worden?«

»Die Ergebnisse hatte der Wachtmeister noch nicht, aber ein paar Papiere hat die Polizei im Auto gefunden«, sagte Sven. »Da vorne im Postkörbchen liegen sie. Sind vom Wasser ziemlich mitgenommen, aber man kann noch lesen, was drinsteht.«

Ina stand auf und blätterte in den Papieren herum. »Da ist ja die Bestätigung, dass Britta wirklich Papas Tochter ist.« Nach einiger Zeit legte sie die Papiere zur Seite und sagte: »Waren diese Sachen im Handschuhfach im Auto?«

»Ich glaube, ja, und eine ganz alte Zeitung, die hab ich gleich in die Tonne geschmissen«, sagte Sven.

»Warum hast du sie weggeworfen?«, fragte Ina. »Die hätte ich mir gern mal angesehen. Wer weiß, warum Papa sie aufbewahrt hat.«

»Hol sie dir doch, wenn du so erpicht darauf bist«, sagte Sven. »Du weißt ja, wo die Tonne steht.«

Ina flitzte davon und kam kurz darauf mit der Zeitung wieder. »Du hast recht, steht wirklich nichts Interessantes drin.« Sie wollte gerade noch etwas sagen, als es klingelte. »Es ist schon neun Uhr, erwartest du jemanden?«, fragte Ina und sah durchs Küchenfenster. »Frau Steif. Was will die denn hier?«

»Ach Gott, die hat mir gerade noch gefehlt«, sagte Sven.

Ina grinste, ging zur Tür und kam mit Frau Steif im Schlepptau wieder in die Küche zurück.

Sven stand hastig auf, als die Frauen hereinkamen. »Hallo, Frau Steif«, sagte er nur und fuhr an seine Schwester gewandt fort: »Ina, ich muss gleich weg. Ich zieh mich um.«

Ina sah ihn stirnrunzelnd an, äußerte sich aber nicht dazu. Sven verschwand oben im Bad und stieg unter die Dusche. Als er fertig war und sich wieder anzog, kam Ina die Treppe herauf. »Warum bist du denn weggelaufen?«, fragte sie. »Frau Steif wollte eigentlich nur wissen, ob Frau Juli noch da ist.«

»Abends um neun? Spinnt die?«

»Sie war mit Frau Juli verabredet«, erklärte Ina. »Weil Frau Juli nicht kam, dachte sie, es wäre was dazwischengekommen und Frau Juli hätte länger gemacht.«

»Eine dumme Ausrede, die war nur neugierig.«

»Na und?«, sagte Ina. »Du musst ihr ja nichts erzählen.«

»Darum bin ich auch geflüchtet.«

»Sie hat übrigens die Zeitung mitgenommen«, sagte Ina. »Sie interessiert sich für alte Berichte.«

»Meinetwegen.« Sven lachte. »Diese alten Weiber haben komische Marotten.«

»Willst du wirklich noch weg, oder war das nur eine Ausrede?«

»Ich will zum Schießclub, wir treffen uns da heute in der Bar.«

»Obwohl sie sich dort alle über deinen Unfall mokiert haben?« Ina sah ihn skeptisch an.

»Na und, das Gerede hört schon wieder auf«, sagte Sven. »Wenn ich nicht komme, glauben sie, dass ich mich darüber ärgere.«

»Das tust du doch auch.«

»Quatsch nicht so viel«, sagte Sven verärgert. »Willst du nun mit oder nicht?«

»Ja, ich zieh mir grad noch was anderes an«, sagte Ina und verschwand in ihrem Zimmer.

»Beeil dich«, rief Sven ihr nach.

Eine halbe Stunde später fuhren die Geschwister einträchtig mit ihren Rädern zum Schießclub.

15. Kapitel

Es war sechs Uhr am Montagmorgen, als Isabella Steif erwachte. Sie hatte schlecht geschlafen. Immer wieder waren ihre Gedanken zu den Ereignissen um Elvira und Britta Saarberg gewandert. Britta hatte am Freitagabend ihre Sachen wieder abgeholt und mitgeteilt, dass sie nun doch in ihrer eigenen Wohnung schlafen wollte. Sie hatte sich mit ihrem Freund Roland Waldmeier wieder versöhnt und signalisiert, dass der junge Mann das Wochenende über bei ihr bleiben würde. Ihrer Mutter ging es nach wie vor schlecht. Sie war aus dem Koma noch nicht erwacht.

Isabella überlegte die ganze Zeit angestrengt, warum auf Elvira Saarberg geschossen worden war. Irgendwie hatte sie das Gefühl, dass der Tod von Bernhard Baumstroh und der Angriff auf Elvira zusammenhingen. Konnte es sein, dass der Ex-Mann von Elvira der Täter war? Aber wo war dieser Mann? Wohnte er hier in der Gegend? Sie musste unbedingt herausbekommen, wo er sich aufhielt.

Isabella schlug die Bettdecke zurück und stand gähnend auf. Während sie im Bad war, fiel ihr der Besuch bei Baumstrohs wieder ein.

Da Hilde Julis Mann bis Samstagvormittag auf einer Dienstreise war, hatte sie Hilde eingeladen, den Freitagabend mit ihr auf der Terrasse zu verbringen. Um neun Uhr war Hilde immer noch nicht da gewesen und auch per Handy nicht zu erreichen, deshalb war Isabella zum Hof Baumstroh gefahren. Sie hatte vermutet, dass die Nachbarin dort aufgehalten worden war. Kaum war sie von dort wieder weg, hatte ihr Smartphone gesurrt und Hilde hatte sich endlich gemeldet. Sie hatte eine Fahrradpanne gehabt und in der Eisdiele auf ihren Sohn gewartet. Also war der Terrassenabend auf einen anderen Tag verschoben worden. Isabella hatte daraufhin eine weite Tour durch die Landschaft gemacht und die laue Abendluft bis zum Einbruch der Dunkelheit genossen.

Sie war trotzdem mit dem Wochenende zufrieden. Die Geschwister Baumstroh hatten sich offensichtlich wieder versöhnt, und außerdem war ihre Sammlung alter Zeitungen um ein Exemplar erweitert worden. Nach einem erfüllten Wochenende, an dem sie zwei ehemalige Kolleginnen zu Besuch gehabt hatte, konnte sie sich nun in Ruhe damit beschäftigen. Die Lokalteile älterer Zeitungen brachten immer nette Anekdoten zum Vorschein, die sie gut in ihre Stadtführungen einbauen konnte.

Isabella verließ beschwingt das Bad, eilte hinunter in die Küche, schnappte sich ihren Leinenbeutel und fuhr mit dem Rad zum Brötchenholen. Am liebsten wäre sie gleich nach ihrer Rückkehr mit den Brötchen zu Charlotte hinübergegangen, aber ihre Schwester war erst in der Nacht aus München zurückgekommen und würde sicher vor zehn Uhr nicht aufstehen.

Doch kaum hatte sie den Tisch auf der Terrasse gedeckt, denn es waren schon angenehme zwanzig Grad, als es an der Tür läutete. Gleich darauf kam Charlotte herein, knallte die Zeitung auf den Tisch und fragte: »Weißt du, wer die Frau ist, die an der Münsterlandstraße schwer verletzt aufgefunden wurde?«

»Elvira Saarberg, und nur weil du den Schuh gefunden hast, konnte sie gleich identifiziert werden.«

Charlotte plumpste auf einen Stuhl. »Meinst du den blauen Schuh, der neben dem Straßengraben lag?«

Isabella nickte und berichtete, wie sie die Beschreibung von Elvira Saarberg im Internet gefunden hatte und gleich darauf mit dem Schuh zur Polizei gefahren war.

»Und wie geht es Frau Saarberg jetzt?«

»Gestern Abend habe ich noch einmal mit Britta telefoniert, da lag sie noch immer im Koma«, sagte Isabella und fragte: »Hast du schon gefrühstückt? Ich habe genug Brötchen da.«

»Toll, dann bleibe ich gleich hier«, sagte Charlotte.

Isabella stand auf. »Ich hole dir schnell noch ein Gedeck aus der Küche und setze noch mal Kaffee auf.«

Während des Frühstücks erzählte Charlotte von ihrem Besuch in München und richtete Isabella die Grüße von Marita und Thomas aus. »Die beiden kommen in zwei Wochen zu uns und bleiben von Freitag bis Mittwoch, weil Thomas einen Studienfreund in Münster besuchen will«, erklärte Charlotte mit glücklichem Lächeln. »Anschließend fahren sie weiter an die Ostsee und verbringen dort ihren Urlaub. Auf dem Rückweg kommen sie dann wieder hier vorbei.«

»Das sind ja gute Aussichten«, sagte Isabella, die Charlottes Freude gut verstehen konnte. »Dann hast du die beiden endlich einmal für mehrere Tage hier.«

»Ich freu mich auch schon total«, sagte Charlotte. »Hoffentlich klappt alles.«

»Was soll denn da nicht klappen?«, fragte Isabella verwundert.

»Es kann doch immer was dazwischenkommen.«

»Mach dir keine Sorgen, die beiden sind erwachsen, und wenn du es ohne Unfall nach München schaffst, schaffen die beiden das ganz bestimmt auch«, war Isabella überzeugt und fuhr fort: »Hast du Lust auf eine Radtour? Ich will so gegen zehn Uhr los.«

»Wo willst du denn hin?«

»Ich möchte mir in der Münsterlandstraße noch einmal die Stelle ansehen, an der Elvira gefunden wurde.«

»Das ist eine gute Idee, da bin ich natürlich dabei«, sagte

Charlotte und stand auf. »Ich will vorher noch meine Wäsche in die Maschine stecken. Um zehn bin ich wieder da. Danke fürs Frühstück, Schwesterchen.«

Sie waren schon auf der Münsterlandstraße, als Charlotte plötzlich sagte: »Der Tod von Bernhard Baumstroh und die Schüsse auf Elvira Saarberg hängen bestimmt zusammen.«

»Genau das hab ich auch gedacht«, gab Isabella zurück. »Ob der Ex-Mann von Elvira wohl damit zu tun hat?«

»Er hätte auf jeden Fall ein Motiv«, bestätigte Charlotte. »Aber es wäre schon merkwürdig, wenn er nach so langer Zeit zur Tat schreitet.«

»Stimmt«, sagte Isabella. »Die Scheidung liegt schon zwanzig Jahre zurück. Ob der Typ mit dem schwarzen Jeep damit zu tun hat, der hier immer herumfährt?«

»Wie kommst du denn jetzt darauf?« Charlotte sah ihre Schwester überrascht an.

»Er war am Baggersee, und erst letzte Woche habe ich ihn auf der Münsterlandstraße gesehen, als ich mit Eberhard unterwegs war«, antwortete Isabella.

»Als ich ihn damals am Baggersee sah, hab ich auch gedacht, dass der Typ irgendwas im Schilde führt, aber inzwischen bin ich anderer Meinung«, sagte Charlotte. »Warum sollte jemand extra aus Hamburg kommen und auf zwei Menschen schießen?«

»Keine Ahnung«, sagte Isabella und seufzte. »Mir kommt der Typ immer noch verdächtig vor.«

Sie waren an dem Weg angekommen, der zum Jazzclub führte, und stiegen von den Rädern.

Isabella sah sich um und zeigte auf einen dunklen Fleck auf dem Asphalt. »Hier ist der Blutfleck, den wir die Tage schon gesehen haben. Sicher hat Elvira hier gelegen.«

»Das kann nicht sein«, widersprach Charlotte. »Ottokar und ich sind genau hier vorbeigekommen, und etwas weiter im Gras lag der Schuh. Von einer Verletzten keine Spur.«

»Vielleicht ist sie erst später hier von dem Täter abgelegt worden«, vermutete Isabella.

»Das kann auch nicht stimmen«, beharrte Charlotte. »Wir haben einen Schuss gehört, als wir etwa hundert Meter entfernt im Wald waren. Als wir kamen, lag da der Schuh, sonst nichts.«

»Du musst dich irren«, bestritt Isabella die Aussage. »Wenn ihr den Schuss gehört habt, müsst ihr sie gesehen haben. Oder wart ihr so betrunken, dass ihr nicht gucken konntet?«

»Wir waren gar nicht betrunken, höchstens angeheitert«, empörte sich Charlotte. »Als der Schuss fiel, sind wir abgestiegen, weil wir dachten, im Wald wäre jemand auf der Pirsch.«

»In der Schonzeit?«

»Seit wann richten sich Wilderer nach der Schonzeit?«, spöttelte Charlotte und fuhr fort: »Wir haben einen Moment gewartet, dann hörten wir ein Auto fahren und haben unseren Weg fortgesetzt.«

»Ein Auto?« Isabella überlegte. »War das ein Diesel oder ein Benziner?«

»Keine Ahnung, wir waren einfach zu weit weg«, sagte Charlotte. »Als wir aus dem Wald kamen, habe ich da den Schuh gesehen und bin abgestiegen. Aber es war noch ziemlich dunkel, und obwohl ich mich umgesehen habe, konnte ich sonst nichts erkennen.«

»Wieso hast du denn dann den Schuh erkennen können?«

»Als wir von dem Waldweg in den Radweg eingebogen sind, hat das Fahrradlicht den Schuh beleuchtet. Er lag ja direkt am Radweg im Gras.«

»Dann könnte es doch sein, dass Elvira im Straßengraben

lag«, sagte Isabella und sah die Böschung hinunter. »Hier ist alles Gras zertreten, das können nur die Polizisten gewesen sein, die nach Spuren gesucht haben.«

»Schon möglich«, sagte Charlotte. »Der Graben führt kein Wasser und ist ziemlich tief. Sie muss ganz unten gelegen haben, deshalb haben wir sie nicht gesehen. Der Graben wirkte wie ein dunkles Loch in der Dämmerung.«

Isabella war schon hinuntergeklettert. »Ja, nur so kann es gewesen sein. Sieh mal, dort hinten sind die Gräser und die Schilfpflanzen so hoch, dass Frau Saarberg wahrscheinlich zusätzlich davon verdeckt wurde.«

Charlotte nickte zustimmend und sah zu Isabella hinunter. »Meinst du, du findest da noch was?«

»Kaum, die Polizisten haben hier jeden Halm umgedreht«, sagte Isabella und kam ächzend die Böschung wieder hoch. »Der Graben ist ja fast zwei Meter tief. Gut, dass kein Wasser drin ist.«

»Für Elvira war es sicher besser, ansonsten würden einige Regenschauer schon ganz guttun. Mittlerweile ist es so trocken, dass die Bauern schon über den Wassermangel stöhnen.«

Isabella ignorierte es, klopfte sich die Kleidung ab und sagte: »Guck mal hinten, ob ich da irgendwo schmutzig bin.«

Charlotte zupfte einen Grashalm ab und sagte: »Alles tipptopp sauber. Lass uns zurückfahren.«

»Was hältst du davon, wenn wir gleich zur Polizeistation fahren und unsere Beobachtung zu dem schwarzen Jeep melden?«, sagte Isabella, während sie zurückfuhren. »Der Gedanke an das Auto lässt mich einfach nicht los.«

Charlotte lachte. »Ich hätte schon Lust, dem Wachtmeister ein wenig auf die Nerven zu gehen!«

In der Polizeistation waren alle Fenster zur Straße hin weit geöffnet, als die Schwestern dort eintrafen.

»Frau Steif, Frau Kantig, was gibt es Neues am frühen Montagmorgen?«, begrüßte Kommissar Frisch die beiden leutselig, obwohl es bereits nach elf Uhr war.

»Wir wollten eine Beobachtung melden«, erklärte Isabella und blickte zu Hauptkommissar Meier hinüber, der eifrig die Tastatur seines Computers bediente.

Frisch kam zu ihnen an den Tresen und fragte: »Was haben Sie denn Schönes gesehen?«

»Uns ist in letzter Zeit mehrmals ein schwarzer Jeep mit Hamburger Kennzeichen aufgefallen«, gab Charlotte an. »Das erste Mal haben wir einen Mann mit diesem Auto vom Baggersee wegfahren sehen. Das war an dem Tag, als wir die Leiche von Herrn Baumstroh gefunden haben.«

»Warum erfahren wir das erst jetzt?«, fragte Hauptkommissar Meier dazwischen und blickte Isabella und Charlotte über seinen Bildschirm hinweg an.

»Wir haben uns anfangs nichts dabei gedacht«, sagte Isabella. »Letzte Woche Freitag habe ich das Auto auf der Münsterlandstraße gesehen.«

»Ich nehme das zu Protokoll«, sagte Frisch nur.

Die beiden Schwestern gaben die Zeiten an, zu denen sie das Fahrzeug gesehen hatten und verabschiedeten sich wieder.

Am späten Nachmittag war Isabella mit ihrer Nordic-Walking-Gruppe unterwegs. Die vier Frauen fuhren diesmal bis zum Baggersee, stellten dort ihre Autos ab und machten sich auf den Weg durch die Wälder. Natürlich waren die Schüsse auf Elvira das Thema überhaupt.

»Es ist mir unerklärlich, wie Elvira Saarberg so weit draußen auf der Münsterlandstraße angeschossen wurde«, sagte Tina Kraft.

»Vielleicht ist sie überfallen und dorthin verschleppt worden«, vermutete Ella Stein.

»Und wenn es ihr Ex-Mann war?«, warf Tina ein.

»So ein Quatsch«, sagte Ella. »Elvira ist doch schon zwanzig Jahre geschieden.«

»Man weiß nie, was in den Menschen vorgeht«, sagte Isabella.

»Ihren Ex-Mann habe ich kürzlich in Münster gesehen«, schaltete sich jetzt Rosa Brand ein, die bisher geschwiegen hatte. »Er fährt einen schwarzen Jeep.«

»Das ist ja interessant«, sagte Isabella erstaunt. »Der schwarze Jeep war sehr häufig hier in der Gegend unterwegs.«

»Kein Wunder, Carlo ist Maschinenbauer«, erklärte Rosa Brand. »Wahrscheinlich ist er hier in der Gegend für seine Firma auf Montage.«

»Woher weißt du das?« Isabella stoppte überrascht ihren flotten Schritt.

»Ich bin mit Carlo in Steinfurt zur Schule gegangen«, sagte Rosa. »Er hat damals bei einer Metallbaufirma in Münster seine Ausbildung gemacht. Zu der Zeit hat er wohl auch Elvira kennengelernt. Als ich mit meinem Mann nach Oberherzholz gezogen bin, war er gerade mit ihr verheiratet.«

»Dann kennst du ihn ja ziemlich gut«, warf Ella ein. »Traust du ihm den Schuss auf seine Ex zu?«

»Damals hätte ich ihm so etwas niemals zugetraut«, sagte Rosa. »Aber jetzt? Ich habe ihn seit zwanzig Jahren nicht mehr gesehen, vielleicht hat er sich verändert.«

»Also, ich wette, dass die Polizei ihn längst überprüft hat«, sagte Ella. »Wenn er sich hier in der Gegend aufhält.«

»Wer sonst könnte ein Motiv haben, Elvira zu töten?«, wollte Isabella wissen.

»Ich tippe auch auf einen Zufallstäter«, sagte Ella. »Elvira soll auf der Party ihrer Kollegin ganz schön gebechert haben, und anschließend ist sie, statt ein Taxi zu nehmen, zu Fuß gegangen. Womöglich hat sie da den Täter getroffen.«

Isabella lachte. »Warten wir mal ab, was geschieht.«

Sie griffen alle wieder nach ihren Stöcken und marschierten nun zügig weiter.

16. Kapitel

Hauptkommissar Meier betrat gerade sein Büro, als ein Anruf einging. Als das Gespräch beendet war, warf er das Telefon auf den Schreibtisch und fluchte laut vor sich hin. Just in dem Moment kam sein Kollege herein.

»Welche Laus ist dir denn so früh schon über die Leber gelaufen, Burghard?«, fragte Kommissar Frisch mit hochgezogenen Brauen.

»Es ist alles Mist«, sagte Meier. »Das Auto von Baumstroh ist nun komplett durchsucht worden. Außer den Papieren haben die Kollegen noch eine silberne Kette mit Anhänger gefunden, sonst nichts. Auch die Waffe, mit der Elvira Saarberg angeschossen wurde, steht nicht fest, weil die Kugel aus dem Körper ausgetreten ist und nicht gefunden wurde. Es könnte theoretisch ein Gewehr, aber auch jede andere Schusswaffe gewesen sein.«

»Eine Kette ist zumindest etwas«, sagte Kommissar Frisch. »Wie genau sah die denn aus?«

»Die Kollegen schicken den Bericht und ein Foto rüber«, sagte Meier. »Trotzdem glaube ich nicht, dass es uns weiterhilft.«

»Warte es doch erst mal ab«, sagte Dietmar Frisch und setzte schmunzelnd hinzu: »Und wenn nicht, fragen wir einfach Steif und Kantig.«

»So weit kommt's noch!«, polterte Meier los. »Wir finden den Täter auch so.«

»Hoffentlich«, antwortete Frisch. »Was ist denn mit der Munition aus Baumstrohs Waffenschrank? Hat das Labor schon Ergebnisse?«

»Da kommt sowieso nicht viel bei rum. Was erwartest du denn davon?«

»Vielleicht sind Fingerabdrücke dran oder andere Spuren«, vermutete Frisch.

»Höchstens meine«, brummte Meier. »Ich hab das Päckchen nämlich ohne Handschuhe angefasst. Trotzdem werde ich mir jetzt diesen Jungbauern mal etwas genauer ansehen. Vielleicht hat er doch schon früher von der Affäre seines Vaters mit Elvira Saarberg gewusst.«

»Der junge Mann schien ziemlich verärgert zu sein, und die heile Welt war das Verhältnis zu seinem Vater auch nicht«, sagte Kommissar Frisch. »Aber dass er ihn umgebracht hat, glaube ich trotzdem nicht.«

»Ich bin auch sehr skeptisch, aber irgendwas verbirgt er«, antwortete Meier und stand auf. »Ich fahre jetzt noch mal zu Britta Saarberg. Vielleicht hat sie von Bernhard Baumstroh etwas über das Verhältnis zu seinem Sohn erfahren.«

»Jetzt sofort?«

Meier nickte nur, statt eine Antwort zu geben, und mit dem Hinweis: »Du hältst hier die Stellung«, verließ er das Büro

Diesmal hatte sich Meier angemeldet, und Britta Saarberg erwartete ihn bereits.

»Ich habe nicht viel Zeit«, sagte sie. »Um neun Uhr muss ich im Büro sein.«

»Wir werden nicht lange brauchen«, sagte Meier. »Darf ich das Gespräch aufzeichnen?«

Die junge Frau stimmte zu, und Meier fragte alle Daten zum Verschwinden von Brittas Mutter ab. Zum Schluss erkundigte er sich nach dem Verhältnis von Bernhard Baumstroh zu seinen Kindern, das Britta als positiv beschrieb.

Kurz bevor Meier sich verabschiedete, fielen ihm die gelöschten Telefonate von Bernhard Baumstrohs Handy und die Halskette ein. »In dem Auto wurde eine silberne Halskette gefunden. Trug Bernhard Baumstroh in letzter Zeit eine Kette?«

Die junge Frau zog die Schultern hoch. »Keine Ahnung. Ich habe keine gesehen.«

Dann erkundigte sich Meier nach den Telefonaten. »Haben Sie eine Ahnung, wer die Daten auf dem Handy gelöscht haben könnte?«

»Was waren es denn für Gespräche?«, wollte Britta Saarberg wissen.

»Das erste hat er wahrscheinlich selbst gelöscht«, sagte Meier. »Da hat er am Nachmittag in einer Gaststätte angerufen.«

»An dem Tag, als er starb?«, fragte Britta. Als Meier nickte, fuhr sie fort: »Da hat er das Treffen mit mir und meiner Mutter abgesagt. Wir waren dort für den Abend verabredet. Er hat wohl direkt in der Gaststätte angerufen, weil er meine und Mamas Handynummer nicht kannte.«

»Hat er einen Grund genannt?«

»Er hat beim Wirt nur die Nachricht hinterlassen, dass er etwas Dringendes zu erledigen hat und nicht kommen kann«, gab Britta an.

»Also hat er noch eine andere Verabredung gehabt?«

»Auf jeden Fall ist ihm was dazwischengekommen«, sagte Britta Saarberg und sah auf die Uhr. »Ich muss los, Herr Meier.«

Meier verabschiedete sich. »Denken Sie an ein neues Schloss«, riet er der jungen Frau.

Sie lächelte. »Gestern schon erledigt, Herr Wachtmeister.«

Kommissar Frisch hatte in Meiers Abwesenheit mehrere Faxmitteilungen bekommen, die aber alle keine Fortschritte bei der Täterermittlung gebracht hatten.

»Was hat dir denn Britta Saarberg erzählt?«, erkundigte sich Dietmar Frisch.

»Nicht viel Neues, aber eines der Telefongespräche ist nun aufgeklärt«, sagte Meier und berichtete, was Britta ihm mitgeteilt hatte.

»Dann hat Baumstroh die beiden Frauen versetzt, weil er sich mit jemanden treffen wollte«, sinnierte Frisch. »Wahrscheinlich war die Feldscheune der Treffpunkt.«

»Genau. Nun müssen wir nur herausfinden, wer da an der Feldscheune auf ihn gewartet hat.«

»Also hat sich Frau Kantig doch nicht geirrt«, stellte Frisch fest.

»Scheint so«, sagte Meier. »Aber erkannt hat sie den Typen auch nicht.«

»War da ein Fahrzeug? Oder wie ist der Täter dahin gekommen?«

»Frau Kantig hat nur den Schatten eines Menschen gesehen, kein Fahrzeug«, sagte Meier. »Außerdem hat es wie aus Eimern geschüttet. Die Spurensicherung konnte am nächsten Tag nicht einmal mehr Spuren von Bernhards Auto finden, obwohl ich sicher bin, dass es da irgendwo gestanden hat.«

»Klar, nur der Täter kann es im Baggersee versenkt haben«, sagte Frisch. »Und dieser Täter muss auch Elvira Saarberg kennen. Das hängt alles zusammen. Wenn ich nur wüsste, wie. Carlo Saarberg hätte ein Motiv gehabt. Diese dumme Ausrede, dass er in dem Haus seiner Ex noch alte Fotos und Bilder gesucht hat, nehme ich ihm jedenfalls nicht ab. Bestimmt wollte er nach Geld oder Wertsachen suchen. Nur wir können es ihm nicht beweisen.«

Aber was den Überfall auf seine Geschiedene anbelangt, ist sein Alibi wirklich hieb- und stichfest.«

»Da kann man nichts machen«, sagte Meier, stand auf und öffnete das Fenster. »Es ist immer noch verdammt heiß hier drin, obwohl es draußen schon kühler ist.«

»Kühler? Na ja, ich finde fünfundzwanzig Grad ganz schön warm.«

»Letzte Woche waren es fünfunddreißig Grad«, sagte Meier und blickte hinaus. »Hoffentlich regnet es endlich. Seit diesem Vorfall an der Feldscheune hat es keinen Tropfen gegeben, und so langsam geht mir diese ewige Sonne auf den Geist.«

»Wenn ich Urlaub hätte, wäre das genau mein Wetter«, sagte Dietmar Frisch und reckte seine Arme in die Luft.

»Für mich gibt es nichts Schöneres als so einen richtig herrlichen Schneetag im Sauerland«, sagte Meier mit sehnsuchtsvollem Blick. »Mit den Brettern die Loipe entlanggleiten und die Schneeflocken im Gesicht spüren, das ist ein Vergnügen. Einfach unbeschreiblich schön. Und man ist in zwei Stunden da.«

»Ja, geh du nur Skifahren, ich fliege lieber im Winter auf die Kanaren und lasse mir die Sonne auf den Bauch scheinen«, sagte Frisch.

Meier zog nur geringschätzig die Brauen hoch, ging wortlos nach nebenan und kam mit einer Wasserflasche wieder. »Gleich fahre ich noch mal raus zum Hof. Der Auszubildende muss doch jetzt aus dem Urlaub zurück sein.«

Auf dem Hof Baumstroh herrschte hektisches Treiben, als Meier dort ankam. Die Bauarbeiter erledigten Restarbeiten am Silo, und ein Mann auf dem Traktor glättete mit der Frontladerschaufel rund um das Silo die zuvor weggeschobene Erde. Der Bauer stand neben einem Firmenwagen und unterhielt sich mit einem der

Bauarbeiter. Polizeihauptkommissar Meier ging zielstrebig auf Sven Baumstroh zu und erkundigte sich nach seinem Auszubildenden.

Sven Baumstroh runzelte missmutig die Stirn und zeigte auf den Traktorfahrer. »Da drüben.«

Meier winkte dem Mann zu, und das Geräusch des Motors verstummte.

»Was ist?«

»Herr Bergmann, ich muss Ihnen ein paar Fragen stellen.«

»Warum das?«

»Kommen Sie bitte mit und lassen Sie uns ein Stück weggehen, hier ist es mir zu laut«, sagte Meier, denn jetzt hatte einer der Bauarbeiter eine Flex angestellt, die noch mehr Lärm machte als der Traktor. Sie gingen hinter die Scheune, und Meier erkundigte sich nach dem Verhältnis von Sven und Bernhard Baumstroh. »Gab es da Streit?«

Ingo Bergmann zuckte die Schultern. »Nö, selten.«

»Was heißt ›selten‹?«, bohrte Meier nach. »Gab es Streit oder nicht?«

»Hin und wieder waren die beiden anderer Meinung«, sagte Bergmann. »Der Stall sollte erst größer werden, aber der Alte war dagegen. So was eben. Kein richtiger Streit, nur unterschiedliche Meinungen.«

»Und wer setzte sich in der Regel durch?«

»Meistens der Alte, aber manchmal auch der Junge«, antwortete der Auszubildende zögernd. »Warum wollen Sie das denn wissen?«

Meier ging nicht auf seine Frage ein, sondern erkundigte sich: »Hat Sven Baumstroh mal erwähnt, dass er eine Halbschwester hat?«

»Ja, als ich aus dem Urlaub kam«, sagte Ingo Bergmann. »Er

baut den Stall jetzt doch nur für tausend Tiere, weil der Alte dieser Tussi so viel Geld vermacht hat.«

Meier überhörte geflissentlich den Ausdruck »Tussi« und fragte: »Haben Sie Britta oder Elvira Saarberg hier mal auf dem Hof gesehen?«

»Nee, ich kenn die beiden gar nicht.«

»Wann genau begann Ihr Urlaub? An dem Tag, als Bernhard Baumstroh starb, oder schon eher?«

»Das war genau an dem Tag«, gab Ingo Bergmann an. »Ich habe nur bis Mittag gemacht, weil ich noch Überstunden hatte, und bin gleich zum Baggersee gefahren. War ja irre heiß an dem Tag.«

»Sie waren am Baggersee? Während des Gewitters?«

»Nein, vorher. Als es dunkel wurde, hab ich schnell meine Sachen gepackt und bin weggefahren«, sagte der Auszubildende. »Das muss Sven doch gesagt haben. Der ist nämlich gerade mit dem Fahrrad da vorbeigekommen, als ich wegwollte. Es hat schon mächtig gestürmt, und er wollte zur Feldscheune, weil er nicht genau wusste, ob das Tor ordentlich verschlossen war.«

»Warum war das so wichtig?«

Ingo Bergmann sah den Polizisten an, als wäre er leicht minderbemittelt. »Na, ist doch klar«, sagte er. »Wenn das Tor offen steht, kann der Wind die Dachpfannen anheben und abwerfen. Da ist keine Isolierung drunter, da sind nur die Schindeln auf dem Dach.«

»Und Sie haben genau gesehen, dass Herr Baumstroh dahin gefahren ist?«

»Klar, ich habe doch mit ihm gesprochen und ihm gesagt, er soll sich beeilen, denn es war schon ganz schön stürmisch.«

»Und wo war sein Vater zu der Zeit?«

»Keine Ahnung, der hat sich am Morgen von mir verabschiedet und mir einen schönen Urlaub gewünscht«, sagte Ingo Bergmann. »Der Alte wollte aber nach Münster, das hat er beim Frühstück gesagt.«

Meier sah auf seine Notizen, erkundigte sich noch nach der Kette, die auch Ingo Bergmann angeblich noch nie gesehen hatte, und sagte dann: »Das ist vorerst alles. Wenn ich weitere Fragen habe, melde ich mich.«

Der Auszubildende ging mit großen Schritten davon. Inzwischen hatte sich der Jungbauer auf den Traktor gesetzt und die Erde verteilt. Als Ingo Bergmann zurückkam, stoppte er, stieg ab und kam auf Meier zu.

»Wollen Sie jetzt auch noch die anderen Leute von der Arbeit abhalten, oder war das alles?«, fragte er verärgert.

»Warum haben Sie uns verschwiegen, dass Sie an dem Tag, als Ihr Vater starb, an der Feldscheune waren?«, fragte Meier ungerührt von der Frage des Bauern, während sie über den Hof gingen.

»Dass ich was war?«

»Sie haben schon verstanden, Herr Baumstroh«, sagte Meier nun ebenfalls verärgert. »Was haben Sie da gemacht, und wie lange haben Sie sich an dem Tag an der Feldscheune aufgehalten?«

»Ich war da nicht, ich wollte hin, hab es mir aber anders überlegt und bin nach Hause gefahren«, gab Sven Baumstroh jetzt an.

»War Ihnen das plötzlich egal, ob das Tor der Scheune zu war oder nicht?«

»Ach, das meinen Sie. Hat der Ingo was gesagt?« Der Jungbauer war mittlerweile rot im Gesicht, und Meier sah ihm an, dass seine Fragen ihm unangenehm waren. Sie hatten das Haus erreicht und blieben vor der Eingangstür stehen.

»Sie sind von einem Zeugen gesehen worden, als sie an der Feldscheune waren«, fuhr Meier ihn an.

»Diese alten Tratschtanten«, entschlüpfte es Sven Baumstroh.

»Also waren Sie doch da«, stellte Meier verärgert fest, und auch sein Gesicht war merklich rot angelaufen. »Ich will genau wissen, wann, weshalb und wie lange, verdammt noch mal!«

»Ja, ich war da.« Der Jungbauer wischte sich den Schweiß von der Stirn. »Das Tor war zu, und ich wollte wieder weg, aber da ging das Gewitter richtig los. Da bin ich rein in die Scheune. Dann habe ich den Planwagen kommen sehen und bin wieder rausgegangen und unterm Dachüberstand zur anderen Seite hinübergelaufen.«

»Warum? Bei solch einem Gewitter ist man doch drinnen besser aufgehoben.«

»Aber nicht, wenn da zwanzig Frauen herumzetern«, sagte der Jungbauer. »Ich habe mich unter den Dachüberstand neben mein Fahrrad gestellt und gewartet, bis der Regen vorbei war und die Frauen weg waren. Dann bin ich nach Hause gefahren.«

»Sie haben nicht zufällig dort auf Ihren Vater gewartet? Waren Sie mit ihm verabredet?«

»Nein«, entgegnete der Jungbauer wütend. »Ich habe meinen Vater gar nicht gesehen an dem Abend. Warum sollte ich mich mit meinem Vater dort verabreden? Ich sehe ihn jeden Tag zu Hause.«

»Sie verwickeln sich in Widersprüche. Vor Kurzem haben Sie gesagt, Sie hätten genau an dem Abend den Waffenschrank geputzt und wären anschließend zum Schießclub gefahren.«

»Das hab ich auch, als ich zu Hause war.«

»Mussten denn die Tiere nicht gefüttert werden?«, fragte Meier.

»Nein, abends erledigt das die automatische Fütterung.«

»Und warum haben Sie den Ausflug zur Feldscheune nicht erwähnt?«

»Weil ich nicht daran gedacht habe!«

Meier runzelte die Stirn. »Da fällt mir noch was ein. Hatte ihr Vater einen eigenen Computer, oder haben Sie gemeinsam einen benutzt?«

»Was soll denn jetzt die Frage?«, konterte Sven Baumstroh provokatorisch. »Natürlich hatte mein Vater einen eigenen Computer, und ich auch, schließlich haben wir beide im Wechsel die Fütterungsanlage betreut, und die ist mit beiden Geräten vernetzt. Außerdem hat mein Vater genau wie ich die Bankgeschäfte am Computer erledigt.«

»Kann ich mir das Gerät mal ansehen?«

»Wenn es denn sein muss«, sagte der Jungbauer und führte den Polizisten ins Haus.

Unterwegs fragte Meier: »Wo waren Sie am Freitag in der Nacht von null bis sechs Uhr?«

»Na, wo wohl? Im Bett!« Sven Baumstroh schüttelte den Kopf. »Ich bin schon um vier Uhr aufgestanden, weil die Alarmanlage im Schweinestall angegangen ist. Die Sicherung bei der Lüftungsanlage war raus. Ich habe alle Lüfter gereinigt, und es hat eine ganze Stunde gedauert, bis ich das wieder hingekriegt habe. Das können Sie sogar im Computer sehen. Ich zeig es Ihnen gleich.«

»Schon gut, ich glaub es Ihnen auch so«, sagte Meier, der an technischen Details nicht interessiert war, und die Art der Antwort signalisierte ihm, dass der Jungbauer diesmal wohl die Wahrheit gesagt hatte.

»Was sollte die Frage eigentlich?«, erkundigte sich nun Sven Baumstroh mit verkniffenem Gesicht.

»Auf Frau Elvira Saarberg wurde geschossen«, erklärte Meier knapp.

»Das weiß ich schon«, sagte der junge Mann und setzte angriffslustig hinzu: »Und warum kommen Sie da zu mir?«

»Reine Routinefrage«, sagte Meier.

Sven Baumstroh schnaubte verächtlich, sagte aber nichts dazu.

Oben im Büro angekommen fragte der Polizist: »Welchen Computer benutzen Sie?«

»Den in der Ecke, mein Vater hat immer direkt neben dem Fenster gesessen.«

»Können Sie beide Computer starten?«

»Ja, natürlich. Warum?«

»Machen Sie es doch bitte mal«, sagte Meier, und der Jungbauer ging an den PC seines Vaters, startete ihn und gab ein Kennwort ein. »Ach, Sie wissen das Kennwort Ihres Vaters?«

»Was soll das hier eigentlich?«, fuhr Sven Baumstroh auf. »Klar, weiß ich das Kennwort. Wenn mein Vater nicht da war, habe ich an seinem PC die Bankgeschäfte erledigt. Die Rechnungen müssen schließlich bezahlt werden.«

»So, so«, sagte Meier, der sich das Kennwort trotz der schnellen Eingabe gemerkt hatte, und fragte: »Seit wann wissen Sie, dass Britta Saarberg Ihre Halbschwester ist?«

Sven Baumstroh hob ruckartig den Kopf. »Was hat meine Halbschwester mit dem Computer zu tun?«

»Beantworten Sie bitte meine Frage«, sagte Meier, wischte sich zum wiederholten Mal den Schweiß von der Stirn und stellte fest, dass es in diesem Büro noch wärmer war als bei ihm in der Polizeistation.

»Seit der Testamentseröffnung«, sagte Sven Baumstroh. »Ich kann Ihnen sagen, ich war alles andere als begeistert.«

»Wenn Sie es nicht wussten, wieso haben Sie dann so zielsicher den Vornamen von Frau Saarberg als Kennwort eingegeben?«, fragte Meier nun und sah, dass der Jungbauer bleich wurde.

»Das, das hab ich erraten, ich ...« Sven Baumstroh zitterte plötzlich und fuhr leise fort: »Ich habe meinen Vater nicht umgebracht, auch wenn Sie das anscheinend glauben. Als mein Vater tot war, bin ich an den Computer gegangen und kam nicht ins Programm. Alle haben erzählt, mein Vater hätte ein Verhältnis mit Britta, und dann habe ich ihren Namen eingegeben, und schon war ich im Programm.« Der junge Mann fuhr sich mit der Hand durchs Gesicht, und Meier war sich nicht sicher, ob er Schweiß oder Tränen abwischte. Dann fuhr Sven Baumstroh fort: »Ich war so wütend und hab im Computer nach Hinweisen gesucht. Dann habe ich Bilder gefunden von Elvira und Britta, zusammen mit meinem Vater.« Er klickte eine Bilddatei an. »Ich wollte das löschen, aber dann habe ich es mir anders überlegt.«

»Ich kann verstehen, dass Sie die Bilder löschen wollten«, sagte Meier, als er die Familienfotos von Elvira und Britta Saarberg sah. »Warum haben Sie es sich anders überlegt?«

Der junge Mann zuckte die Schultern und antwortete nicht.

Meier blickte auf seinen Notizblock. »Das war erst mal alles«, sagte er und verabschiedete sich.

• • •

Am nächsten Morgen hatte Meier gleich nach Dienstbeginn gerade den ersten Kaffee hinuntergekippt, als zeitgleich mit seinem Kollegen eine Eilmeldung von der Zentrale hereinkam. Der Zustand von Elvira Saarberg hatte sich trotz der erfolgreich verlaufenen Operation aus unbekannten Gründen erheblich verschlechtert.

»Das kann doch nicht wahr sein!« Meier warf das Telefon in die Ecke und hieb mit der Faust auf den Schreibtisch, sodass seine Wasserflasche umkippte und klirrend am Boden zerschellte.

»Was ist denn los?«, fragte Frisch, der gerade seinen Computer hochfuhr.

»Elvira Saarberg«, sagte Meier und gab in kurzen Worten den Inhalt des Telefonats an seinen Kollegen weiter.

»Verschlechtert? Wie denn?«

»Der Kollege wusste auch nicht, warum. Es ist auf jeden Fall nicht mehr sicher, ob sie durchkommt. Er hat nur gesagt, dass die Frau in einem sehr bedenklichen Zustand ist.«

»Sicher bessert sich das wieder«, machte Frisch ihm Mut. »Die Ärzte im Klinikum haben schon so manchem das Leben gerettet, der halbtot war.«

Meier hörte gar nicht richtig zu, sondern sagte: »Und ich hatte gehofft, die Frau könnte uns bald sagen, wer sie angeschossen hat.«

»Nun sieh mal nicht so schwarz«, beschwichtigte ihn sein Kollege. »Bestimmt erholt sie sich wieder.«

»Hoffentlich«, sagte Meier, bückte sich und sammelte die Scherben seiner Wasserflasche auf.

Gerade als er die Scherben im Mülleimer entsorgt und den Boden wieder trocken gewischt hatte, öffnete sich die Tür und Charlotte Kantig trat ein.

»Guten Tag, ich möchte eine Meldung machen«, sagte sie und legte einen Umschlag auf den Tresen.

Meier setzte sich hinter seinen Bildschirm und gab seinem Kollegen ein Zeichen. Kommissar Frisch ging zu Frau Kantig hinüber.

»Frau Kantig, was gibt es schon wieder Neues?«, erkundigte er sich so freundlich bei ihr, dass Meier unmutig mit den Augen rollte.

»Bei unserer Planwagenfahrt habe ich dieses Foto gemacht«,

sagte Frau Kantig. »Es zeigt deutlich, dass ich mich damals nicht geirrt habe. Es muss sich wirklich jemand am Tag, als Herr Baumstroh starb, an der Feldscheune aufgehalten haben.«

Charlotte Kantig holte ein Foto aus dem mitgebrachten Umschlag. Dietmar Frisch beugte sich vor und betrachtete es. »Da kann man ja kaum was erkennen. Was wollen Sie denn damit beweisen?«

»Das Foto habe ich gemacht, kurz bevor wir auf die Wiese zur Feldscheune eingebogen sind«, erklärte die Seniorin. »Da ist doch ein helles Auto erkennbar, auch wenn das Foto ziemlich verwackelt ist. Also muss da jemand gewesen sein.«

Hauptkommissar Meier runzelte die Stirn, ging nun ebenfalls an den Tresen und begutachtete das Bild. »Ich kann nicht einmal sehen, ob es ein Opel oder ein Mercedes ist oder welcher Fahrzeugtyp auch immer, man sieht doch nur ein Stückchen vom Kotflügel und den Reifen«, stellte er fest. »Wenn Sie kein besseres Foto haben, können wir wenig damit anfangen.«

»Aber es beweist doch, dass da jemand war«, sagte Frau Kantig bestimmt. »Sie haben ja angenommen, dass ich den Schatten eines Tieres gesehen habe und keinen Menschen.«

»Ach, darauf wollen Sie hinaus«, sagte Meier. »Das hat sich geklärt. Sie hatten wirklich recht. Wir haben mittlerweile die Aussage eines Fahrradfahrers, der sich unterm Dachüberstand der Scheune aufgehalten hat.«

»Also doch«, sagte die Pensionärin und fuhr fort: »Wenn der Zeuge ein Fahrrad fuhr, dann muss noch jemand da gewesen sein. Nämlich der, der dieses Fahrzeug so schön versteckt unter den Büschen geparkt hat.«

Meier runzelte nachdenklich die Stirn und betrachtete nochmals das Foto. »Kann ich das hierbehalten, Frau Kantig?«, sagte er dann. »Vielleicht können unsere Techniker doch herausfinden, was es für ein Auto ist.«

»Ja, natürlich, deshalb habe ich es ja ausgedruckt«, antwortete sie und verabschiedete sich.

»Glaubst du, dass einer unserer Techniker hellsehen kann?«, fragte Dietmar Frisch spöttisch.

»Das nicht«, sagte Meier, »aber ich kann bei Sven Baumstroh ein bisschen nachbohren und ihm sagen, dass ein Zeuge dort ein Auto fotografiert hat. Vielleicht erzählt er mir dann noch etwas mehr von diesem Abend. Denn es waren definitiv mehr Leute dort an der Scheune, als wir wissen.«

»Mindestens zwei und einer ist tot.«

»Und wenn der Jungbauer jemanden beauftragt hat?«

»Wie kommst du denn jetzt darauf?«

»Mittlerweile bin ich der Meinung, dass Sven Baumstroh sehr wohl wusste, dass Britta Saarberg seine Halbschwester ist«, sagte Meier. »Ohne Probleme hat er den Computer seines Vaters gestartet und das richtige Kennwort eingegeben. Er behauptet, dass er das Kennwort nach dessen Tod herausgefunden hat, aber ich bin da nicht so sicher.«

»Vielleicht wollte er verhindern, dass Britta Saarberg im Testament bedacht wird, und hat ihn deshalb umgebracht«, sinnierte Dietmar Frisch.

»Genau, denn seine Schwester Ina Baumstroh hat ausgesagt, dass sie ganz überrascht waren, dass die Testamentsvollstreckung bei Anwalt Liegmann in Münster war«, führte Meier aus. »Der Alte hat nämlich zuvor bei einem anderen Anwalt schon ein Testament gemacht, das natürlich durch das neue bei Liegmann ungültig ist ...«

»Du meinst also, der Jungbauer tut nur so und hat in Wirklichkeit den Mord in Auftrag gegeben?«, fragte Frisch nachdenklich. »Aber warum ist dann auf Elvira Saarberg geschossen worden?«

»Womöglich war das wirklich ein Zufallstäter, der die Frau auf der Straße überfallen hat«, sagte Meier. »Aber erst einmal besorge ich mir einen Durchsuchungsbeschluss für den Hof Baumstroh. Die Kollegen sollen die Computer dort mal gründlich unter die Lupe nehmen.«

»Was hat der Bauer denn zu der Kette gesagt?«

»Das Gleiche wie der Auszubildende«, sagte Meier. »Weder Ingo Bergmann noch Sven Baumstroh haben bei Bernhard eine Kette gesehen.«

17. Kapitel

Am Tag nach ihrem Polizeibesuch hatte Charlotte fast bis zehn Uhr geschlafen. Anschließend fuhr sie zum Bäcker und holte sich frische Brötchen. Sie hatte am Tag zuvor mehrere Stunden am Bildschirm gesessen und die Fotos der Planwagenfahrt gesichtet. Dabei war ihr das helle Auto unter dem Gebüsch aufgefallen. Es war fast ganz verdeckt vom Grün. Wahrscheinlich hatte eine Windböe, die die Zweige zur Seite geweht hatte, den Blick auf das Gefährt freigegeben. Charlotte hatte das Foto vergrößert, ausgedruckt und war gleich damit zur Polizei gefahren. Noch immer war sie überrascht, dass Hauptkommissar Meier, der anfangs verhalten und skeptisch reagiert hatte, das Foto zur weiteren Überprüfung dabehalten hatte.

Gleich nach dem Frühstück mähte Charlotte den Rasen, der an einigen Stellen schon zu lang, aber an anderen Stellen recht spärlich gewachsen war, obwohl sie in den Abendstunden häufig gesprengt hatte. Noch nie hatte sie so viele braune Flecken in ihrem Rasen gehabt wie in diesem Sommer. Doch der Wetterbericht machte wenig Hoffnung auf Regen. Bei dem starken Gewitter vor vier Wochen hatte es zum letzten Mal geregnet, und in einigen Ortschaften im Münsterland war das Rasensprengen bereits wegen des stark gefallenen Grundwasserspiegels verboten worden.

Zum Glück verfügte Charlotte genau wie Isabella über ein eigenes Bohrloch und eine Wasserpumpe, die ihr das Sprengen des Rasens fast kostenfrei ermöglichte. Das Stadtwasser benutzte sie nur für den Haushalt. Doch mittlerweile förderte die Pumpe mehr Sand, als ihr lieb war, und sie musste ständig den Filter reinigen.

Sie verzichtete an diesem Tag auf das Sprengen, goss gegen Abend nur die Beetpflanzen und legte sich mit einem Buch in den Schatten. Sie hatte gerade angefangen zu lesen, als die Gartenpforte klapperte und gleich darauf Isabella auf der Terrasse erschien. »Hier bist du«, sagte ihre Schwester. »Ich habe schon gedacht, du wärst ausgewandert.« Sie sank in dem Gartenstuhl neben Charlotte.

»Ich lese, siehst du das nicht?«, fragte Charlotte gereizt, weil sie gerade an einer spannenden Stelle ihrer Lektüre angelangt war.

»Na und, lesen kannst du nachher noch, ich nehm dir das Buch schon nicht weg«, entgegnete Isabella ungerührt. »Britta hat mich vorhin angerufen. Ihrer Mutter geht es plötzlich schlechter. Aus irgendeinem Grund hat sie Fieber bekommen.«

»Oh Gott«, sagte Charlotte und legte nun das Buch doch beiseite. »Wie ist denn das passiert? Hat sie sich etwa mit diesen aggressiven Krankenhauskeimen infiziert?«

»Keine Ahnung«, sagte Isabella. »Die Ärzte haben Britta nur mitgeteilt, dass sie sich auf alles gefasst machen muss.«

»Hoffentlich schafft Elvira es«, sagte Charlotte und fragte: »Weiß Britta eigentlich schon, mit welcher Waffe ihre Mutter angeschossen wurde?«

»Bisher nicht«, sagte Isabella. »Die Kugel ist ja nicht gefunden worden.«

»Die Polizei hat doch den ganzen Bereich am Radweg abgesucht«, sagte Charlotte. »Irgendwo da muss die Kugel doch sein.«

»Vielleicht ist Elvira woanders angeschossen worden, und der Täter hat sie dort nur abgelegt.«

»Das kann nicht sein, darüber haben wir doch schon gesprochen«, entgegnete Charlotte. »Ottokar und ich haben den Schuss gehört. Vielleicht ist die Kugel weiter in den Wald eingedrungen, aber der Schuss ist auf jeden Fall dort gefallen. Das habe ich dem Wachtmeister auch gesagt.«

»Du hast es doch nicht gesehen, Charlotte«, widersprach Isabella. »Der Schuss, den ihr gehört habt, kann doch von jemand anderem abgegeben worden sein.«

»Das glaube ich nicht«, sagte Charlotte. »Meine Wahrnehmung täuscht mich selten, das musste selbst unser Wachtmeister gestern einsehen.«

»Wie meinst du das jetzt? Warst du bei der Polizei?« Isabella sah ihre Schwester fragend an.

»Ja, ich habe meine Fotos von der Planwagenfahrt sortiert. Da ist eine Aufnahme mit einem Auto dabei. Komm mit ins Haus, ich zeig es dir.«

Charlotte hatte den Computer schnell hochgefahren und die Bilddatei angeklickt.

»Da sind ja tolle Fotos dabei«, staunte Isabella. »Warum hab ich davon noch keins?«

»Weil ich erst gestern dazu gekommen bin, die Aufnahmen zu sichten und zu sortieren«, sagte Charlotte. »Ich schick dir die Gruppenbilder per E-Mail zu.« Sie schloss die Datei, öffnete eine andere und fuhr erklärend fort: »Die Bilder vom Unwetter habe ich in einem anderen Ordner gespeichert.«

»Die sind ja total verwackelt«, monierte Isabella.

»Die meisten ja, aber man kann was erkennen«, gab Charlotte zu und klickte das gesuchte Foto an. »Hier ist trotz des Regens deutlich zu erkennen, dass dort ein Auto steht.«

»Stimmt, fragt sich bloß, was für eins«, sagte Isabella. »Glaubst du, die Polizei kann was damit anfangen?«

»Keine Ahnung, aber Herr Meier will es an die Techniker weitergeben«, sagte Charlotte. »Stell dir vor, es gibt sogar einen Zeugen, der mit dem Fahrrad da war. Während des Gewitters hat er angeblich unter dem Dach gestanden.«

»Das hat der Wachtmeister dir erzählt?«

»Ja, gestern, als ich ihm das Foto gebracht habe.«

»Dieser Fall wird immer mysteriöser«, sagte Isabella nachdenklich. »Wir waren da, ein Radfahrer und nun auch noch jemand mit einem Auto.«

»Und einer war der Mörder«, beendete Charlotte den Satz. »Ich gehe davon aus, dass es der Autofahrer war.«

»So versteckt, wie das Auto unter den Büschen stand, ist das sicher richtig«, stimmte Isabella zu. »Aber warum hat dieser Mann Elvira angeschossen?«

»Weil beide etwas wissen, was der Typ unbedingt geheim halten will«, sagte Charlotte. »Falls es der gleiche Täter war, es kann aber auch ein anderer gewesen sein.«

»Ich glaube immer noch, dass die beiden Sachen zusammenhängen«, sagte Isabella. »Lass uns doch noch mal zur Feldscheune fahren, vielleicht finden wir da etwas, was der Polizei entgangen ist.«

»Was willst du denn da noch finden nach vier Wochen?« Charlotte schüttelte den Kopf. »Dann lass uns lieber nach der Kugel suchen, die Elvira verletzt hat.«

»Da kannst du gleich eine Stecknadel aus einem Heuhaufen fischen, das ist genauso erfolglos«, sagte Isabella. »Ich fahre zur Feldscheune.«

»Jetzt? Es ist gleich acht Uhr.«

»Na und, bis zehn ist es doch hell«, sagte Isabella entschlossen.

Charlotte seufzte. »Gut, ich komme mit.«

Sie waren gerade draußen und hatten die Räder startklar gemacht, als Hilde Juli zu ihnen herüberkam.

»Wollt ihr grad weg?«, fragte sie leicht außer Atem. »Ich muss dringend mit euch sprechen.«

Die Schwestern sahen einander an, und Isabella sagte: »Wir haben es nicht eilig. Was ist denn los? Du bist ja ganz aufgeregt!«

»Die Polizei war auf dem Hof und hat Sven festgenommen!«, raunte Hilde ihnen zu. »Sie haben heute Morgen alles auseinandergenommen und beide Computer einkassiert. Am Nachmittag sind sie mit einem Haftbefehl wiedergekommen und haben Sven gleich mitgenommen.«

»Ach du meine Güte«, sagte Charlotte. »Komm mit uns ins Haus, Hilde. Dann unterhalten wir uns in Ruhe.« Charlotte führte Isabella und Hilde in die Küche. »Hier sind wir ungestört. Möchtet ihr ein Eis oder lieber Kaffee oder Tee?«

»Tee ist genau richtig«, sagte Isabella. »Du hast doch so eine wunderbare Darjeeling-Mischung.«

Hilde, die wohl gar nicht richtig zugehört hatte, nickte nur abwesend.

»Wer macht denn dann die Arbeit auf dem Hof?«, erkundigte sich Charlotte, während sie den Wasserkocher anschaltete.

»Wahrscheinlich der Ingo, ich kann es nicht«, sagte Hilde und fügte hinzu: »Wenn Sven wirklich seinen Vater umgebracht hat, suche ich mir sowieso eine neue Stelle.«

»Ich kann das nicht glauben«, sagte Isabella überzeugt. »Mag sein, dass der junge Mann sich über Britta und seinen Vater geärgert hat, aber dass er ihn umgebracht hat, will mir einfach nicht in den Kopf.«

Charlotte entzündete die Kerze für ihr altmodisches Stövchen, goss den Tee auf und stellte die Kanne darauf.

»Oh, wie stilvoll, du hast sogar Kandiszucker«, sagte Hilde

und betrachtete die hübschen Teetassen aus wertvollem Porzellan, die Charlotte vor einigen Jahren auf einem Flohmarkt günstig ergattert hatte.

»So etwas gibt es heute gar nicht mehr zu kaufen«, erklärte Charlotte lächelnd und goss den Tee ein.

Isabella nahm nur ganz wenig Zucker und sagte: »Charlotte war während ihrer Studienzeit für ein Jahr in England und hat von dort die Liebe für schwarzen Tee mitgebracht.«

»Das ist schon sehr lange her«, setzte Charlotte verträumt hinzu. »Aber die Liebe zum Tee und zum britischen Königreich ist immer noch da.«

»Der Tee schmeckt wirklich gut«, lobte Hilde, die vorsichtig probiert hatte. »Für meine aufgewühlten Nerven genau das Richtige.«

»Weiß Ina denn schon Bescheid, dass ihr Bruder verhaftet wurde?«, erkundigte sich nun Isabella.

»Ich habe sie angerufen«, sagte Hilde. »Es muss doch jemand auf dem Hof sein in der Nacht. Ingo Bergmann hatte heute Berufsschule, der kommt erst morgen früh wieder.«

»Dann ist die junge Frau jetzt ganz allein da?«

»Nein, sie hat einen Studienkollegen mitgebracht«, sagte Hilde. »Aber am Wochenende will sie wieder weg. Sie arbeitet in den Semesterferien und hat schon beim Betriebshilfsdienst angerufen, damit sie jemanden schicken.«

»Letzte Woche war doch ein Mann mit einem alten Mercedes da, ist der denn schon wieder weg?«, erkundigte sich Charlotte.

»Das war Ralf Pohl«, sagte Hilde. »Er war schon häufiger da und kennt sich bestens aus, aber sein Einsatz war letzte Woche Freitag beendet, weil jetzt Ingo wieder da ist.«

»Kann Sven Baumstroh denn mit einem Auszubildenden das

ganze Land bestellen?«, fragte Isabella erstaunt. »Zum Hof gehören doch über hundert Hektar Land.«

»Natürlich nicht«, antwortete Hilde. »Die Erntearbeiten hat schon sein Vater immer einem Lohnunternehmen überlassen. Sven hat in den letzten vier Wochen sogar die Bearbeitung der Stoppelfelder und das Einbringen der Zwischenfrucht vom Lohnunternehmer machen lassen. Allein mit Herrn Pohl hätte er das gar nicht geschafft.«

»Ist das nicht auch ziemlich teuer?«, fragte Charlotte.

»Bestimmt«, sagte Hilde. »Mit den Lohnkosten kenne ich mich zwar nicht aus, aber Sven sprach von einem ganz schönen Batzen Geld allein für den Betriebshilfsdienst.«

»Aber wenn Sven nun in Haft ist, muss Ina Baumstroh doch den Betriebshilfsdienst weiter in Anspruch nehmen«, sagte Isabella.

»Egal, ich werde mich ab sofort um eine neue Stelle kümmern«, sagte Hilde und stand auf. »Jetzt geht es mir schon besser.«

»Du kannst immer kommen, wenn etwas ist«, sagte Charlotte. »Ich drücke erst mal die Daumen, dass das alles ein Irrtum ist und Sven bald zurückkommt.«

Hilde zuckte nur die Schultern und verabschiedete sich.

»Kommst du noch mit zur Feldscheune?«, fragte Isabella und sah auf die Uhr. »Ach je, es ist ja schon neun. Dann verschieben wir das eben auf morgen.«

»Genau, heute fahr ich nicht mehr los«, sagte Charlotte und räumte das Teegeschirr weg.

Am nächsten Morgen gegen acht Uhr, Charlotte war gerade aufgestanden, klingelte Isabella schon an ihrer Tür.

»Bist du mal wieder aus dem Bett gefallen?«, spöttelte Charlotte, als Isabella mit einer Brötchentüte in der Hand hereinkam.

»Setz Kaffee auf und moser hier nicht rum«, sagte Isabella entschieden. »Wir müssen etwas unternehmen. Die Verhaftung von Sven Baumstroh hat mir einfach keine Ruhe gelassen.« Sie legte die Brötchentüte auf Charlottes Küchentisch ab und fragte völlig zusammenhanglos: »Wann hast du die Stadtführung nach den Ferien?«

Charlotte hatte gerade die Kaffeemaschine angestellt und kniff die Augen zusammen. »Was hat meine Führung mit der Verhaftung des Bauern zu tun?«

»Gar nichts«, sagte Isabella. »Aber mir fällt gerade ein, dass ich von Ina eine alte Zeitung bekommen habe. Die wollte ich mit dir gemeinsam nach alten Anekdoten durchsehen.«

»Ach so, warum hast du die Zeitung nicht gleich mitgebracht?«

»Ich hol sie.« Isabella verschwand und kam Minuten später mit der Zeitung wieder.

»Die ist ja zwanzig Jahre alt«, staunte Charlotte. »Woher hat Ina so eine alte Zeitung?«

»Sie ist in dem Auto ihres Vaters gefunden worden«, sagte Isabella. »Wahrscheinlich hat er sie als Unterlage benutzt. Das Wasser hat sie natürlich wellig und stellenweise unleserlich gemacht, aber der Lokalteil ist noch ziemlich unversehrt.«

Nach dem Frühstück widmeten sich die Schwestern ausgiebig der Zeitung.

»Hier steht es«, rief Isabella plötzlich aus. »Eberhard hat vor Kurzem davon gesprochen, dass im Gestütswald vor vielen Jahren ein Spaziergänger angeschossen wurde und später im Krankenhaus starb. Der Gutachter soll ausgesagt haben, dass der Verletzte überlebt hätte, wenn der Täter gleich den Rettungsdienst informiert hätte.« Sie tippte mit dem Finger auf einen Artikel am Rande.

»Das habe ich noch nie gehört«, sagte Charlotte und las laut vor:

Der Schütze, der im Juni einen Spaziergänger durch einen Gewehrschuss tödlich verletzte, wurde wegen fahrlässiger Tötung in Tateinheit mit unterlassener Hilfeleistung und wegen unerlaubten Waffenbesitzes zu einer Freiheitsstrafe von vier Jahren und sechs Monaten verurteilt.

»Die Zeitung ist vom 25. November 1997«, murmelte Isabella. »Bestimmt ist vorher schon über den Fall berichtet worden. Ich wende mich mal an die Zeitung. Vielleicht gibt es da noch einen ausführlicheren Artikel vom Juni 1997.«

Charlotte zog nachdenklich die Unterlippe zwischen die Zähne. »Könnte es sein, dass Bernhard Baumstroh wegen dieses Artikels die Zeitung im Auto hatte?«

»Du meinst, er hat sie bewusst aufgehoben und nicht als Unterlage benutzt?«

»Ja.« Charlotte nickte. »Vielleicht kannte er den Schützen. Warum fragen wir nicht einfach bei Wachtmeister Meier nach, ob er noch alte Akten hat?«

»Die darf er doch sicher nicht rausgeben«, antwortete Isabella. »Ich gehe zur Zeitung.«

»Und ich löchere unseren Wachtmeister«, sagte Charlotte. »Die Ferien sind nächste Woche zu Ende, und gleich Anfang September habe ich die Führung. Eventuell könnte ich so einen Vorfall in meine Führung einbauen.«

»Das hat aber Zeit, heute fahren wir erst mal zur Feldscheune«, sagte Isabella. »Passt es dir um zehn?«

Charlotte nickte, und Isabella verschwand nach nebenan.

Langsam fuhren die Frauen mit den Rädern den sandigen Weg entlang, an dem Charlotte das versteckte Auto fotografiert hatte.

»Da müsste die Stelle sein, an der das Auto gestanden hat«, sagte Charlotte und stieg vom Rad. »Es ist die einzige Stelle, an der kein Gestrüpp, sondern Gras unter den Bäumen wächst.«

Isabella hielt ebenfalls an, und beide gingen unter den herabhängenden Zweigen hindurch und betrachteten den freien Platz.

»Die Lücke ist ziemlich groß und ideal, um ein Auto unterzustellen, das vom Weg aus nicht gesehen werden soll«, sagte Charlotte.

»Diesen Weg musste Bernhard Baumstroh nehmen, wenn er zur Feldscheune wollte«, spann Isabella den Faden weiter.

Charlotte suchte mit den Augen den Boden ab, fand aber nichts.

»Lass uns weiterfahren«, sagte Isabella. »Wer so akribisch sein Auto versteckt, wird nicht so dumm sein und etwas liegen zu lassen, was ihn verrät.«

Gleich darauf erreichten sie die Feldscheune. Die große Eiche lag noch genauso da wie beim letzten Mal, nur dass ihre Blätter mittlerweile verwelkt waren.

»Komisch«, sagte Charlotte. »Sven Baumstroh hat nicht einmal den Baum weggeschafft.«

»Wahrscheinlich hat er seit dem Tod seines Vaters so viel um die Ohren, dass er gar nicht dazu gekommen ist.«

Sie schoben ihre Räder an dem Baum vorbei zu dem Hochsitz.

»Da klettere ich jetzt rauf«, sagte Charlotte, stellte ihr Rad ab und erklomm die angestellte Leiter. »Komm rauf, Isabella. Von hier hat man einen tollen Blick auf die ganze Gegend.«

Sie hielten sich eine Zeit lang auf dem Gelände auf, allerdings ohne irgendetwas zu finden.

Als sie zurückfuhren, sagte Charlotte: »Sobald wir zu Hause sind, fahre ich zur Polizei und erkundige mich nach dem Fall von vor zwanzig Jahren.«

»Mach das«, antwortete Isabella. »Ich ruf mal bei der Zeitung an, ob die noch Material von 1997 haben.«

Es war schon fast achtzehn Uhr, als Charlotte ihren Wagen vor der Polizeistation parkte. Beschwingt öffnete sie die Tür mit einem »Hallo, Herr Wachtmeister.« und war erfreut, dass Hauptkommissar Meier nicht zu sehen war.

»Hallo, Frau Kantig«, erwiderte Kommissar Frisch ihren Gruß. »Was haben Sie denn heute wieder Schönes für mich?«

»Mit Ihrem Fall hat das nichts zu tun«, erklärte Charlotte. »Es geht um eine alte Sache von 1997.«

»1997 war ich noch gar nicht hier, da war ich in Köln«, sagte der Kommissar und kam zu ihr an den Tresen.

»Vor zwanzig Jahren ist hier in der Umgebung jemand erschossen worden«, berichtete Charlotte. »Ich würde diese Sache gern in meine Führungen einbauen. Haben Sie vielleicht noch Akten aus der Zeit?«

»Wir lagern hier überhaupt keine Akten, Frau Kantig. Alle abgeschlossenen Akten werden ins Archiv nach Münster gebracht.«

»Das ist ja schade«, sagte Charlotte. »Dann muss ich mal sehen, ob ich da was im Zeitungsarchiv finde. Vielen Dank, Herr Frisch.«

»Keine Ursache, dazu sind wir ja da«, sagte der Polizeikommissar freundlich.

Charlotte war schon an der Tür, als ihr die Verhaftung des Bauern einfiel, und sie sagte: »Ich habe gehört, dass Sven Baumstroh verhaftet wurde. Glauben Sie wirklich, dass er seinen Vater umgebracht hat?«

»Was ich glaube, spielt keine Rolle«, sagte der Beamte. »Aber er hat sehr widersprüchliche Aussagen gemacht.«

»Ach so«, sagte Charlotte und verabschiedete sich.

18. Kapitel

Kurz nach sieben Uhr wurde Ina Baumstroh durch das Klingeln der Haustürglocke geweckt. Erschrocken blickte sie sich im Zimmer um. Ach ja, sie war zu Hause, besser gesagt auf dem Hof ihres Bruders in ihrem alten Mädchenzimmer. Die Polizei hatte gestern ihren Bruder mitgenommen, und sie sollte hier die Stellung halten.

Hastig stand sie auf, fuhr sich mit den Händen durchs Haar, lief aus dem Zimmer und sah die Treppe hinunter. Jetzt wurde heftig an die Haustür geklopft. Ina trug nur ihren Schlafanzug, bestehend aus einer dreiviertellangen Hose und einem Kurzarmshirt. Sie sah an sich hinunter, schlug alle Bedenken wegen ihres Aussehens in den Wind, lief die Treppe nach unten und rief: »Ja, ja, ich komm ja schon.« Vor der Tür blieb sie stehen und lugte durch das Seitenfenster daneben, dann riss sie die Tür auf. »Du bist es, Ingo. Was machst du denn für einen Lärm am frühen Morgen?«

»Es ist gleich halb acht!«, antwortete Ingo empört. »Ich arbeite hier. Schon vergessen? Wo ist denn Sven? Hat er verschlafen?«

»Sven, äh, oh ...« Ina überlegte hastig, was sie sagen sollte, und erklärte stockend: »Sven musste dringend weg. Geh schon mal in den Stall und sieh nach, ob alles in Ordnung ist. Ich komm dann gleich.«

Ingo drängte sich an ihr vorbei. »Ich geh eben in mein Zimmer, ich muss mich noch umziehen«, sagte er und lief durch die Diele in den schmalen Flur neben der Küche, wo sich in einem Anbau sein Zimmer mit angrenzendem Duschraum befand.

»He, warte!«, rief Ina.

Ingo stoppte und kam ein paar Schritte zurück.

»Du hast doch einen Schlüssel, wieso hast du geklingelt?«, fragte Ina, die nun endlich richtig wach war.

»Den hab ich vergessen«, erklärte Ingo.

»Denk demnächst dran«, sagte Ina bestimmt. »Ich habe keine Lust, deinetwegen immer so früh aufzustehen.«

»Wieso? Bleibt Sven länger weg?«

Ina gab keine Antwort, sondern lief die Treppe hinauf, um sich anzuziehen. Sie war gerade wieder unten, als Frau Juli kam.

»Schön, dass Sie schon da sind, Frau Juli«, sagte Ina erleichtert, denn im Moment war die Haushälterin für sie fast wie eine Familie. »Machen Sie bitte Frühstück. Ich muss erst in den Stall.«

Ina lief über den Hof zum Schweinestall hinüber, wo Ingo gerade vor der Tür stand. »Sven hat gar nicht gesagt, dass er wegwollte«, bohrte der Auszubildende nach. »Wo ist er denn?«

»Bei der Polizei«, sagte Ina jetzt.

»Über Nacht? Haben sie ihn verhaftet?«

»Ich weiß es nicht, Ingo, ich soll hier nur die Stellung halten, bis er wiederkommt«, sagte Ina nun unwillig. »Kennst du dich mit der Fütterungsanlage aus?«

»Nicht so gut«, sagte Ingo. »Sven hat das immer gemacht.«

»Komm mit«, sagte Ina. »So schwer wird das schon nicht sein.«

Sie gingen zusammen in den Vorraum zum Stall, von wo aus die Fütterungsanlage und die Belüftung gesteuert wurden. Ina öffnete den Schrank, in dem die Technik staubgeschützt untergebracht war.

»Sven hat das immer von seinem Computer aus gemacht«, erklärte Ingo, der gleich merkte, dass Ina noch weniger Ahnung hatte als er selbst.

Ina seufzte. »Hier geh ich nicht ran. Ich mach da höchstens was kaputt.«

»Warum gehst du nicht in Svens Büro und machst das am Computer?«, fragte Ingo.

»Weil die Polizei gestern die beiden Computer beschlagnahmt hat«, erwiderte Ina kratzbürstig. »Wir müssen das hier einstellen, bis wir den Computer wiederhaben.«

»Sag mir endlich, was los ist!«, fauchte Ingo. »Ist Sven festgenommen worden?«

Ina nickte wortlos.

»Hat er etwa doch seinen Vater umgebracht?«

Ina konnte plötzlich ihre Tränen nicht mehr zurückhalten. »Nein, hat er nicht. Ich glaub das einfach nicht!« Sie wischte sich verzweifelt durchs Gesicht, sah den entsetzten Ausdruck von Ingo und lief über den Hof davon.

Mit verweintem Gesicht stürmte Ina in die Küche, ließ sich dort auf die Eckbank fallen, legte ihren Kopf auf die Arme und schluchzte sich die Seele aus dem Leib.

»Ina, Sie müssen sich das nicht so zu Herzen nehmen. Sicher klärt sich bald alles auf und Ihr Bruder ist wieder da.«

Erschrocken hob Ina den Kopf. Sie hatte die Anwesenheit von Frau Juli völlig vergessen. »Wo kommen Sie denn plötzlich her?«, schluchzte sie schniefend.

»Ich war im Abstellraum, um Eier zu holen«, erklärte die Wirtschafterin.

Ina putzte sich geräuschvoll die Nase und sagte: »Ich kann das nicht. Die Arbeit auf dem Hof und überhaupt ... Ich hab das doch jahrelang nicht mehr gemacht. Wie soll ich denn da meinen Bruder vertreten? Kennen Sie sich mit dem Einstellen der Fütterungsanlage aus? Oder mit der Lüftung?«

»Nein.« Hilde Juli schüttelte den Kopf. »Wollten Sie nicht gestern schon den Betriebshilfsdienst informieren?«

»Das kostet eine Menge Geld«, sagte Ina nun etwas ruhiger. »Sven hat schon gejammert, darum hab ich erst noch gewartet.«

»Ich an Ihrer Stelle würde die Sache mit dem Betriebshilfsdienst sofort regeln«, riet ihr die Wirtschafterin. »Wer weiß, ob da überhaupt jemand frei ist, die Bauern sind alle in der Ernte. Am besten wäre es, wenn Ralf Pohl wiederkommt. Der kennt sich hier schon gut aus.«

»Vielleicht haben Sie recht«, sagte Ina. »Ich rufe gleich dort an, und dann besuche ich Sven.«

Am Tag darauf saß Ina endlich ihrem Bruder in der Haftanstalt gegenüber. Sven war alles andere als ruhig und fuhr sie verärgert an: »Jetzt kommst du erst? Ich habe gestern schon den ganzen Tag auf dich gewartet!«

»Sei froh, dass ich überhaupt da bin«, entgegnete Ina. »Als ich gestern kam, haben sie mich gar nicht reingelassen, weil ich eine Besuchsgenehmigung vom Gericht vorlegen musste.«

»Hast du mit dem Anwalt gesprochen?«, fragte Sven, ohne auf Inas Einwurf einzugehen. »Ich will so schnell wie möglich wieder hier raus.«

»Schmink dir das ab«, sagte Ina. »Der Anwalt hat gesagt, dass du dich mehrfach in Widersprüche verwickelt hast und auf jeden Fall den Prozess abwarten musst.«

»Was?« Sven sprang auf.

Der Beamte, der direkt an der Tür saß, sagte: »Setzen Sie sich wieder, oder ich muss den Besuch abbrechen.«

»Schimpf hier nicht rum, sag mir lieber, wie ich die Arbeit auf dem Hof machen soll«, sagte Ina. »Ingo kennt sich nicht mit der Fütterungsanlage aus und ich auch nicht.«

»Scheiße, es ist alles scheiße!«, fluchte Sven wütend und sprang erneut so hastig auf, dass der Stuhl umkippte.

Der Aufsichtsbeamte kam zu ihnen und erklärte kategorisch: »Der Besuch ist beendet.«

»Aber ich muss doch …«, protestierte Sven.

Doch der Uniformierte ließ sich nicht erweichen. »Sie können morgen alles Weitere mit Ihrem Anwalt besprechen.«

»Bitte«, sagte Ina flehentlich zu dem Beamten. »Haben Sie doch ein Einsehen.«

»Na gut, noch fünf Minuten, dann ist die Besuchszeit ohnehin um.« Der Beamte blieb aber direkt neben Sven stehen.

Sven hob den Stuhl auf und sagte jetzt etwas ruhiger: »Ruf den Betriebshilfsdienst an. Ralf Pohl kennt sich am besten aus. Er wollte für einige Tage wegfahren, vielleicht ist er schon zurück. Sonst musst du den Techniker der Firma anrufen und dir die Anlage erklären lassen.«

Ina nickte, und dann stellte sie die Frage, die ihr schon die ganze Zeit auf den Nägeln brannte: »Hast du Papa wirklich umgebracht, Sven?«

»Nein, verdammt noch mal!«, brüllte Sven, dessen Nerven nun wohl total blank lagen.

»Jetzt ist aber endgültig Schluss«, sagte der Beamte und führte Sven aus dem Besuchsraum.

Ina sah ihrem Bruder nach. All ihre Fragen waren unbeantwortet geblieben. Warum hatte er anfangs geleugnet, dass er an der Feldscheune gewesen war? Weshalb hatte er gelogen, was die Lüftung im Stall anging? Die Polizei hatte bei der Überprüfung des Computers festgestellt, dass die Lüftung einen Tag früher defekt gewesen war und nicht an dem Morgen, als auf Elvira Saarberg geschossen wurde. Warum hatte Sven so viele falsche Angaben gemacht? Und woher kamen die Patronen, die Wachtmeister Meier im Waffenschrank gefunden hatte? Hatte Sven wirklich die ganze Zeit gewusst, dass Britta seine Halbschwester war? Der Anwalt hatte ihr mitgeteilt, dass die Polizei davon ausging, dass Sven ihren Vater erschossen hatte, um zu verhindern, dass Britta im Testament berücksichtigt wurde, und somit das vorherige Testament, das der Vater zwei Jahre zuvor gemacht hatte, wieder Gültigkeit bekam. Zusätzlich wurde Sven verdächtigt, Elvira Saarberg wegen des Geldes, das sie von seinem Vater geerbt hatte, angeschossen zu haben. Ina seufzte und fuhr ganz in Gedanken nach Hause.

Die Sonne schien, und die letzten Augusttage präsentierten sich ebenso traumhaft schön wie der ganze Monat zuvor. Normalerweise säße Ina jetzt in der Gärtnerei in Münster in dem kleinen Büro mit der Aussicht auf ganz viele blühende Blumen vor dem Fenster, wo sie bisher in den Semesterferien immer gearbeitet hatte. In den Abendstunden würde sie ins Schwimmbad gehen und dort all ihre Studienkollegen und Freunde treffen. Doch in diesem Sommer war alles anders. Gleich zu Anfang war ihr Vater gestorben, die Ereignisse waren Schlag auf Schlag auf sie eingestürmt, und noch immer schien dieser Albtraum kein Ende zu nehmen. Ina erschien es wie Hohn, dass trotz alldem die Sonne schien. Warum regnete es nicht, wenn ihre ganze Welt in Scherben lag?

Kaum angekommen lief sie in die Küche, und zum Glück stand die Wirtschafterin am Herd und bereitete das Mittagessen.

»Frau Juli, hat der Betriebshilfsdienst sich gemeldet?«, fragte Ina beim Eintreten.

»Bisher nicht«, war die knappe Antwort.

»Dann ruf ich dort gleich noch mal an und frage nach Ralf Pohl«, sagte Ina. »Sven hat auch gesagt, dass er sich am besten auskennt.«

Als Ina das Gespräch beendet hatte, holte sie tief Luft. Die erste Schwierigkeit war gemeistert. Ralf Pohl wurde für den nächsten Tag zurückerwartet, und man hatte Inas Bitte entsprochen, den Mann gleich zu ihr auf den Hof Baumstroh zu schicken.

Am Nachmittag half Ina dem Auszubildenden beim Aufräumen der Scheune. An der rechten Seite des Gebäudes musste Platz für eine Lieferung Futtermittel geschaffen werden, die Sven vor einer Woche bestellt hatte. In der Ecke der Scheune waren Geräte abgestellt worden, die mittlerweile nicht mehr gebraucht wurden. Ina hatte bereits einen Händler angerufen, der die Geräte abholen und als Metallschrott verwerten wollte.

Ingo hob mithilfe des Traktorfrontladers die Geräte an und transportierte sie ins Freie. Eine alte Fräse, einen defekten Aufsitzmäher und weitere Kleinteile. Als Ingo den Aufsitzmäher als Letztes auf den Frontlader lud, stand Ina daneben und dirigierte ihn so, dass er das sperrige Teil aus der Ecke herausheben konnte, ohne mit dem Traktor die Wand zu touchieren. Plötzlich viel etwas herunter.

»Stopp!«, rief Ina und wedelte mit der Hand, dass er anhalten sollte.

Dann sah sie nach und wurde blass. Zitternd am ganzen Körper stand sie da und blickte auf den Gegenstand am Boden. Die ganze Scheune drehte sich um sie, und sie musste sich an der Wand abstützen, um nicht umzufallen.

»Was ist denn los?«, rief Ingo besorgt, der den Gegenstand vom Traktor aus wohl nicht sehen konnte. Er sprang herunter und starrte ebenfalls auf die Erde. Geistesgegenwärtig holte er ein Papiertaschentuch hervor und fasste vorsichtig den Revolver an, der dort lag. »Also hat Sven doch seinen Vater erschossen«, sagte er leise.

Die Worte hallten in Inas Kopf wider, als hätte er geschrien. Sie ging auf wackligen Beinen davon. Langsam wie eine ganz alte Frau taumelte sie über den Hof und brach auf halbem Weg zusammen. Sie spürte noch, wie Frau Juli sie hochzog, dann war alles um sie herum dunkel.

Ina erwachte auf dem Sofa im Wohnzimmer. Frau Juli saß neben ihr und fragte: »Geht's wieder?«

Ina nickte. Frau Juli hatte Tee gemacht und hielt ihr nun die Tasse hin. Als Ina getrunken hatte, fragte sie: »Hat Ingo die Polizei gerufen?«

»Ja, die Beamten sind draußen«, sagte Frau Juli. »Ich muss wieder in die Küche. Kann ich Sie jetzt allein lassen?«

Ina nickte. Jetzt war alles noch schlimmer geworden.

Sven, ihr Bruder, der Mensch, dem sie immer voll vertraut hatte, war ein Mörder. Sie konnte es einfach nicht glauben. Das musste ein Albtraum sein, ein ganz schrecklicher Albtraum.

Noch nie in ihrem Leben hatte sie sich so schutzlos, so allein gefühlt. Vielleicht damals, als Mama gestorben war, aber da waren ihr Vater und Sven da gewesen. Sven hatte sie in den Arm genommen und mit ihr geweint, und ihr Vater hatte ihr immer wieder tröstend über das Haar gestrichen. Obwohl sie wenig von ihrer Mutter gehabt hatte, weil sie immer wieder, manchmal wochenlang, im Krankenhaus behandelt worden war, musste sie jetzt daran denken. Auch Tante Elsbeth war da gewesen, Papas Schwester, die den Haushalt machte, bei den Schulaufgaben half und immer da war, wenn sie sie gebraucht hatte. Und nun? Nun war sie allein. So allein wie noch nie in ihrem Leben. Natürlich hatte sie Freunde, viele sogar, aber wenn sie die Wahrheit über ihren Bruder erfuhren, würden sich wahrscheinlich alle von ihr abwenden.

Ina stand langsam auf, trank ihren Tee aus und ging hinaus auf den Hof. Mehrere Polizeiautos standen dort, und überall in der Scheune liefen Polizisten in weißen Anzügen herum. Ingo lehnte an der Scheune und betrachtete die Szenerie. Es würde sicher nicht lange dauern, bis der Auszubildende einen anderen Hof für die Fortsetzung seiner Ausbildung gefunden hatte. Ina war sich klar darüber, dass sie in gleicher Situation ebenfalls die Stelle wechseln würde. Sie setzte sich auf der Eingangsstufe der Haustür in die Sonne und schloss die Augen. Plötzlich spürte sie einen Schatten auf ihrem Gesicht.

»Frau Baumstroh, können wir uns unterhalten?«

Sie öffnete die Augen und blinzelte ins Licht.

Wachtmeister Meier stand vor ihr.

Ina nickte. »Kommen Sie mit rein«, sagte sie nur und ging voraus ins Wohnzimmer, wo noch die Teetasse auf dem Couchtisch stand.

Sie nahm wieder auf dem Sofa Platz, und Herr Meier setzte sich ihr gegenüber in den Sessel. Meier zeichnete das Gespräch auf, und Ina beantwortete seine Fragen. Er fragte nach Sven, nach seinem Verhältnis zum Vater und nach vielen anderen Dingen. Ina antwortete stoisch, ohne nachzudenken. In ihrem Herzen war eine solche Einsamkeit, eine abgrundtiefe Leere, dass sie schon gleich nachdem Meier fort war, keinerlei Erinnerung an die Fragen und Antworten mehr hatte. Wenn sie jetzt nur wieder weinen könnte, aber die Tränen, die noch am Morgen so locker saßen, wollten nicht mehr kommen.

Zwei Stunden später war der Hof wieder verlassen. Die Polizisten waren abgerückt, und Ina saß noch immer im Wohnzimmer und starrte vor sich hin.

Frau Juli kam herein und sagte: »Ina, kommen Sie in die Küche. Sie müssen etwas essen.«

Ina nickte und ging hinter ihr her. »Wo ist Ingo?«, fragte sie, als sie am Tisch saß.

»Er ist vorhin weggefahren«, antwortete Frau Juli zögernd. »Ich glaube, er wollte zu seinen Eltern nach Hause.«

»Dann wird er wohl morgen nicht mehr wiederkommen«, sagte Ina leise. »Er hat heute früh schon so etwas angedeutet.«

Frau Juli setzte sich ihr gegenüber und sagte: »Sicher klärt sich alles auf. Die Waffe kann doch jeder dort in der Scheune deponiert haben. Vielleicht wusste Ihr Bruder gar nichts davon.«

Ina zuckte die Schultern und äußerte sich nicht dazu.

Frau Juli räumte die Küche auf und blickte aus dem Fenster. »Da kommt ein Auto«, sagte sie. »Erwarten Sie jemanden?«

Ina schüttelte den Kopf und sah jetzt ebenfalls aus dem Fenster. Britta Saarberg stieg aus und kam auf das Haus zu. »Oh Gott, Britta!«, hauchte Ina entsetzt. »Wenn sie erfährt, dass Sven ...« Sie sprach nicht weiter, sondern sah Frau Juli Hilfe suchend an.

»Soll ich sagen, dass Sie nicht da sind?«

Ina nickte. Kurz darauf hörte sie die Stimmen an der Tür.

»Natürlich ist sie da«, sagte Britta jetzt. »Ihr Auto steht doch draußen.« Gleich darauf kam Britta herein.

Frau Juli folgte ihr und hob in entschuldigender Geste die Hände.

»Ich glaube das nicht, Ina, dein Bruder ist kein Mörder und meiner auch nicht«, sagte Britta bestimmt. »Das ist alles ein schrecklicher Irrtum. Wir müssen jetzt unbedingt zusammenhalten.«

»Das sagst du?« Ina schluckte und sah Britta ungläubig an. »Du glaubst wirklich, dass er unschuldig ist? Obwohl es deiner Mutter so schlecht geht?«

»Ja, deshalb bin ich gekommen.« Britta setzte sich an den Tisch, legte ihre Hand auf Inas und drückte sie fest.

»War der Wachtmeister bei dir?«, fragte Ina leise.

»Ja, vorhin«, sagte Britta. »Als er weg war, bin ich gleich hierhergefahren.«

Ina sah sie an und wusste einfach nicht, was sie jetzt noch sagen sollte, also schwieg sie.

Frau Juli hatte Feierabend und verabschiedete sich, aber Britta blieb bis zum Abend, und dafür war Ina ihr unendlich dankbar.

19. Kapitel

Isabella saß beim Nachmittagskaffee und studierte dabei intensiv die Kopien, die sie in der Zeitungsredaktion gemacht hatte. Sie hatte sich mehrere Stunden im Archiv aufgehalten und regelrecht in alten Berichten geschwelgt. Von mehreren Zeitungen hatte sie sich Kopien erstellen lassen, auch Themen, die sich mit der Veränderung von Gebäuden oder der Neuanlage von Straßen und Baugebieten beschäftigten, wollte sie in ihre Stadtführungen einbauen. Nachdem Isabella alles nach Daten geordnet hatte, nahm sie sich den Artikel von dem Schützen vor, der 1997 einen Spaziergänger erschossen hatte. Sie hatte in einer Ausgabe die im Sommer drei Tage nach dem Vorfall erschienen war, einen ausführlichen Bericht gefunden.

Der Wanderer war damals mit einem Gewehr erschossen worden, und der Schütze hatte sich aus dem Staub gemacht. Bei sofortiger Behandlung hätte man, laut Gutachten des Sachverständigen, das Leben des Verletzten retten können. Erst einige Tage später hatte sich ein Zeuge, ein achtunddreißigjähriger Landwirt, gemeldet und eine Aussage gemacht. Aufgrund dieser Aussage wurde der Schütze ermittelt.

Isabella stutzte beim Lesen. Konnte es sein, dass Bernhard Baumstroh dieser Zeuge gewesen war? Baumstroh war bei seinem Tod vor vier Wochen achtundfünfzig Jahre alt gewesen, so hatte sie es in der Todesanzeige gelesen. Der Vorfall war vor zwanzig Jahren passiert, das stimmte genau überein. Hatte Baumstroh deshalb die Zeitung aufbewahrt?

Isabella markierte die wichtigen Stellen des Artikels, der fast die ganze Seite einnahm, und legte ihn beiseite, um sich mit den anderen Kopien zu beschäftigen, als es klingelte und gleich darauf Charlotte erschien.

»Hast du schon gehört, dass auf dem Hof Baumstroh eine Waffe gefunden wurde?«, platzte Charlotte schon beim Eintreten heraus.

Isabella schrak auf. »Wann? Heute?«

»Heute Morgen beim Aufräumen in der Scheune«, sagte Charlotte, als sie die Küche betraten. »Ingo Bergmann soll sie entdeckt haben.«

»Oh je. Und nun?«

Charlotte zuckte die Schultern. »Keine Ahnung. Da wird Sven Baumstroh ganz schön in Erklärungsnot kommen.« Charlotte sah die Papiere auf dem Tisch und warf einen Blick darauf. »Hast du das alles aus dem Zeitungsarchiv bekommen?«

»Ja, die waren sehr freundlich, haben mich beim Suchen unterstützt und mir gleich die Kopien mitgegeben«, sagte Isabella. »Ich bin übrigens ziemlich sicher, dass Bernhard Baumstroh damals den Tipp gegeben hat, durch den der Mann überführt wurde, der den Spaziergänger erschossen hat.«

»Ach, wie kommst du denn darauf?«

»Hier, lies«, sagte Isabella und drückte ihrer Schwester ein Blatt in die Hand. »Ich habe die wichtigen Stellen markiert.«

Charlotte vertiefte sich interessiert in den Text. »Möglich ist es«, sagte sie dann. »Schade, dass es hier in der Polizeistation keine Akten mehr gibt. Da steht bestimmt drin, wer den Tipp gegeben hat.«

»Wieso? Warst du schon bei der Polizei?«

Charlotte nickte. »Gestern. Aber Herr Frisch hat mir gesagt, dass alle Akten sich in Münster im Archiv befinden.«

»Für unsere Führungen ist es ja auch uninteressant«, sagte Isabella. »Mich interessiert momentan viel mehr, was da auf dem

226

Hof Baumstroh geschieht. Ich bin immer noch der Meinung, dass der junge Mann unschuldig ist.«

»Da stehst du ziemlich allein da mit deiner Meinung«, sagte Charlotte. »Vorhin im Supermarkt haben sich zwei Frauen unterhalten. Die eine war sicher, dass Sven Baumstroh schon immer ein ziemlich mieser Typ war, und die andere konnte überhaupt nicht verstehen, wieso ein derart schlechter Mensch erster Vorsitzender der Landjugend ist.«

»Das ist ja eine Unverschämtheit«, sagte Isabella.

»Finde ich auch«, bestätigte Charlotte. »Aber die Damen waren sogar der Meinung, dass schon der Vater einen schlechten Eindruck gemacht hat, da er doch mit einer Jugendlichen ein Verhältnis hatte.«

»Das ist ja schon üble Nachrede in großem Stil«, sagte Isabella empört. »Den Frauen sollte man den Mund verbieten.«

»Einigen Leuten macht es eben Freude, sich am Unglück anderer zu weiden«, sagte Charlotte und fuhr fort: »Kannst du mir den Zeitungsbericht von 1997 noch mal kopieren?«

»Klar, sofort.« Isabella schnappte sich das Blatt, ging in ihr Büro, kam wenige Minuten später zurück und übergab Charlotte die Kopie.

»Während du weg warst, habe ich mir noch mal die Kurzmeldung vom November 97 angesehen«, sagte Charlotte. »Wenn der Mann so lange eingesessen hat, dann müsste es doch in der Haftanstalt auch Akten über ihn geben.«

»Ja, schon, aber du weißt doch gar nicht, in welcher Anstalt er eingesessen hat«, gab Isabella zu bedenken.

»Ich habe jetzt an Münster gedacht«, sagte Charlotte. »Wenn der Schütze hier gewildert hat, dann kommt er doch sicher aus der näheren Umgebung.«

»Kann sein, muss aber nicht«, sagte Isabella.

»Ich will das jetzt wissen«, sagte Charlotte. »Ich fahre noch mal zur Polizei. Vielleicht weiß Herr Meier ja was.«

Isabella lachte spöttisch. »Bei Meier wirst du kein Glück haben«, sagte sie. »Außerdem ist das doch für unsere Führungen völlig unwichtig.«

»Für die Führungen schon, aber ansonsten ist es durchaus wichtig«, sagte Charlotte.

»Wie meinst du das denn jetzt?« Isabella starrte ihre Schwester an.

»Nur so, tschau, Isa.« Charlotte winkte ihr mit der Kopie zu und verließ eilig das Haus.

Nachdenklich blickte Isabella aus dem Fenster und sah, wie Charlotte zielstrebig zu ihrer Garage ging und gleich darauf wegfuhr. Immer wenn ihre Schwester sie Isa nannte, heckte sie etwas aus. Aber was?

Es war zweiundzwanzig Uhr dreißig. Isabella hatte sich gerade die Spätnachrichten im Ersten angestellt, als es klingelte und Britta Saarberg vor der Tür stand. Die junge Frau wirkte völlig aufgelöst und berichtete ihr unter Tränen, dass ihre Mutter vor einer Stunde im Krankenhaus gestorben war.

»Roland ist für drei Tage zu einem Lehrgang und kommt erst morgen Abend zurück«, schluchzte sie. »Können Sie mir helfen, Frau Steif? Die Vorbereitung zur Beerdigung und die ganzen Formalitäten, ich kann das nicht allein.«

»Ja«, sagte Isabella bestimmt und blickte besorgt auf die junge Frau, die wie ein Häufchen Elend im Sessel saß. »Waren Sie schon im Krankenhaus?«

Britta nickte und erklärte stockend: »Mama ist schon heute Nachmittag gestorben, als ich bei Ina war. Und jetzt weiß ich gar nicht mehr, ob das überhaupt richtig war.«

»Dass Sie Ina besucht haben? Warum?«

»Ich war überzeugt, dass Sven unschuldig ist«, sagte Britta leise. »Ich fand ihn immer ganz sympathisch, aber jetzt habe ich Zweifel. Vielleicht war er es doch? Ich habe Roland angerufen, und er hat sich fürchterlich aufgeregt, dass ich in ein *Mörderhaus* gehe. Dabei wollte ich nur Ina unterstützen, die steht doch jetzt auch ganz allein da.«

»Ich habe zwar gehört, dass man dort eine Waffe gefunden hat«, sagte Isabella, »trotzdem kann ich mir nicht vorstellen, dass Sven seinen Vater umgebracht hat.«

»Er soll meine Mutter auch angeschossen haben«, sagte Britta. »Angeblich waren die Angaben zu seinem Alibi falsch. Aber das hat mir Wachtmeister Meier erst vor einer Stunde gesagt, als ich im Klinikum war.«

»War der Wachtmeister auch da?«

Britta nickte.

Isabella sah die junge Frau prüfend an und fragte: »Wollen Sie heute Nacht hierbleiben? Morgen helfe ich Ihnen dann, alles für die Beisetzung Ihrer Mutter vorzubereiten.«

Britta nickte nur wortlos und wischte sich die Tränen ab, die schon wieder ihre Wangen hinunterliefen, und Isabella führte sie hinauf in ihr Gästezimmer.

...

Am nächsten Tag begleitete Isabella Britta Saarberg zum örtlichen Bestatter, der alle weiteren Schritte für die Beerdigung ihrer Mutter einleitete. Die Leiche wurde noch am selben Tag in die örtliche Friedhofskapelle überführt und dort aufgebahrt. Isabella half bei der Auswahl des Sargschmucks und der Blumen für die Kirche. Als am Abend Roland Waldmeier von seinem dreitägigen

Lehrgang zurückkam, waren alle wichtigen Dinge für die Bestattung erledigt, die am nächsten Montag stattfinden sollte. Britta bedankte sich bei Isabella und fuhr mit Roland Waldmeier nach Hause.

Isabella, die den ganzen Tag so beschäftigt gewesen war wie schon lange nicht mehr, machte sich einen Tee und setzte sich vor den Fernseher, um auf andere Gedanken zu kommen. Sie hatte ihrer Schwester am Morgen eine Nachricht aufs Handy geschickt, denn Charlotte war mit Ottokar nach Paderborn ins Diözesanmuseum gefahren, um sich eine Ausstellung über sakrale Kunst anzusehen. Die beiden wollten sich den ganzen Tag in Paderborn aufhalten und auch den Dom besichtigen.

· · ·

Es war elf Uhr am nächsten Tag, als es klingelte und Charlotte vor der Tür stand. »Gestern bin ich erst um Mitternacht zu Hause gewesen. Wie geht es Britta Saarberg?«

»Sie ist gestern Abend wieder nach Hause gefahren«, sagte Isabella. »Roland Waldmeier ist bei ihr.«

»Dann ist gut«, sagte Charlotte. »So ist sie wenigstens nicht allein. Mein Gott, dieses Drama nimmt ja gar kein Ende. Ich hatte so gehofft, dass Elvira wieder gesund wird.«

»Ich auch«, sagte Isabella und seufzte. »Und dass Sven seinen Vater und Elvira auf dem Gewissen hat, kann ich immer noch nicht glauben.«

»Da läuft irgendwas total schief«, sagte Charlotte. »Warum sollte Sven Elvira umgebracht haben? Das ergibt doch gar keinen Sinn.«

»Er hat wohl mehrere falsche Aussagen gemacht«, sagte Isabella. »Man nimmt an, dass er Elvira aus Wut umgebracht hat, weil sie von seinem Vater Geld geerbt hat.«

»Und die Waffe war dann wohl das endgültige Indiz dafür, dass er der Täter ist«, stellte Charlotte fest.

»Britta war von seiner Unschuld überzeugt und hat gestern Nachmittag Ina besucht, aber ihr Freund hat ihr heftige Vorwürfe deshalb gemacht«, sagte Isabella.

»Aus seiner Sicht ist das doch verständlich«, antwortete Charlotte und fragte: »Ist denn jetzt jemand da, der Ina hilft? Oder ist sie ganz allein?«

»Keine Ahnung, ich fahre nachher mal hin«, sagte Isabella und fuhr fort: »Du wolltest doch noch mal zur Polizei vorgestern. Hast du was erfahren?«

»Leider nichts, was uns weiterhilft«, sagte Charlotte. »Aber der gute Hauptkommissar konnte sich an den Fall erinnern, wollte mir den Namen des Zeugen aber nicht verraten. Der Schütze hat seine Haft auf eigenen Wunsch in Hamburg abgesessen. Der Wachtmeister hat mir versichert, dass sein Name hier in der Gegend nicht wieder aufgetaucht ist.«

»So etwas hatte ich mir schon gedacht«, sagte Isabella. »Warum warst du so erpicht darauf, Meier danach zu fragen?«

»Ich dachte, der Schütze von damals hält sich vielleicht hier in der Gegend auf und käme als Mörder für Bernhard Baumstroh infrage.«

»So ein Blödsinn.« Isabella schüttelte den Kopf. »Möglicherweise liegst du richtig, was Bernhard Baumstroh anbelangt. Aber warum sollte der Mann denn Elvira töten?«

»Bei Elvira denke ich immer noch, dass es ein Zufallstäter war«, sagte Charlotte. »Aber ich sehe schon, wir müssen uns damit abfinden, dass Sven in beiden Fällen der Täter ist.«

»Damit werde ich mich niemals abfinden«, sagte Isabella

energisch. »So, und gleich nach dem Mittagessen fahre ich zum Hof und sehe nach, wie es Ina Baumstroh geht.«

Auf dem Hof herrschte Stille. Isabella war mit dem Rad gekommen und sah sich um. Niemand war zu sehen. Neben der Scheune türmte sich allerhand Gerümpel, und das letzte der beiden großen Tore war weit geöffnet. Isabella ging über den Hof zu dem großen Schweinestall hinüber, der hinter der Scheune stand. Die Lüfter surrten leise, und weit hinten auf dem Feld fuhr ein Traktor. Langsam ging Isabella zurück und klingelte an der Haustür. Gleich darauf wurde geöffnet und Hilde Juli rief überrascht aus: »Hallo, Isabella, was führt dich denn her?«

»Ich wollte nur mal sehen, wie es euch so geht«, sagte Isabella. »Ist Ina Baumstroh da?«

»Nein, sie besucht ihren Bruder«, sagte Hilde. »Sie wird sicher bald zurück sein.«

»Wie geht es ihr denn?«, fragte Isabella.

»Das musst du sie schon selbst fragen«, sagte Hilde. »Mit mir hat sie heute noch nicht gesprochen.«

»Wo sind denn eure Mitarbeiter?«, fragte Isabella. »Der Hof ist ja vollkommen verwaist.«

»Der Auszubildende hat sich krankgemeldet und der Betriebshilfsdienst schickt erst morgen früh jemanden«, sagte Hilde. »Komm, wir setzen uns in den Garten. Ich habe Mittagspause, und nachher ist Ina sicher wieder da.«

Die beiden saßen erst wenige Minuten draußen, als die Geräusche eines Autos erklangen und gleich darauf Ina Baumstroh auf die Terrasse kam. »Frau Juli …« Ihre Stimme erstarb.

Isabella sah, wie der jungen Frau die Röte ins Gesicht stieg, und erklärte hastig: »Ich wollte mit Ihnen reden, Ina.«

»Reden, wieso?« Das junge Gesicht drückte Unwillen aus.

»Ich will Ihnen helfen.«

»Ja, klar, alle wollen mir helfen«, rief Ina, und die Verbitterung ließ sie viel älter aussehen, als sie war. »In Wirklichkeit sind alle nur neugierig, und wenn's brenzlig wird, sind sie weg.« Sie drehte sich auf dem Absatz um und lief davon.

»Oh je«, murmelte Isabella nur und blickte ihr betroffen nach.

Gerade als Hilde Juli antworten wollte, kam Ina zurück und sagte, ohne Isabella auch nur noch einen Blick zu schenken: »Frau Juli, ich brauche Sie in der Küche.«

Isabella verabschiedete sich mit einem Kopfnicken von Hilde und verschwand durch das Gartentor.

Sie hatte gerade ihr Rad aufgeschlossen, als Ina durch die Haustür auf sie zukam. »Tut mir leid, Frau Steif«, sagte sie, und Isabella sah, dass sie geweint hatte. »Mein Bruder war heute so niedergeschlagen und einsilbig. Er ist total deprimiert, so kenne ich ihn gar nicht. Der Anstaltspsychologe hat mir gesagt, sie befürchten, dass er sich was antut.« Sie stockte. »Und ich weiß auch nicht mehr weiter. Keiner hilft mir, und Britta ist gestern ganz entsetzt von hier weggefahren, als sie gehört hat, dass ihre Mutter nun auch tot ist.« Sie machte eine kurze Pause und setzte leise hinzu: »Ich habe so sehr gehofft, dass sie sich wieder erholt«

Isabella legte ihr den Arm um die Schultern und sagte: »Lassen Sie uns ein Stück gehen. An der frischen Luft redet es sich leichter, Ina.«

»Glauben Sie auch, dass Sven ein Mörder ist?«

»Nein, darum bin ich hier«, sagte Isabella. »Was war denn das für eine Waffe, die sie gefunden haben?«

»Ein Revolver«, antwortete Ina. »Was es für ein Typ war oder welches Kaliber, weiß ich nicht. Mir war nur noch schlecht, und ich bin umgekippt. Die Polizei hat die Waffe mitgenommen. Herr

Meier hat mir gesagt, sie muss erst gründlich untersucht werden.«

»Ist die Untersuchung schon abgeschlossen?«

»Nein, ich habe vorhin mit dem Anwalt telefoniert. Die Ergebnisse kommen morgen.«

»Was sagt denn Ihr Anwalt zu der Verhaftung Ihres Bruders?«

»Der hat Sven geraten zu gestehen. Er glaubt ihm auch nicht.« Ina stöhnte. »Es ist alles so hoffnungslos. Ich zweifle ja auch, aber er ist doch mein Bruder.«

»Er war es nicht, und wir müssen den wahren Täter finden«, sagte Isabella. »Was hat Ihr Bruder denn zu dem Fund der Waffe gesagt?«

»Er hat die Waffe noch nie gesehen, zumindest hat er das behauptet«, sagte Ina.

»Könnte es sein, dass Ihr Vater so eine Waffe hatte?«

»Das hat der Wachtmeister mich auch gefragt, aber ich weiß es nicht«, sagte Ina.

Isabella überlegte einen Moment. Der alte Fall fiel ihr ein, und ihr kam der Gedanke, dass Charlotte in Bezug auf Bernhard Baumstroh recht haben könnte. »Vor zwanzig Jahren ist hier in der Gegend ein Spaziergänger erschossen worden. Hat Ihr Vater mal davon gesprochen?«

»Da war ich erst fünf. Warum sollte Papa mit mir darüber gesprochen haben?« Ina sah ihre ehemalige Lehrerin verwundert an.

»Es könnte doch sein«, sagte Isabella. »Hat er eventuell Aufzeichnungen oder Notizen gemacht, die so lange zurückliegen?«

»Die Polizei hat doch das Büro durchsucht«, sagte Ina. »Da wird nichts mehr sein. Überhaupt, was hat das mit Papas Tod zu tun?«

»Ihr Vater hatte doch diese alte Zeitung aufbewahrt«, sagte

Isabella. »Darin geht es eben um diesen Fall. Meine Schwester ist der festen Überzeugung, dass der Tod Ihres Vaters mit diesem Fall zusammenhängt.«

»Es ist ja schön, wenn Sie mir helfen wollen, Frau Steif«, sagte Ina. »Aber mit diesen alten Sachen werden Sie kaum dahinterkommen, weshalb mein Vater sterben musste.«

»Haben Sie denn noch Briefe Ihrer Mutter? Oder ein Tagebuch?«

»Meine Mutter ist zehn Jahre tot, da ist nichts mehr«, rief Ina aus. »Sie wissen doch, dass ich damals in der Schule total geknickt war, als sie starb. Obwohl sie immer so krank war, hat sie sich jeden Abend aufgerafft und mit mir gebetet und mir etwas erzählt. Aber Aufzeichnungen habe ich davon nicht, es sei denn, Papa hat die Sachen von ihr auf den Boden gebracht.«

»Sehen Sie nach, vielleicht finden Sie etwas«, sagte Isabella.

»Wenn Sie so bohren, kann ich es ja auch sagen«, gab nun Ina zögernd zu. »Meine Mama hat immer Tagebuch geschrieben. Im Krankenhaus hat sie alles aufgeschrieben, was sie dachte und fühlte. Als sie tot war, habe ich hin und wieder darin gelesen, und dann war das Buch plötzlich weg.«

»Suchen Sie es«, riet Isabella ihr. »Es ist vielleicht eine Hilfe.«

20. Kapitel

Während Isabella auf dem Hof Baumstroh war, ließ sich Charlotte von ihrer Idee nicht abbringen, die Sache von 1997 könne mit dem aktuellen Fall zusammenhängen. Sie machte sich wieder auf den Weg zur Polizeistation, in der Hoffnung, Kommissar Frisch allein anzutreffen. Charlotte hatte Glück.

Der Beamte saß gemütlich kauend vor einer Pizza und las dabei die Zeitung. Er schrak heftig zusammen, als Charlotte eintrat, wischte sich über den Mund, sprang auf und kam zu ihr an den Tresen. »Was gibt es, Frau Kantig?«

»Oh, jetzt habe ich Sie beim Essen gestört, Herr Frisch«, sagte sie. »Ich bin eigentlich noch mal wegen des alten Falles da.«

»Ach, die Sache«, sagte Frisch. »Da kann ich Ihnen auch nicht mehr sagen als beim letzten Mal, und mein Kollege wohl auch nicht. Der Mann war damals in Münster in U-Haft und ist dann nach der Verurteilung nach Hamburg verlegt worden.«

»Wissen Sie denn, wer der Zeuge war, der die ganze Sache aufgedeckt hat?«, stellte Charlotte die gleiche Frage wie beim Hauptkommissar.

»Es waren zwei Zeugen, Frau Kantig«, sagte Kommissar Frisch. »Zumindest hat mein Kollege nach ihrem letzten Besuch davon gesprochen. Aber die Namen weiß ich nicht, schließlich ist das schon lange her und ich war damals noch gar nicht hier.«

»Danke, Herr Frisch, dann muss ich mal sehen, ob ich in der Zeitung noch was finde«, sagte Charlotte und verabschiedete sich.

Fast gleichzeitig kam sie mit Isabella zu Hause an. »Wie geht es Ina Baumstroh?«, überfiel sie ihre Schwester.

»Wie vermutet schlecht«, sagte Isabella. »Warst du schon bei der Polizei?«

»Ja. Kommissar Frisch hat mir verraten, dass es zwei Zeugen waren, die 1997 den Schützen erkannt haben.«

»Echt?«, sagte Isabella. »Und du meinst, Elvira könnte die zweite Person gewesen sein?«

»Vielleicht kannte sie den Mann auch und war gerade in der Nähe«, sagte Charlotte.

»Ganz gleich wie wir es drehen und wenden, der Ex-Mann von Elvira ist der Einzige, der wirklich ein Motiv hat, beide zu töten«, sagte Isabella.

»Den hat die Polizei überprüft, und er hat für jede Tat ein Alibi«, sagte Charlotte.

»Ich weiß, aber er hat sich wie ein Dieb in Elviras Haus geschlichen«, sagte Isabella. »Das hat mir Britta erzählt, und diese Drohanrufe hat er auch getätigt.«

»Ach, das ist ja interessant«, war Charlotte erstaunt.

»Britta hat gleich das Türschloss auswechseln lassen«, sagte Isabella. »Er hat sich bei ihr entschuldigt und behauptet, dass noch Unterlagen von ihm dort wären, die er unbedingt braucht. Elvira hat aber wohl alles weggeworfen, was er bei ihr im Haus deponiert hatte.«

»Auch die Fotos von früher, als sie noch verheiratet waren?«, fragte Charlotte.

»Wahrscheinlich«, sagte Isabella.

»Warum hat er Elvira und Britta denn anonym bedroht?«, wollte Charlotte wissen. »Wegen seiner Unterlagen hätte er doch wohl seinen Namen sagen können.«

»Er wollte wohl Geld von Elvira«, sagte Isabella. »Britta hat von Wachtmeister Meier erfahren, dass er Unterhalt zurückfordern wollte.«

»Nach zwanzig Jahren? Spinnt der?« Charlotte schüttelte ungläubig den Kopf.

»Du sagst es, aber der Wachtmeister hat ihm wohl klargemacht, dass das jetzt ein bisschen zu spät ist«, sagte Isabella. »Außerdem hat Britta mir gesagt, ihre Mutter hätte keinen Unterhalt von ihm bekommen. Gleich nach der Scheidung hat sie gearbeitet, und das Haus gehörte ohnehin ihr.«

»Ich bin sicher, er hat von der Erbschaft gehört und wollte auch ein Stück vom Kuchen«, sagte Charlotte.

»Vielleicht hast du recht.« Isabella lachte. »Er ist ja momentan ständig mit seinem schwarzen Jeep hier unterwegs, weil er für seine Firma in Münster den Aufbau von neuen Maschinen überwacht.«

»Hat Britta das gesagt?«

»Ja, und Rosa Brand hat ihn auch gesehen. Sie kennt ihn aus Steinfurt.«

»Deshalb haben wir ihn so oft gesehen«, sagte Charlotte und fragte gleich darauf nachdenklich: »Wer könnte ihm denn von der Erbschaft erzählt haben?«

»Keine Ahnung, ist ja auch nicht wichtig«, sagte Isabella und steckte den Schlüssel in ihre Haustür. »Mein Gott, wir stehen noch immer hier auf dem Hof und quatschen, und drinnen wartet meine Wäsche.«

»Das hat doch Zeit«, sagte Charlotte lachend. »Sieh mal, da ist André.« Charlotte hob grüßend die Hand, denn der Nachbarssohn war gerade mit dem Fahrrad vor dem Haus schräg gegenüber angekommen.

»Frau Kantig, warten Sie!«, rief der junge Mann, als Charlotte auch ins Haus gehen wollte. »Ich hab was für Sie.« Er verschwand und kam gleich darauf zurück.

Charlotte ging ihm entgegen, während Isabella schon weg war.

»Sie interessieren sich doch für die Brachvögel«, sagte André jetzt. »Ich hab Ihnen eine CD mit meinen Aufnahmen gebrannt. Sortieren müssen Sie die Fotos aber selbst, dazu bin ich noch nicht gekommen.«

»Das ist aber nett von Ihnen«, sagte Charlotte. »Wollen Sie die CD zurück?«

»Nein, nur veröffentlichen dürfen Sie die Fotos nicht, und falls Leute drauf sind, bitte löschen.«

»Haben Sie die Schwimmer etwa auch aufgenommen?«

»Wenn die Drohne da herumfliegt, lässt sich das ja nicht ganz verhindern«, sagte der junge Mann lachend und ging mit großen Schritten über die Straße davon.

Charlotte schaltete drinnen gleich ihren Computer an, um sich die Fotodatei anzusehen.

Es waren fantastische Fotos dabei, und Charlotte war einfach fasziniert, dass es André gelungen war, die Vögel beim Brüten, beim Nestbau und sogar bei der Fütterung der Jungen zu filmen.

Plötzlich stutzte sie beim Durchsehen. Ein schwarzer Jeep war halb aufgenommen, und dahinter hielt ein anderes, helles Auto, dessen Fahrzeugtyp nicht zu erkennen war.

Charlotte sah auf das Datum oben am Bildrand und stellte fest, dass das Foto eine Woche nach dem Tod von Bernhard Baumstroh aufgenommen worden war. Also war Carlo Saarberg, wie sie vermutet hatte, häufiger zum Schwimmen an den Baggersee gefahren. Das nächste Foto zeigte die Rückansicht zweier Männer in Badehosen, die nebeneinander zum Wasser gingen.

Also hatte der Ex-Mann von Elvira Bekannte hier, mit denen er sich traf. Noch immer hatte sie den Gedanken nicht ganz aufgegeben, dass Carlo Saarberg eventuell doch der gesuchte Täter war, auch wenn die Polizei das kategorisch ausschloss. Charlotte druckte sich beide Fotos aus und legte sie beiseite.

Bei der weiteren Durchsicht der Bilder fand sie auch eines von sich und Isabella. Da es gut gelungen war und sie beide nur von hinten zeigte, druckte sie es auch aus. Ansonsten waren kaum Menschen auf den Fotos. André hatte seine Drohne wirklich umsichtig eingesetzt, und man konnte deutlich erkennen, dass die Personenfotos rein zufällig entstanden waren.

Die Fotos der Brachvögel speicherte Charlotte in einer gesonderten Datei ab, damit wollte sie sich später beschäftigen.

Sie nahm die ausgedruckten Fotos mit und ging zu Isabella hinüber. Sie fand ihre Schwester auf der Terrasse, fest schlafend in ihrem Gartenstuhl. Lächelnd verließ sie den Garten wieder und fuhr mit dem Rad zum Baggersee, um eine Runde zu schwimmen.

Charlotte kam spät zurück. Sie machte sich einen Imbiss, holte sich ein Bier aus dem Kühlschrank und setzte sich auf die Terrasse, um den Abend zu genießen. Es war schon fast zehn Uhr und die Sonne bereits untergegangen, als es Charlotte fröstelte. Sie ging ins Haus, um sich eine Jacke zu holen, genau in dem Moment klingelte es und Isabella kam herein.

»Gut, dass du kommst, ich habe ein schönes Foto für dich«, sagte Charlotte. »Geh schon mal raus auf die Terrasse, ich bin gleich da.« Charlotte holte die Fotos und reichte sie Isabella, die es sich schon im Gartenstuhl bequem gemacht hatte. »Das erste ist von uns. Ich finde, es ist gut gelungen.«

»Es geht«, sagte Isabella nur wenig begeistert und nahm das andere Foto zur Hand. »Wer sind denn die beiden Männer hier?«

»Einer davon muss Carlo Saarberg sein«, erklärte Charlotte. »Auf dem nächsten Bild ist sein schwarzer Jeep gut zu erkennen. Ich bin immer noch der Meinung, dass er was mit den beiden Todesfällen zu tun hat.«

»Ich kann mich von dem Gedanken auch nicht so richtig verabschieden, aber es kann einfach nicht sein, Charlotte«, widersprach Isabella. »Britta hat mir gesagt, dass die Polizei ihn mehrere Stunden festgehalten und genau überprüft hat. Nach Brittas Erzählung hatte ihre Mutter ein Handy und eine Einkaufstüte dabei, als sie ihre Kollegin verließ. Bei Carlo Saarberg ist weder das Handy noch die Tüte gefunden worden. Und sein Alibi ist absolut sicher in beiden Fällen.«

»Das Handy kann er doch weggeworfen haben und die Einkaufstüte auch«, sagte Charlotte und fragte: »Wieso hatte Elvira bei einer Abendfete eine Einkaufstüte dabei?«

»Nach dem, was Britta mir erzählt hat, hat sie ihrer Kollegin eine Bluse gezeigt, die sie am Nachmittag in einer Boutique gekauft hatte«, berichtete Isabella.

»Vielleicht hat sie die Tüte dort liegen gelassen«, vermutete Charlotte.

Isabella verneinte. »Die Kollegin ist von der Polizei vernommen worden und hat ausgesagt, dass Elvira zwar ziemlich angeheitert war, aber darauf bestanden hat, die Tüte mitzunehmen.«

Charlotte überlegte einen Moment und sagte: »Aber eines ist sicher, Carlo Saarberg hat hier Bekannte von früher, sonst wäre er doch nicht so einträchtig mit dem Mann zum Schwimmen gegangen.«

»Vielleicht hat der Typ ihm verraten, dass Elvira und Britta was geerbt haben«, sagte Isabella, tippte auf das Foto und fuhr fort: »Wer von den beiden ist denn Carlo Saarberg?«

»Keine Ahnung, da musst du schon Britta fragen«, sagte Charlotte. »Sicher hat sie noch Fotos ihrer Mutter, auf denen auch das Gesicht des Ex-Manns zu sehen ist.«

»Sie hat gesagt, es gibt keine Unterlagen mehr, die den Mann zeigen«, sagte Isabella. »Außerdem möchte ich sie jetzt auf keinen Fall fragen, solange der Tod ihrer Mutter noch so frisch ist. Lass erst mal die Beerdigung vorbei sein.«

»Danach ist das ja auch noch früh genug«, stimmte Charlotte zu. »Die junge Frau hat schon genug mitgemacht.«

Isabella stand auf. »Es ist gleich zwölf, ich gehe jetzt ins Bett.«

»Gute Nacht, schlaf gut«, sagte Charlotte und lächelte, als Isabella durchs Haus davonging und gleich darauf die Haustür zufiel. Gähnend räumte sie Gläser und Flaschen zusammen und ging ebenfalls hinein.

Es stürmte mächtig, ein Baum stürzte krachend zu Boden, der Himmel wurde pechschwarz. Ein greller Blitz fuhr herab und beleuchtete ein Auto. Der Auspuff spie dicke schwarze Rauchwolken aus. Ein Mann stieg aus und schoss. In Panik lief sie hinaus in das Unwetter. Er verfolgte sie, kam immer näher, wollte schon nach ihr greifen. Ein Schuss fiel direkt neben ihr. Ein Blick zurück, der Regen peitschte ihr ins Gesicht, doch der Fremde war immer noch da. Vor ihr blinkte das Wasser des Sees im Schein der Blitze. Völlig außer Atem erreichte sie das Ufer. Er griff nach ihr, sie spürte seine Hand an ihrer Hüfte und … sprang. Sie fiel und fiel und fiel …

Senkrecht saß Charlotte im Bett. Der Traum war so real gewesen, so greifbar. Ihr Mund war trocken, und ihr Schlafshirt völlig durchgeschwitzt. Sie machte Licht. Drei Uhr am Morgen. Langsam stand sie auf und ging ins Bad. Schon lange hatte sie nicht mehr so einen schrecklichen Traum gehabt.

Als sich ihr Herzschlag beruhigt hatte, zog sie frische Wäsche an und ging nach unten in die Küche. Das Auto in ihrem Traum hatte genauso ausgesehen wie der alte Mercedes des Betriebshelfers auf dem Hof Baumstroh. Jetzt fiel ihr auch wieder die Tüte mit dem bunten Stoff ein, die sie im Kofferraum gesehen hatte. Sie griff nach den Fotos, die sie in der Nacht auf der Küchenzeile liegen gelassen hatte. Das Auto hinter dem schwarzen Jeep war hell, es hatte die gleiche Farbe wie das halb verdeckte Auto, das sie am Tag der Planwagenfahrt fotografiert hatte. Die gleiche Farbe, die auch das Auto des Landarbeiters hatte. Der Name des Mannes fiel ihr nicht ein, aber sie war plötzlich ganz sicher, dass er ein Bekannter von Carlo Saarberg war. Und die Tüte mit dem bunten Stoff? Gehörte die seiner Frau? Wahrscheinlich. Trotzdem würde sie der Sache nachgehen.

Charlotte konnte nicht mehr schlafen. Sie schaltete den Fernseher ein, zappte sich eine Weile lustlos durchs Programm, ging dann auf die Terrasse und machte in der aufkommenden Dämmerung ihre morgendliche Gymnastik. Kurz nach fünf Uhr hörte sie ein leises Klappern – der Zeitungsbote. Sie holte sich das Tagesblatt, setzte sich in die Küche und las.

Anschließend machte sie sich einen Tee und legte sich wieder ins Bett. Doch der Schlaf wollte sich nicht einstellen. Ihre Gedanken kreisten um ihren Traum und die Fotos. Um sieben Uhr gab sie auf und stand endgültig auf.

Es war kurz vor acht Uhr, und in der Polizeistation hatte Hauptkommissar Meier alle Fenster auf Durchzug gestellt, um den Büromief zu vertreiben. Charlotte parkte vor der Tür und betrat die Wache.

»Guten Morgen, Herr Meier«, grüßte sie den Beamten freundlich, der gerade die Kaffeemaschine in Gang setzte.

Erschrocken drehte er sich um. »Frau Kantig, so früh am Morgen schon in Aktion?«

»Gibt es schon Neuigkeiten zur Verhaftung von Sven Baumstroh, Herr Meier?«, fragte Charlotte ohne Umschweife. »Hat er gestanden?«

»Frau Kantig, wir haben eindeutige Indizien, die auf seine Täterschaft hindeuten«, sagte Meier und kam zu ihr an den Tresen. »Ich gebe zu, auch ich bin lange der Meinung gewesen, dass er unschuldig ist, aber die Fakten sprechen nun mal dagegen. Ob er nun gesteht oder nicht.«

»Aber warum hat sein Vater dann diese alte Zeitung aufgehoben?«

»Welche alte Zeitung, wovon sprechen Sie?«, fragte Meier leicht irritiert.

»Danach habe ich doch schon Ihren Kollegen gefragt«, erklärte Charlotte. »In dem Auto von Bernhard Baumstroh wurden einige Unterlagen und eine alte Zeitung von 1997 gefunden. Ich bin überzeugt, dass er diese Zeitung aufgehoben hat, weil er es war, der damals den Täter erkannt hat.«

»So, das meinen Sie«, sagte Meier, sah Charlotte durchdringend an und fuhr fort: »Der Mann, der damals den Spaziergänger erschoss, ist in den letzten Jahren nicht mehr hier gewesen. Sein Name ist weder in Münster, wo er damals gewohnt hat, noch sonst wo in der Gegend aufgetaucht. Beruhigt Sie das?«

»Nur bedingt«, sagte Charlotte und wandte sich zum Gehen.

»Ich kann Sie gut verstehen, Frau Kantig«, sagte Herr Meier.

Sie stoppte an der Tür und drehte sich wieder zu ihm um. »Wieso?«

»Glauben Sie etwa, mir ist es leichtgefallen, den Sohn von Bernhard Baumstroh festzunehmen?«, sagte er leise. »Bernhard war ein guter Freund von mir. Wir haben oft zusammengesessen und uns unterhalten oder ein Bierchen miteinander getrunken. Wenn ich nur irgendetwas finden würde, was den jungen Mann entlastet, wäre ich froh. Aber im Moment sieht es nicht danach aus. Ganz und gar nicht.«

Charlotte sah ihm an, dass er es völlig ernst meinte, und verabschiedete sich nachdenklich. So menschlich und voller Emotionen hatte sie Meier noch nie erlebt.

21. Kapitel

Polizeihauptkommissar Meier sah aus dem Fenster, als das Auto von Charlotte Kantig langsam davonrollte und sein Kollege Dietmar Frisch fast an derselben Stelle parkte.

»Moin, Burghard«, rief der Kollege zum Fenster hoch und trat Sekunden später durch die Tür. »War das nicht Frau Kantig, die da grad wegfuhr?«

»Du siehst auch alles«, brummte Meier. »Du bist mal wieder zu spät.«

»Wir haben Gleitzeit, schon vergessen?«, sagte Frisch und hängte seine Jacke weg.

Meier zog eine Grimasse und setzte sich wortlos hinter seinen Bildschirm, als das Fax einen Bericht auswarf.

»Der Bericht zu der Waffe, die auf dem Hof gefunden wurde«, sagte Frisch, klaubte das Blatt aus dem Schacht und überflog es. »Scheiße, wieder nichts!«, rief er wütend aus und knallte das Schreiben bei Meier auf den Tisch.

»He, was soll das?«, knurrte Meier ihn an.

»Es war nicht die Tatwaffe, die wir in der Scheune gefunden haben«, gab Dietmar Frisch gefrustet zurück. »Das alte Ding dort ist ewig nicht benutzt worden und gar nicht mehr zu gebrauchen.«

»Sei doch mal still, damit ich in Ruhe lesen kann.« Meier las langsam und gründlich. Die Untersuchung hatte ergeben, dass die Waffe eine Beschädigung am Lauf aufwies und nicht mehr richtig funktionierte. Meiers Züge hellten sich merklich auf. »Das heißt doch, dass der Junge gar nicht damit geschossen haben kann.«

»Ja, und wir stehen wieder am Anfang mit unseren Ermittlungen«, sagte Frisch.

Meier zuckte nur die Schultern und wühlte in seinem Ablagekorb. Endlich hatte er das Foto gefunden, das Frau Kantig ihm vor einiger Zeit gegeben hatte. Intensiv betrachtete er das verwackelte Bild und fluchte innerlich, dass die Aufnahme so schlecht war. Dann holte er eine Lupe von seinem Schreibtisch und begutachtete den Reifen, der auf dem Foto abgebildet war.

Er stand auf, ging zu seinem Kollegen hinüber und zeigte ihm das Foto. »Guck dir das ganz genau an und beschreib mal, was du siehst.« Gerade als sein Kollege protestieren wollte, reichte er ihm die Lupe.

Dietmar Frisch riss die Brauen hoch und zog die Stirn in ärgerliche Falten. Sein Gesichtsausdruck sprach Bände, aber er nahm wortlos die Lupe und betrachtete das Foto. »Die Reifen sind ziemlich abgefahren, und der Anfang des Markennamens ist schwach zu erkennen«, sagte er dann und fuhr kopfschüttelnd fort: »Was soll das eigentlich?«

»Wenn du die Marke erkennen kannst und ich auch, dann können unsere Techniker vielleicht doch feststellen, zu welchem PKW der Reifen gehört«, sagte Meier. »Wie du schon gesagt hast, wir müssen ganz von vorne anfangen. Darum schicke ich jetzt dieses Foto zum Labor. Ich will wissen, wer am Tag von Bernhards Tod da sein Auto versteckt hat.«

Sein Kollege grinste plötzlich. »Ist das nicht das Foto von Frau Kantig?«

»Ja, eigentlich habe ich es da behalten, weil man darauf kaum etwas erkennen kann und ich mir davon wenig versprochen habe, aber im Moment ist es unsere einzige Spur, falls Sven Baumstroh unschuldig ist«, sagte Meier. »Denn die Waffe, die in der Scheune lag, war nicht nur unbenutzt, sie hat auch ein anderes Kaliber.«

»Ich weiß«, sagte Frisch. »Für Bernhard Baumstroh kommt sie nicht infrage, aber wir wissen ja nicht, mit welcher Waffe Elvira Saarberg erschossen wurde. Außerdem wissen wir auch nicht, ob dieser junge Mann, der dir so am Herzen liegt, nicht doch geschossen hat. Schließlich war er am Tatort, zumindest was seinen Vater angeht, und er hat kein Alibi. Er könnte die Tatwaffe auch vergraben haben.«

»Seiner Aussage nach war er vorher am Tatort, aber zur Tatzeit zu Hause«, sagte Meier. »Außerdem hat er versichert, die in der Scheune gefundene Waffe noch nie gesehen zu haben.«

»Die Kantig muss dich ja heute Morgen ganz schön durcheinandergebracht haben«, witzelte Dietmar Frisch, »wenn du auch schon der Meinung bist, dass der Kerl unschuldig ist.«

»Sie hat mich weder durcheinandergebracht noch bin ich voll ihrer Meinung, aber ich will mir nicht vorwerfen lassen, dass ich nicht alles versucht habe, um die Wahrheit herauszufinden«, sagte Meier, setzte sich wieder an seinen Schreibtisch und beschäftigte sich mit seinem Computer.

Am Nachmittag fuhr der Polizeihauptkommissar noch einmal zum Hof Baumstroh. Die Haushälterin öffnete ihm. »Frau Baumstroh ist nicht da«, sagte sie, statt ihn zu begrüßen.

»Ist der Auszubildende da, der die Waffe gefunden hat?«, fragte Meier.

»Der ist momentan krank«, sagte Frau Juli. »Aber Herr Pohl ist hinten beim Schweinestall.«

»Herr Pohl?«

»Der Mann vom Betriebshilfsdienst, er ist seit gestern wieder da.«

»Danke«, sagte Meier knapp und ging zielstrebig über den Hof.

Der Mann lehnte an seinem Traktor und rauchte eine Zigarette, als Meier um die Scheune herumkam.

»Guten Tag, Herr Pohl«, begrüßte ihn Meier. »Ich bin Hauptkommissar Meier. Kannten Sie Herrn Baumstroh?«

Der Mann warf den Zigarettenstummel auf die Erde und zertrat ihn sorgfältig mit der Schuhspitze. »Welchen meinen Sie? Den jungen oder den alten?«

»Beide.«

»Den alten habe ich im Mai nur ganz kurz gesehen, als er aus dem Urlaub kam, gesprochen habe ich mit ihm nicht«, sagte Herr Pohl, nahm seine Mütze ab, strich sich durchs Haar und setzte die Mütze wieder auf. »Mit Sven Baumstroh habe ich im Mai gut zusammengearbeitet und in der letzten Zeit auch. Privat kenne ich ihn allerdings auch nicht.«

»Wenn man zusammenarbeitet, lernt man sich auch ganz gut kennen«, sagte Meier. »Trauen Sie dem jungen Mann einen Mord zu?«

»Fragen Sie mich was Leichteres«, sagte Pohl. »Ich bin gut mit ihm ausgekommen. Mehr kann ich dazu nicht sagen.«

»Ist Ihnen irgendetwas aufgefallen? War Sven Baumstroh nervös, oder hat er etwas gesagt, was mit dem Tod seines Vaters zusammenhängt?« Meier betrachtete den Mann genau, doch Pohl antwortete ruhig und gelassen.

»Über den Tod seines Vaters hat er nicht gesprochen, nur dass er dadurch viel zu tun hat und mich so lange braucht, bis der Auszubildende wieder da ist.«

»Wann war der Auszubildende denn zurück?«

»Freitagnachmittag vor einer Woche habe ich hier meinen letzten Tag gemacht, weil Ingo Bergmann abends zurück sein wollte«, gab Pohl an.

»Wo waren Sie denn letzte Woche eingesetzt?«

»Ich hatte eine Woche Urlaub«, erklärte der Betriebshelfer.

»Die Spurensicherung hat im Auto von Herrn Baumstroh eine silberne Kette mit Anhänger gefunden«, sagte Meier. »Haben Sie so eine Kette schon mal gesehen, oder tragen Sie selbst eine?«

Pohl lachte. »Eine Kette? Nie gesehen.«

»Ich brauch noch Ihre Personalien, haben Sie Ihren Ausweis dabei?«, fragte Meier.

»Tut mir leid, zur Arbeit nehme ich meinen Ausweis nie mit«, sagte Herr Pohl.

»Das sollten Sie aber«, sagte Meier, notierte sich die Angaben des Mannes und verabschiedete sich.

Als er über den Hof kam, war Ina Baumstroh gerade wieder zurück. Meier ging gleich zu ihr und sagte: »Tag, Frau Baumstroh, ich habe die Computer wieder mitgebracht.«

»Das wurde auch Zeit«, sagte Ina Baumstroh. »Wir brauchen sie dringend zur Überwachung der Fütterungsanlage und der Lüftung im Stall.«

Meier half der jungen Frau, die PCs wieder nach oben ins Büro zu tragen. Dort angekommen fragte er: »Kann man die Anlagen nicht im Stall überwachen?«

»Schon, aber hier ist es einfacher, und ich muss nicht in den Stall«, sagte sie und schloss gleich alles an. »Hoffentlich haben mir Ihre Leute nicht alles verstellt.« Sie startete das Programm.

»Es wurden lediglich der Schriftverkehr und die Daten der Lüftungsanlage überprüft«, sagte Meier. »Ihr Bruder hat, was die Unterbrechung der Lüftung anbelangt, eine falsche Aussage gemacht.«

»Er hat sich mit dem Datum vertan«, protestierte Ina Baumstroh. »Er wollte keine falsche Aussage machen, das hat er mir extra gesagt.«

»Ich weiß, das hat er bei mir auch ausgesagt«, sagte Meier. »Kannten Sie die Waffe, die hier gefunden wurde?«

»Nein, und ich glaube auch nicht, dass Sven damit geschossen hat!«, wurde Ina Baumstroh jetzt richtig laut.

»Das hat er auch nicht«, sagte Meier. »Unsere Kriminaltechniker haben herausgefunden, dass die Waffe lange Zeit nicht benutzt wurde.«

»Was?« Die junge Frau wurde bleich. »Dann hat Sven ja recht! Wird er denn nun endlich entlassen?«

»Noch stehen widersprüchliche Aussagen seinerseits dem entgegen, aber wir überprüfen momentan noch einmal jedes Detail«, sagte Meier. »Darum beantworten Sie mir bitte meine Frage. Haben Sie die Waffe vorher schon gesehen?«

»Nein, noch nie«, sagte die Bauerntochter jetzt. »Ich wusste gar nicht, dass so eine Waffe existiert, und Sven auch nicht, das hat er mir gesagt.«

»Könnte es sein, dass Ihr Vater diese Waffe besaß?«, fragte Meier. »Im Waffenschrank in Ihrer Scheune war Munition, die wir bisher nicht zuordnen konnten, die aber zu der gefundenen Waffe passt.«

»Sie sprechen von der Schublade, ich weiß«, sagte Ina. »Sven glaubt, dass Papa sie da hineingelegt hat.«

»Ingo Bergmann hat ausgesagt, dass die Waffe von dem alten Aufsitzmäher heruntergefallen ist«, sagte Meier. »Seit wann stand dieser Mäher da in der Scheunenecke?«

Ina Baumstroh zog die Stirn kraus und dachte nach. »Schon lange. Er stand da schon, als ich nach Münster gezogen bin, das war vor vier Jahren.«

»Also könnte theoretisch auch Ihr Vater die Waffe dort deponiert haben«, sagte Meier nachdenklich.

»Ich weiß es nicht«, sagte die junge Frau und setzte hinzu:

»Ich weiß nicht einmal, wie viele Waffen Sven und mein Vater hatten. Ich habe seit Jahren keinen Blick in den Waffenschrank geworfen.«

»Meine Kollegen haben bei der Durchsuchung die Waffenbesitzkarten überprüft. Alles war ordnungsgemäß und stimmte mit den Waffen im Waffenschrank überein. Ihr Vater hatte zwei Gewehre und Ihr Bruder eins. Alle Waffen sind vorschriftsmäßig gemeldet. Die gefundene Waffe war allerdings nirgends aufgeführt. Haben Sie auch eine Waffe oder einen Waffenschein?««

»Das haben Sie mich doch schon gefragt, Herr Meier«, sagte Ina Baumstroh mit hochgezogenen Brauen. »Ich hatte noch nie eine Waffe, aber ich kann schießen und bin noch immer Mitglied im hiesigen Schießclub.«

Meier sah auf die Uhr. »Ich muss weiter, Frau Baumstroh«, sagte er und fuhr fort: »Da fällt mir noch was ein. Der Betriebshelfer wohnt doch in der Nähe von Münster. Wie kommt er eigentlich hierher?«

»Mit dem Auto natürlich«, sagte die junge Frau und sah Meier leicht irritiert an. »Es ist aber heute in der Werkstatt.«

»Ach so«, sagte Meier. »War er letzte Woche auch hier?«

»Nein, da war ja Sven noch da.«

»Als Ihr Vater starb, war Herr Pohl da auch hier?«

»Natürlich nicht«, antwortete die junge Frau. »Er ist erst gekommen, als Papa schon einige Tage tot war. Warum?«

»Reine Routinefrage, Frau Baumstroh«, sagte Meier und verließ das Haus.

Das Büro war verwaist, als Meier zurückkam, aber im Faxgerät fand er eine Nachricht von der Polizei aus Hamburg. Die Sache von 1997 mit den Schüssen auf den Spaziergänger hatte ihm keine Ruhe gelassen, und er hatte eine Anfrage an die Haftanstalt geschickt. Frau Kantig hatte mit ihrer Vermutung, was die damaligen Zeugen anbetraf, genau richtiggelegen.

Burghard Meier war erst ein halbes Jahr nach diesem Vorfall nach Oberherzholz versetzt worden. Sein Vorgänger war gleich nach seinem Dienstantritt schwer erkrankt und kurz darauf gestorben, ohne ihn in die Besonderheiten des Ortes einzuweihen. Beim Aufräumen seines Schreibtisches hatte Meier die Akte des damaligen Schützen im Ablagekorb entdeckt und gelesen. Da der Fall abgeschlossen und der Mann bereits verurteilt war, hatte er die Akte ins Archiv geschickt und sich keine Gedanken mehr darüber gemacht.

Als Frau Kantig ihn auf die Zeitung aufmerksam gemacht hatte, war ihm der Fall wieder eingefallen und er hatte bei den Kollegen im Münsteraner Archiv angefragt, wer damals die Zeugen gewesen waren. Zu seiner Überraschung waren es Bernhard Baumstroh und Elvira Saarberg. Meier hatte anschließend gleich überprüft, ob sich der damalige Schütze in letzter Zeit im Umkreis von Oberherzholz aufgehalten hatte. Alle Auskünfte dazu waren negativ. Um wirklich nichts zu übersehen, hatte er dann die Hamburger angeschrieben.

Meier setzte sich hinter seinen Schreibtisch und las die Angaben der Haftanstalt. Ralf Kistmeier war im Juli 2000 auf Bewährung vorzeitig aus der Haft entlassen worden und hatte in einem Gartenbaubetrieb die Arbeit aufgenommen. Nach Beendigung seiner Bewährungszeit war er unbekannt verzogen. Womöglich hielt sich dieser Mann doch wieder hier auf. Meier hatte allerdings keinerlei Anhaltspunkte für einen Verdacht gegen Kistmeier, um eine weitreichende Fahndung einzuleiten.

Alles, was er hatte, zielte auf Sven Baumstroh ab, der sogar zugegeben hatte, am Todestag seines Vaters an der Scheune gewesen zu sein, um die Tore zu überprüfen. Und im Schießclub war

Sven Baumstroh erst so spät erschienen, dass er vorher problemlos die Tat begehen und sogar das Auto hätte versenken können.

Meier warf die Faxnachricht in seinen Ablagekorb. Wieder nichts.

Er überflog seine Notizen und machte einen Bericht von seinem Besuch auf dem Hof Baumstroh. Dann überprüfte er routinemäßig die Personalien des Betriebshelfers. Ralf Pohl war ordnungsgemäß im Melderegister verzeichnet. Gefrustet fuhr sich Meier durchs Haar. Nichts, gar nichts, was ihm weiterhalf. Die Angaben des Auszubildenden Ingo Bergmann hatte er gleich zu Anfang überprüft, und auch die waren beanstandungsfrei.

Kurz vor Feierabend kam Kommissar Frisch wieder ins Büro.

»Wo warst du denn die ganze Zeit?«, fuhr ihn Meier an. »Und wie siehst du überhaupt aus?«

Dietmar Frischs Schuhe waren voller Staub, seine Hose hatte einen Riss am Knie und an seiner rechten Hand war ein langer Kratzer. Er ging gleich zum Waschbecken, um seine Hände zu waschen. »Das ist alles nur äußerlich, Burghard«, erklärte er sichtlich zufrieden. »Aber ich hab dir was mitgebracht.«

»Da bin ich aber gespannt«, knurrte Meier. »So wie du aussiehst, kann das nichts Gescheites sein.«

Frisch wusch sich gründlich die Hände und trocknete sich noch gründlicher ab.

»Mein Gott, mach mal schneller, es ist gleich Feierabend«, polterte Burghard Meier ungeduldig los.

Der Kollege hängte in aller Ruhe das Handtuch wieder auf und holte eine Plastiktüte mit einem Handy darin aus der Tasche. »Mein Fundstück. Das Handy von Elvira Saarberg. Leider ist das Display zertrümmert.«

»Was? Zeig her!« Meier sprang auf und nahm ihm die Tüte ab. »Wo hast du das gefunden?«

»An der Münsterlandstraße«, sagte Frisch. »Aber nicht da, wo die Saarberg im Graben gelegen hat, sondern etwa fünfhundert Meter weiter hinter der nächsten Kurve, wo der Gestütswald anfängt.«

»Wie bist du denn darauf gekommen, dort nachzusehen?«

»Es hat mich einfach gewurmt, dass wir das Handy der Frau und auch die Tüte mit ihren Einkäufen bisher nicht gefunden haben«, erklärte Dietmar Frisch. »Die Kollegen haben im Umkreis von hundert Metern alles abgesucht, also habe ich da angefangen, wo die Kollegen aufgehört haben, und bin immer den Graben entlanggegangen. Ist ja im Moment kein Wasser drin. Wo das Wäldchen anfängt, ist unheimlich viel Gestrüpp, alles Dornen, da habe ich das Handy gefunden.«

»Und du glaubst, dass es wirklich Elvira Saarberg gehört?«

»Der Typ musste es doch schnell loswerden«, sagte Frisch. »Da ist er ein Stück weitergefahren und hat es aus dem Fenster geworfen.«

»Warte erst mal ab, ob es überhaupt das Handy von Frau Saarberg ist«, warf Burghard Meier ein. »Wir schicken das jetzt zur KTU, und dann sehen wir weiter.«

22. Kapitel

Charlotte machte einen Stadtbummel in Münster. Sie war auf der Suche nach einem neuen Kostüm, aber nichts, was sie bisher anprobiert hatte, hatte ihr richtig gefallen. Mittlerweile taten ihr vom vielen Laufen die Füße weh. Sie steuerte ein Eiscafé an und suchte sich einen Schattenplatz. Es war fast neunzehn Uhr, die Straßen voll von Leuten, die den Feierabend zum Shoppen nutzten. Während sich Charlotte wohlig zurücklehnte und ihr Eis löffelte, genoss sie den Trubel um sich herum. Etwas entfernt parkte ein schwarzer Jeep am Straßenrand. Da er ein Hamburger Kennzeichen trug, ging Charlotte davon aus, dass er Carlo Saarberg gehörte, obwohl sie den Mann noch nie richtig gesehen hatte.

Als Charlotte die Eisdiele verließ, standen zwei Männer in erregtem Gespräch neben dem schwarzen Jeep. Bei einem handelte es sich um den Betriebshelfer, der momentan auf dem Hof Baumstroh arbeitete, womit sich Charlottes anfängliche Vermutung bestätigte, dass die beiden Männer sich kannten.

Charlotte ging zielstrebig weiter, als ihr eine Frau mit einer schicken Bluse entgegenkam, die sie an den bunten Stoff erinnerte, den sie vor einiger Zeit im Kofferraum des Betriebshelfers gesehen hatte. Die etwas außergewöhnliche Farbzusammenstellung gefiel ihr so gut, dass sie die Unbekannte am liebsten gefragt hätte, wo sie das Teil erworben hatte. Hastig eilte sie weiter zu ihrer Lieblingsboutique und fand endlich das, wonach sie so lange gesucht hatte. Zufrieden fuhr Charlotte nach Hause und machte es sich auf ihrer Terrasse gemütlich.

Charlotte war in ihrem Stuhl eingenickt, als sie durch ein

Geräusch geweckt wurde und gleich darauf Isabella vor ihr stand.

»Hast du schon gehört? Sven Baumstroh ist wieder zu Hause.«

Schlaftrunken reckte Charlotte sich auf und blinzelte Isabella an. »Was ist?«

»Hast du geschlafen?« Isabella sah sie prüfend an. »Wo warst du überhaupt den ganzen Tag?«

Charlotte schüttelte sich. »Mein Gott, Isabella, du bist echt nervig«, sagte sie. »Ich war in Münster shoppen. Wieso ist Sven Baumstroh entlassen worden?«

»Endlich bist du wach«, sagte Isabella und ließ sich neben Charlotte in den Gartenstuhl fallen. »Der Anwalt hat Druck gemacht, weil keinerlei konkrete Beweise gegen ihn vorliegen.«

»Vorher gab es doch auch keine konkreten Beweise, bis auf die Waffe, die da auf dem Hof gefunden wurde«, sagte Charlotte und gähnte.

»Ich habe vorhin beim Walken Hilde Juli getroffen. Sie sprach davon, dass die Waffe wohl nicht benutzt wurde, aber Genaues wusste sie nicht.«

»Gut, dass der junge Mann wieder zu Hause ist«, sagte Charlotte und fuhr fort: »Ich habe den Betriebshelfer übrigens in Münster zusammen mit dem Fahrer des schwarzen Jeeps gesehen. Also hatte ich recht.«

»Womit?« Isabella sah Charlotte irritiert an.

»Dass Saarberg und der Betriebshelfer sich kennen«, erinnerte Charlotte ihre Schwester. »Ich habe dir doch das Foto gezeigt.«

»Ach so, du meinst das Foto vom Baggersee, das André mit seiner Drohne geschossen hat.«

»Genau«, sagte Charlotte. »Als ich weiterging, habe ich noch eine Frau mit einer ganz tollen Bluse gesehen. Die Farben waren genauso wie der bunte Stoff, den ich vor einiger Zeit bei dem

Landarbeiter im Kofferraum gesehen habe. Wahrscheinlich war es auch eine Bluse.«

Isabella zog irritiert die Stirn in Falten. »Was für eine Bluse? Wovon sprichst du eigentlich?«

»Die Bluse, die der Landarbeiter in seinem Kofferraum hatte, bestimmt gehörte sie seiner Frau«, sagte Charlotte genervt. »Sie war in einer braunen Tüte mit rosa Herz drauf, den Schriftzug habe ich leider nicht erkannt.«

»Echt?« Isabella starrte ihre Schwester jetzt an. »Brittas Mutter hat eine Bluse gekauft, bevor sie verschwunden ist. Ihre Kollegin hat die Tüte auch so beschrieben, braun mit einem rosa Herz.«

»Welche Farben hatte die Bluse denn?«, fragte Charlotte.

»Danach habe ich nicht gefragt. Warum?«

»Ich würde gerne wissen, wie sie aussah«, sagte Charlotte nachdenklich. »Vielleicht ist es die gleiche wie die, die ich gesehen habe.«

Isabella sah sie zweifelnd an und zuckte wortlos die Schultern.

• • •

Am Montagmorgen zog ein heftiges Gewitter auf, das aber nur kurz anhielt. Zum ersten Mal seit Wochen war die Luft kühl und angenehm frisch. Charlotte holte sich den Besen und kehrte den Hof, denn der Wind hatte Blätter und Stöckchen herumgewirbelt. Sie war gerade fertig, als es erneut zu regnen begann. Sie räumte Schaufel und Besen weg und stellte sich in die weit geöffnete Haustür. Mit Freude betrachtete sie den Regen, der gleichmäßig und in sanftem Strom vom Himmel kam. Ihrem Garten würde das Wasser guttun. Gerade als sie die Tür wieder schließen und hineingehen wollte, kam Isabella mit ihren Stöcken in flottem Schritt um die Ecke des Nachbarhauses herum.

Charlotte schüttelte den Kopf. »Wie verrückt muss man eigentlich sein, wenn man durch diesen strömenden Regen marschiert?«, fragte sie spöttisch.

»Als ich losging, hat es nicht geregnet«, sagte Isabella sichtlich zufrieden und setzte hinzu: »Außerdem fand ich es herrlich, so durch den Regen zu gehen.«

»Je oller, je doller«, sagte Charlotte und schlug die Haustür zu. Manchmal war ihre Schwester wirklich verrückt. Gleich darauf fiel ihr die Beerdigung ein, und sie ging wieder hinaus und klingelte bei Isabella.

Ihre Schwester war noch im Hausflur und öffnete sofort. »Was gibt es denn noch, Lotte?«, fragte sie anzüglich.

»Gehst du gleich mit zur Beerdigung?«

»Gleich?« Isabella zog die Brauen hoch. »Die Beerdigung ist erst in zwei Stunden, aber ich geh hin! Sonst noch was?«

»Ich auch«, sagte Charlotte. »Soll ich dich mitnehmen?«

»Zwanzig vor zehn?«

»Genau«, bestätigte Charlotte. »Jetzt geh endlich unter die Dusche, sonst holst du dir noch 'ne Erkältung!«

Es regnete noch immer leicht, als ein paar Dutzend Leute gut beschirmt Elvira Saarberg das letzte Geleit gaben. Weinend folgte Britta Saarberg dem Sarg, neben ihr Roland Waldmeier, der fürsorglich den Arm um sie legte, hinter ihnen gingen Elviras Kolleginnen und die Nachbarn. Auch die Mitglieder der Frauengemeinschaft und einige Bekannte und Freunde, unter ihnen Ina Baumstroh, waren gekommen. Isabella Steif und Charlotte Kantig schlossen sich ganz hinten dem kleinen Zug an. Nachdem der Pfarrer das Grab gesegnet hatte und der Sarg langsam in die

Gruft hinabgeglitten war, hörte der Regen auf und die Schirme wurden zusammengeklappt. Langsam defilierten die Anwesenden am Grab entlang und drückten Britta Saarberg ihre Anteilnahme aus.

Charlotte und Isabella verließen still den Friedhof.

»Die arme junge Frau«, sagte Charlotte mitfühlend. »So früh die Mutter zu verlieren ist hart.«

»Immerhin hat sie mit Roland Waldmeier einen zuverlässigen jungen Mann an ihrer Seite«, sagte Isabella.

»Und durch ihr Erbe ist sie zumindest finanziell in einer guten Lage«, sagte Charlotte. »Trotzdem ist es bitter, so früh als Waise dazustehen. Könnte Waldmeier was mit dem Tod von Bernhard Baumstroh zu tun haben?«

»Darüber habe ich mir schon zu Anfang Gedanken gemacht, aber ich kann es mir nicht vorstellen«, sagte Isabella. »Nach André Julis Darstellung waren die beiden erst kurze Zeit zusammen, als das Gerede um Britta und Bernhard Baumstroh aufkam. Und Brittas Mutter hätte er bestimmt nichts angetan.«

»Es muss jemand gewesen sein, der Bernhard gehasst hat«, sagte Charlotte. »Nachdem ich den Zeitungsartikel gelesen habe, hatte ich ja vermutet, dass es der Typ war, der damals den Spaziergänger erschossen hat. Wachtmeister Meier hat aber behauptet, dass der Mann seit seiner Haftentlassung in Hamburg hier nicht mehr gemeldet war.«

»So ganz abwegig ist die Idee nicht. Der Mann könnte Bernhard Baumstroh wirklich getötet haben, weil er gegen ihn als Zeuge aufgetreten ist. Dass er hier nicht gemeldet ist, heißt doch nichts. Er kann durchgereist oder irgendwo bei Bekannten untergeschlüpft sein, ohne dass es jemand mitgekriegt hat.«

»Aber nach so langer Zeit kommt mir das allerdings auch sehr unwahrscheinlich vor«, sagte Charlotte.

»Ich fahre heute Nachmittag zum Hof Baumstroh und spreche noch einmal mit Ina«, sagte Isabella. »Vielleicht hat sie doch noch Unterlagen ihrer Mutter gefunden, die etwas über den Schützen von damals verraten.«

»Fährst du mit dem Rad?«

»Ja, wieso?«

»Ich komme mit«, sagte Charlotte. »Ich muss mit Hilde noch wegen der Rundfahrt im September sprechen.«

Auf dem Hof wurden gerade alte verrostete Sachen verladen, als Charlotte und Isabella ihre Räder neben der Haustür abstellten. Sven Baumstroh saß auf dem Traktor und hob die verschiedenen Teile mit dem Frontlader auf einen LKW.

»Das ist der Schrotthaufen, der kürzlich aus der Scheune geholt wurde«, sagte Isabella und zeigte auf das Gerät, das gerade hochgehievt wurde. »Schade, dass die Sachen entsorgt werden, man könnte sie doch gut einem Museum schenken. Dieser alte Heuwender auf dem Frontlader demonstriert doch wunderbar den technischen Fortschritt in der Landwirtschaft.«

»Der Aufsitzmäher gehört aber nicht unbedingt zu den Dingen, die ich im Museum bestaunen will«, sagte Charlotte. »Außerdem sind die Metallpreise heutzutage gar nicht so übel. Sicher gibt es für den Haufen Altmetall einen ganz schönen Batzen Geld.«

»Mag sein, trotzdem ist es schade, dass die Geräte und Werkzeuge einer ganzen Epoche jetzt eingeschmolzen werden«, sagte Isabella mit wehmütigem Blick und klingelte an der Haustür, die gleich von der Wirtschafterin geöffnet wurde.

»Kommt herein«, sagte sie. »Ina hat euch schon gesehen und bittet euch, in den Garten zu gehen. Sie kommt gleich.«

»Ich wollte eigentlich zu dir wegen der Tour Ende September«, sagte Charlotte.

»Das können wir nachher noch kurz besprechen«, sagte Hilde Juli. »Geh erst mal mit nach draußen.«

Im Garten wurden die Schwestern von Ina Baumstroh empfangen. »Frau Steif, ich habe doch noch was gefunden«, sagte sie. »Das Tagebuch meiner Mutter und ein altes Fotoalbum lagen oben auf dem Dachboden in einer alten Truhe. Ich dachte, es ist alles weg, und nun bin ich froh, dass ich dort nachgesehen habe.« Sie übergab Isabella ein schmales Büchlein, das auf dem Tisch gelegen hatte und mit dunkelrotem, arg verschlissenem Samt bezogen war.

Die Eintragungen waren in einer schönen sauberen Schrift mit Tinte verfasst worden. »Das müssen Sie unbedingt aufbewahren«, sagte Isabella und blätterte vorsichtig die ersten Seiten um.

»Ich habe darin eine Seite gefunden, in der von dem Schützen berichtet wird«, erklärte Ina. »Sie müssen die Stelle mit dem Seidenbändchen aufschlagen.«

Schnell hatte Isabella die Seite gefunden und las laut vor: Bernhard hat gestern Nachmittag einen Mann mit einem Armeerucksack und einem Gewehr in der Hand im Wald gesehen. Er kannte den Mann nicht, aber kurz darauf fiel ein Schuss. Heute Morgen wurde jemand erschossen aufgefunden. Bernhard ist sicher, dass es der Mann mit dem Rucksack war, und hat der Polizei eine genaue Beschreibung geliefert. Hoffentlich wird der Täter entdeckt. Es wäre doch schrecklich, wenn den Kindern draußen beim Spielen etwas passieren würde.

»Wer der Täter war, wusste Ihre Mutter aber nicht, oder?«, fragte Charlotte.

Ina Baumstroh schüttelte den Kopf. »Einen Namen habe ich nirgends gefunden, aber ich habe noch nicht alles gelesen.«

»Tun Sie das bitte noch«, sagte Isabella. »Wir müssen gleich wieder weg. Ich bin heute Abend zum Nordic Walking verabredet.«

»Ist Ihr Betriebshelfer heute gar nicht da?«, erkundigte sich nun Charlotte. »Ich habe vorhin nur Ihren Bruder gesehen.«

»Ralf Pohl ist heute nicht gekommen, keine Ahnung, warum«, sagte Ina. »Aber jetzt ist Sven ja wieder da, und wir brauchen ihn nicht unbedingt. Morgen kommt auch Ingo wieder. Sven hat ihn vorhin angerufen.«

»Dann wollen wir nicht länger stören«, sagte Isabella und stand auf.

»Ich spreche noch eben mit Hilde Juli wegen unserer Tour«, sagte Charlotte und ging mit ihrer Schwester ins Haus.

Als die Schwestern kurz darauf heimfuhren, sagte Charlotte: »Ina war anzusehen, wie erleichtert sie ist, dass Sven entlassen wurde.«

»Besonders gefreut hat sie sich wohl darüber, dass sie doch noch Unterlagen ihrer Mutter entdeckt hat«, antwortete Isabella.

»Vielleicht klärt sich ja nun doch noch alles auf«, sagte Charlotte. »Ich werde auf jeden Fall gleich noch mal zur Polizei fahren und dem Wachtmeister meine Beobachtung in Münster mitteilen.«

»Wenn du meinst, dass die Sache mit dem bunten Stoff bei Meier ankommt, irrst du dich gewaltig«, sagte Isabella.

»Ich will ihm davon berichten, dass sich Carlo Saarberg so angeregt mit dem Landarbeiter unterhalten hat«, sagte Charlotte.

»Dann viel Spaß.« Isabella lachte. »Da treffe ich mich lieber mit Eberhard zum abendlichen Nordic Walking.«

Kommissar Frisch war allein in der Polizeistation, als Charlotte dort eintraf.

Gleich nach der Begrüßung kam sie zu ihrem Anliegen. »Herr Frisch, ich war kürzlich schon da und habe ein Foto mitgebracht«, sagte Charlotte. »Gestern habe ich nun in Münster beim Einkaufen Carlo Saarberg im Gespräch mit dem Betriebshelfer gesehen, der auf dem Hof Baumstroh zeitweise eingesetzt war.«

Kommissar Frisch kam langsam und nachdenklich zu ihr an den Tresen. »Ich komme da nicht ganz mit«, sagte er. »Was wollen Sie mir denn damit sagen? Saarberg hat ein Alibi für alle Taten. Er ist ein freier Mann und kann sich unterhalten, mit wem er will.«

»Ich meine damit, dass es doch merkwürdig ist, dass sich der Betriebshelfer vom Hof Baumstroh und Herr Saarberg kennen«, sagte Charlotte. »Außerdem habe ich im Kofferraum des Landarbeiters eine braune Tüte mit einem bunten Stoff gesehen. Ich glaube, es war eine Bluse. Britta Saarberg sprach davon, dass ihre Mutter genauso eine braune Tüte mit einem rosa Herz mit zu ihrer Kollegin genommen hat, um ihr eine gerade gekaufte Bluse zu zeigen.«

Frisch stutzte. »Wann haben Sie die Tüte gesehen?«

»Das weiß ich nicht mehr genau, einen oder zwei Tage nachdem auf Elvira Saarberg geschossen wurde«, sagte Charlotte. »Der Mann hat im Hofladen eingekauft und stand gleich darauf wegen einer Panne am Straßenrand. Irgendwas mit dem Motor war nicht in Ordnung. Als ich vorbeikam, öffnete er den Kofferraum, und da lag diese Tüte. Wahrscheinlich gibt es viele dieser Tüten, aber ich finde es schon merkwürdig, dass Elvira Saarberg genauso eine Tüte bei sich hatte.«

»Können Sie sich erinnern, welche Farbe die Bluse hatte?«

»Ja, natürlich«, antwortete Charlotte. »Es war ein cremefarbener Stoff mit einem Würfelmuster in Braun, Grün, Blau und Rostrot.«

»Interessant«, sagte Kommissar Frisch. »Haben Sie sonst noch was beobachtet?«

Charlotte schüttelte den Kopf und verabschiedete sich.

23. Kapitel

Kommissar Frisch sah noch immer nachdenklich aus dem Fenster, als das Auto von Frau Kantig längst verschwunden war. Frau Kantigs Mitteilung schwirrte in seinem Kopf herum. Die Sache mit der Tüte war mehr als merkwürdig, denn die Befragung der Verkäuferin gleich nach dem Vorfall mit Frau Saarberg hatte ergeben, dass die Frau die von Frau Kantig beschriebene Bluse zu dem Zeitpunkt gerade hereinbekommen und nur einmal verkauft hatte. Wenn sich die Lehrerin nicht geirrt hatte, dann musste es sich um dieselbe Bluse handeln.

Konnte es sein, dass der Landarbeiter Elvira Saarberg in der Nacht in seinem Auto mitgenommen und dann erschossen hatte? Oder hatte er die Tüte von Carlo Saarberg bekommen und dessen Alibis waren gefälscht?

Dietmar Frisch ging zum Schreibtisch seines Kollegen hinüber und sah einen Bericht und eine Faxnachricht aus Hamburg dort liegen. Meier hatte in seinem Kurzbericht den Besuch auf dem Hof Baumstroh skizziert, bei dem er die Computer zurückgebracht hatte. Auch Name und Anschrift des Betriebshelfers hatte Meier angegeben und die Zeiten, zu denen er auf dem Hof eingesetzt war.

Der Polizeikommissar ging zu seinem Schreibtisch zurück und rief bei der Zentrale des Betriebshilfsdienstes an. Ralf Pohl war seit über zehn Jahren dort angestellt und wurde von den Bauern sehr geschätzt für seine gute Arbeit, teilte ihm die Mitarbeiterin der Zentrale mit. Sie gab ihm die Daten durch und bestätigte die von Meier notierten Angaben des Mannes.

Der Beamte saß nach dem Gespräch sekundenlang da und

überlegte. Plötzlich fiel sein Blick auf das Fax aus Hamburg. Er nahm einen Stift und markierte das Geburtsdatum leuchtend gelb, genauso machte er es mit der gerade geschriebenen Telefonnotiz.

Wieso hatte Ralf Kistmeier, der jahrelang in Hamburg in Haft gewesen war, das gleiche Geburtsdatum wie dieser Ralf Pohl? Dietmar Frisch wurde bleich. Die Erkenntnis überkam ihn so schnell, dass er sofort wieder zum Hörer griff und die Polizei in Hamburg kontaktierte, um weitere Auskünfte einzuholen.

Er hatte gerade aufgelegt, als Hauptkommissar Meier hereinkam.

»Du bist ja ganz blass«, stellte Meier fest. »Hast du was Schlechtes gegessen?«

Frisch schüttelte den Kopf und übergab ihm seine Notiz und das Fax.

Meier starrte einen Moment irritiert darauf und wollte schon protestieren, dann ließ er beide Blätter auf den Schreibtisch fallen und sagte: »Verdammt. Der läuft mit falschem Namen herum.«

»Nee, der hat geheiratet«, klärte ihn sein Kollege auf. »Hab gerade noch mal die Kollegen in Hamburg angerufen. Kistmeier hat im Februar 2005 eine Annegret Pohl geheiratet. Die Ehe ist schon Ende 2005 wieder geschieden worden, aber der Typ führt seitdem ganz legal den Namen Pohl.«

»Verdammt, dass ich darauf nicht gekommen bin!«, fluchte Meier. »Danach ist er dann hierher zurückgekommen und hat beim Betriebshilfsdienst angefangen.«

»Damit er nicht sofort erkannt wird, ist er nicht nach Steinfurt in seine alte Umgebung gezogen, sondern nach Münster«, vervollständigte der Kollege den Gedankengang. »Soll ich die Fahndung einleiten?«

»Noch nicht«, sagte Meier nachdenklich. »Außer dieser Sache

mit der Bluse, die Frau Kantig hier angegeben hat, haben wir nichts in der Hand gegen ihn.«

»Die Verkäuferin hat doch ausgesagt, sie habe zu der Zeit diese Bluse nur einmal verkauft«, hielt Frisch dagegen. »Und die braunen Tüten mit dem rosa Herz gibt es nur dort.«

»Vielleicht stammte die Tüte, die Frau Kantig im Kofferraum gesehen hat, von einem vorherigen Einkauf und die Bluse aus einem anderen Geschäft«, antwortete Meier und setzte entschieden hinzu: »Wegen so einer vagen Sache erlässt kein Richter einen Haftbefehl. Ralf Pohl machte einen ruhigen Eindruck, als ich ihn befragt habe, und hat mir alles richtig angegeben.«

»Trotzdem sollten wir ihm jetzt mal genau auf die Finger sehen. Dass er dir den Ausweis nicht gezeigt hat, sagt doch eigentlich schon, dass er was zu verbergen hatte. Im Ausweis steht nämlich der Geburtsname drin.«

»Die Bauern tragen doch ihren Ausweis nicht immer bei sich, wenn sie im Stall und auf dem Hof sind«, sagte Meier. »Wir müssen auf jeden Fall ganz vorsichtig vorgehen. So eine Schlappe wie bei Sven Baumstroh können wir uns nicht noch mal erlauben.«

»Für mich ist der Bursche immer noch verdächtig«, sagte Frisch und setzte nach einer Pause hinzu: »Es wundert mich aber schon, wie es die beiden alten Damen immer wieder schaffen, solche geheimen Sachen aufzuspüren.«

»Komm, wir fahren noch mal zum Hof Baumstroh«, sagte Meier, ohne sich zu der letzten Bemerkung von Dietmar Frisch zu äußern. »Ralf Pohl ist dort im Einsatz.«

»Hat der nicht jetzt schon Feierabend?«, fragte Frisch. »Es ist gleich sechs.«

»Dann fahren wir eben zu ihm nach Hause.«

Die angegebene Anschrift führte die beiden Beamten zu einem

weit abgelegenen, alten Fachwerkhaus etwa zwanzig Kilometer von Oberherzholz entfernt. Haus und Hof lagen verlassen da, als der Polizeiwagen vor einem Nebengebäude hielt. Die Beamten stiegen aus und klingelten an der Haustür. Nichts. Getrennt umrundeten Meier und Frisch das Haus und trafen im Garten wieder aufeinander.

»Alles verlassen«, stellte Kommissar Frisch fest. »Das Haus ist schon sehr alt, da müsste dringend was gemacht werden.«

»Dafür ist der Garten aber tipptopp in Schuss«, sagte Meier anerkennend. »Komm, wir fahren mal zum Hof Baumstroh, vielleicht ist der Mann da noch bei der Arbeit.«

Auf dem Hof war nur der Lärm des Traktors zu hören, als sie dort ankamen. Die Beamten parkten vor der Scheune und gingen nach hinten, den Geräuschen entgegen.

Sven Baumstroh war mit dem Traktor im Stall, dessen Türen beidseitig weit geöffnet waren. Die Schweine lagen auf den Liegeflächen. Die Schutzgitter zwischen den einzelnen Ställen waren zurückgeklappt, sodass keines der Tiere auf die Fahrrinne laufen und der Traktor mühelos hindurchfahren konnte, um den Mist zusammenzuschieben.

Die Polizisten winkten dem Bauern zu, aber es dauerte einige Zeit, bis er sie gesehen hatte und reagierte. Der Traktor kam mit vollgeladener Frontladerschaufel auf die Beamten zu und hielt direkt neben ihnen.

»Was gibt's?«, schrie Sven Baumstroh gegen den Krach des Motors an.

»Machen Sie mal den Motor aus«, rief Meier, und der Lärm erstarb murmelnd.

Erregt sprang Sven Baumstroh vom Traktor herunter. »Wollen Sie mich schon wieder festnehmen?«

»Nein, wir suchen Ihren Betriebshelfer«, sagte Dietmar Frisch. »Wo ist er denn?«

»Der war heute noch gar nicht da, wieso?« Baumstroh sah die Polizisten erstaunt an.

»Wo ist er denn heute eingesetzt?«, fragte Meier.

»Das weiß ich doch nicht«, sagte der Bauer. »Ich bin Freitagabend erst wieder nach Hause gekommen, das wissen Sie doch. Da war er schon weg. Eigentlich wollte er heute noch mal kommen, um sich die geleisteten Arbeitsstunden abzeichnen zu lassen, aber er ist nicht erschienen.«

»Wussten Sie, dass Herr Pohl geschieden ist?«

»Geschieden?«, fragte Sven Baumstroh. »Nee, nie gehört. Er hat aber 'ne Freundin. Liegt was gegen ihn vor?«

»Wir überprüfen das gerade«, antwortete Meier. »Im Auto Ihres Vaters wurde seinerzeit eine Kette gefunden. Sie haben damals ausgesagt, weder Sie noch Ihr Vater trugen eine Kette. Trug Herr Pohl eine?«

»Nein, zumindest habe ich keine gesehen bei ihm«, sagte der Jungbauer. »Glauben Sie etwa, Ralf Pohl hätte meinen Vater umgebracht?« Er lachte jetzt. »Das ist doch Blödsinn. Der Ralf kann keiner Fliege was zuleide tun.«

»Sie haben wirklich keine Kette gesehen?«, wiederholte nun Kommissar Frisch. »Denken Sie genau nach.«

»Nein«, sagte Sven Baumstroh und stutzte plötzlich. »Warten Sie mal, im Mai, als mein Vater im Urlaub war, hat er eine gehabt. So eine silberne mit einem Löwen dran, wie ein Sternbild.«

»Sie wissen aber nicht, wo sich der Mann jetzt aufhält?«, fragte nun der Hauptkommissar.

»Nein, als ich Freitag entlassen wurde, war er schon weg. Das hab ich doch grad gesagt.«

»Hat Ihr Vater mal von Herrn Pohl gesprochen?«, fragte Dietmar Frisch. »Kannte er ihn vielleicht?«

»Mein Vater war ziemlich verärgert, dass er hier war«, sagte Sven. »Er hat aber nicht gesagt, warum.«

»Also kannte er ihn?« Meier sah den jungen Mann fragend an.

»Vielleicht, aber gesagt hat er das nicht.«

»Vor Jahren wurde hier in den Wäldern ein Spaziergänger erschossen«, sagte Meier. »Ihr Vater war damals ein wichtiger Zeuge. Hat er Ihnen davon erzählt?«

»Mein Vater nicht, aber meine Schwester sprach gestern davon«, sagte der junge Mann. »Unsere Mutter hat es in ihrem Tagebuch beschrieben.«

»Wie kam Ihre Schwester denn darauf?«, fragte nun Herr Frisch.

»Frau Steif hat was in einer alten Zeitung gelesen, daraufhin hat Ina auf dem Dachboden nach Mamas Tagebuch gesucht.«

Meier runzelte die Stirn und fragte: »Ihre Eltern haben davon aber nicht gesprochen, oder?«

»Nein, nie«, sagte Sven. »Glauben Sie, dass Ralf Pohl was damit zu tun hat?«

Meier antwortete nicht darauf, sondern sagte: »Sollte Herr Pohl hier auftauchen, rufen Sie mich bitte sofort an oder die Zentrale unter 110.«

Meier nickte Frisch zu, und die beiden Beamten verließen den Bauernhof.

Als sie wieder in der Polizeistation eintrafen, fanden sie ein Fax über die Auswertung des Handys vor. Meier riss es förmlich aus dem Schacht und überflog den Bericht. »Es ist nach Rücksprache mit Britta Saarberg eindeutig das Handy ihrer Mutter, aber Fingerabdrücke, Spuren – Fehlanzeige«, fasste Meier den Bericht zusammen.

»Ich leite jetzt die Fahndung nach Ralf Pohl ein«, sagte Frisch und setzte sich hinter seinen Bildschirm.

»Hoffentlich irren wir uns da nicht«, sagte Meier. »Warte mal mit der Fahndung noch bis Morgen.«

»Wir haben jeden Bauern überprüft, die jungen Leute im Schießclub und auch den Ex-Mann von Frau Saarberg, alles negativ«, sagte Frisch. »Ich tippe zwar immer noch auf den Jungbauern, aber der Pohl hat auch ein Motiv, und das betrifft beide Opfer. Wir sollten wirklich die Fahndung einleiten.«

»Nichts da, morgen ist auch noch früh genug. Auch diese Sache mit der Kette ist kein richtiger Beweis, denn solche Ketten gibt es viele, und die Spurensicherung hat nirgends Fingerabdrücke oder Spuren gefunden. Mich wundert nämlich, dass er bei Baumstroh gearbeitet hat. Wenn er den Bauern umgebracht hätte, wäre er doch getürmt, oder?«

»Der fühlt sich anscheinend durch seinen anderen Namen total sicher«, sagte Dietmar Frisch. »Damals hat er ja nicht hier gewohnt, sondern in Steinfurt. Er war wohl nur sporadisch hier in der Gegend, um zu wildern. Baumstroh hat ihn laut Akte gar nicht gekannt, sondern nur eine Beschreibung abgegeben. Frau Saarberg hat sich, nachdem die Beschreibung in der Zeitung stand, bei der Polizei gemeldet und den Namen angegeben. So hat mir der Kollege aus Münster das durchgegeben.«

»Ich hab deinen Bericht gelesen«, sagte Meier. »Darum fahre ich jetzt noch mal ins Hotel zu Carlo Saarberg.«

»Es ist gleich halb acht«, wunderte sich sein Kollege. »Ich wollte jetzt Feierabend machen.«

»Mach das«, sagte Meier. »Ich fahre mit meinem Wagen hin. Jetzt ist genau die richtige Zeit, um den Mann im Hotel anzutreffen.«

»Dann ruf besser vorher an«, gab ihm Dietmar Frisch einen Rat. »Womöglich ist Saarberg schon wieder abgereist.«

»Das mach ich sowieso«, sagte Meier und wählte die Nummer des Hotels in Münster. Zum Glück, denn der Hotelangestellte teilte ihm mit, dass Saarberg das Hotel erst vor einer Stunde verlassen hatte, aber sein Zimmer noch bis zum Wochenende gebucht war. Meier beendete das Gespräch und verschob sein Vorhaben auf den nächsten Tag.

24. Kapitel

Nachdenklich sah Sven Baumstroh dem Polizeiauto hinterher. Glaubten die Beamten etwa ernsthaft, dass Ralf Pohl etwas mit dem Tod seines Vaters zu tun hatte? Das konnte gar nicht sein.

Ralf war erst hier eingesetzt worden, als sein Vater schon tot war. Bestimmt war Ralf genauso unschuldig wie er, und die beiden Polizisten suchten nur verzweifelt nach einem Täter. Kopfschüttelnd stieg er wieder auf den Traktor und beendete die Arbeit im Stall. Als er die Gitter geschlossen und noch einmal alles auf seine Richtigkeit überprüft hatte, fuhr er den Traktor vor die Scheune, schloss den Schlauch an und spritzte ihn sauber ab.

Er war gerade fertig und hatte die Landmaschine in die Scheune gefahren, als Inas Auto auf den Hof geschossen kam. Sie fuhr direkt vor die Haustür, stieg aus und lief auf ihn zu.

»Hallo, Sven, hab ich dir schon gesagt, dass Papa als Zeuge ausgesagt hat?«, fragte sie etwas atemlos.

»Ja, gestern. Die Bullen waren deshalb übrigens auch schon da«, sagte er, nahm seine Kappe ab und fuhr sich durch sein schweißfeuchtes Haar. »Warum?«

»Mama hat den Namen des Mannes aufgeschrieben«, berichtete Ina. »Der Mann hieß Kistmeier und ist zu viereinhalb Jahren Haft verurteilt worden.«

Sven lachte. »Die Bullen haben doch glatt Ralf Pohl verdächtigt, zumindest hörte sich das so an. Die suchen nur nach einem Schuldigen.« Er drehte die verschmutzte Mütze in seinen Händen. »Was schreibt Mama denn so? Hast du das da?«

»Ich hab das Buch im Auto«, sagte Ina und rümpfte die Nase. »Du solltest aber vorher duschen. Du stinkst nach Schweinemist.«

»Aber der Stall ist jetzt sauber«, brummte Sven.

»Oh«, rief Ina überrascht aus und zeigte zur Garage hinüber, deren Tor geöffnet war. »Du hast ja ein neues Auto. Hast du deinen Führerschein schon wieder?«

»Das nicht, aber der Wagen gefiel mir, und ich hab ihn gleich nach dem Unfall gekauft«, sagte Sven.

»Der steht hier schon über zwei Wochen rum?«, fragte Ina. »Wieso hab ich das nicht gesehen?«

Sven lachte. »Sie haben ihn heute Morgen erst geliefert.«

»Ach so«, sagte Ina. Beide gingen zur Garage hinüber, und Ina meinte: »Wer soll den Wagen denn fahren, bis du deinen Schein wiederkriegst?«

»Du oder Ingo, vielleicht auch Frau Juli«, sagte Sven. »Und in ein paar Wochen ist mein Schein auch wieder da.« Sven schloss das Garagentor. »Geh schon mal rein, Ina. Ich mache hier noch alles dicht, dusche mich und komme dann auch.«

Eine Stunde später saßen die Geschwister gemeinsam am Küchentisch. Ina blätterte im Tagebuch ihrer Mutter.

»Hier ist die Stelle«, sagte Ina und las laut vor:

... später habe ich erfahren, dass der Mann »Ralf Kistmeier« hieß. Er wurde zu vier Jahren und sechs Monaten verurteilt. Jetzt hat Bernhard die Pistole ganz umsonst gekauft.

Sven schlug bei den letzten Worten mit der Faust auf den Tisch, sodass fast Inas Teetasse umgefallen wäre und kleine Spritzer auf der Tischdecke landeten.

»Sven, pass doch auf!«, tadelte Ina und wischte die Tropfen von der Wachsdecke.

»Also hat Papa die alte Pistole gekauft«, sagte Sven. »Und ich musste dafür in den Knast!«

»Das waren nur fünf Tage, und jetzt bist du wieder hier«, sagte

Ina streng. »Also beruhig dich. Überleg lieber, wie die Pistole auf den Mäher gekommen ist. Papa hat sie schließlich schon vor zwanzig Jahren besorgt.«

»Ich hab sie dahin gelegt«, gestand Sven nun kleinlaut.

»Du? Bist du von allen guten Geistern verlassen?« Ina sah ihren Bruder entsetzt an.

»Ich habe ihn gefunden«, sagte Sven leise mit gesenktem Kopf und blickte auf seine von der Arbeit rauen Hände.

»Wen hast du gefunden?«

»Papa, aber er war schon tot.«

Ina war bleich geworden. »Sag, dass das nicht wahr ist!«

»Doch, es ist wahr.« Sven legte seinen Kopf auf die Arme und schluchzte laut auf. Seine Schultern bebten, und zum ersten Mal seit sein Vater tot war, ließ er sich gehen. Immer hatte er den großen Bruder gespielt, den coolen Jungbauern, der auch Schicksalsschläge wegsteckt, ohne sich etwas anmerken zu lassen, doch jetzt konnte er nicht mehr. Mit einem Mal war es ihm völlig egal, was Ina dachte. Er war einfach fertig mit den Nerven. Es dauerte eine Weile, bis er sich so weit beruhigt hatte, dass er sich die Tränen abwischte, heftig schluckte und Ina verzweifelt ansah. »Du denkst jetzt bestimmt, ich bin eine Memme«, flüsterte er. »Aber das ist mir echt egal.«

Er schniefte und zuckte zusammen, als Ina ganz sanft die Hand auf seinen Unterarm legte und sagte: »Nein, so gefällst du mir viel besser. Erzähl mir, was passiert ist.«

Sven schluckte erneut und sah sie fest an. »Wirklich?«

Ina nickte.

Und Sven berichtete von jener Nacht vor vier Wochen. »Ich war gegen sechs Uhr mit dem Fahrrad da und hab die Tore überprüft. Es stürmte mächtig, und dann ist draußen die große Eiche umgefallen. Gerade als ich nachsehen wollte, begann es, wie aus

Eimern zu schütten. Ich wollte schnell in die Scheune, da hab ich gesehen, wie der Planwagen mit den Landfrauen kam, und bin unterm Dachüberstand an der anderen Seite geblieben. Als die Frauen weg waren, bin ich auch gefahren, weil ich in den Stall musste.«

»Du warst doch nachher im Schießclub?«, fragte Ina dazwischen. »André Juli hat mir das gesagt.«

»An dem Abend bin ich erst um halb zwölf zum Schießclub gefahren. Die meisten waren schon weg, da bin ich auch wieder nach Hause. In der Nacht war noch ein Gewitter, es hat gestürmt und geregnet. Ich konnte nicht schlafen. Morgens um vier, als es langsam wieder hell wurde, bin ich noch mal mit dem Fahrrad zur Scheune gefahren. Ich bin in der Dämmerung mit der Taschenlampe ganz um den Baum herumgegangen, da hab ich gesehen, dass da einer liegt. Ich dachte, er ist ein Wanderer, der vom Blitz erschlagen wurde, und hab den Ast angehoben.« Sven stoppte seinen Bericht und wischte sich erneut über die Augen.

»Du hast sofort gesehen, dass es Papa war, nicht wahr?«, fragte Ina leise.

»Ja, aber er war schon kalt«, presste Sven hervor. »Ich hab ihn vorsichtig umgedreht, da hab ich den Einschuss in der Brust gesehen und das Gewehr daneben.« Er machte wieder eine Pause, denn jetzt, als er darüber sprach, stand das Geschehen ihm so plastisch vor Augen, dass ihm erneut die Tränen kamen. »Ich war sicher, wenn ich die Polizei rufe, würden sie mich sofort festnehmen. Da hab ich ...« Er schluchzte auf. »Da hab ich ihn wieder umgedreht und den Ast drübergelegt. Dann bin ich nur noch weg.«

Ina sprach kein Wort und sah ihn entsetzt an.

»Guck nicht so, ich weiß, dass es schuftig war, aber ich war so in Panik, so durcheinander, ich konnte nicht anders«, sagte

Sven leise und fuhr fort: »Zu Hause bin ich dann gleich in die Werkstatt und hab den Waffenschrank und die Gewehre gründlich geputzt. Zum Glück, denn am Tag danach hat der Wachtmeister den Schrank untersucht.«

Sven hielt erneut inne, und Ina fragte: »Hat er sich nicht gewundert, dass der Schrank so blitzblank war?«

»Gesagt hat er nichts, aber als er weg war, habe ich so lange an der Schublade gerüttelt, bis sie aufging, und da lag die Pistole«, sagte Sven leise. »Ich hielt sie grade in der Hand, als draußen ein Auto kam. Mit einem Fußtritt habe ich die Schublade wieder zugemacht, die Pistole am Hemd abgewischt und in der Sitzspalte des alten Mähers versteckt.«

»Warum hast du sie nicht vergraben?«, fragte Ina. »Das wäre doch viel besser gewesen.«

»Es musste alles so schnell gehen, und dann war immer jemand auf dem Hof«, stöhnte Sven. »Dann die Beerdigung und überhaupt ... Ich dachte, in dem alten Gerümpel sucht sowieso niemand.« Sven holte tief Luft. »Und dann war es zu spät.«

»Danke, dass du es mir erzählt hast«, sagte Ina und strich ihm sanft über das Haar. »Vielleicht wird jetzt doch noch alles gut.«

Sven schüttelte den Kopf. »Solange der Mörder nicht gefunden ist, gibt es hier keine Ruhe.« Er drückte ihre Hand. »Danke, Ina.«

»Ich bin doch immer für dich da, Großer«, sagte Ina leise, und um ihre Tränen nicht zu zeigen, umarmte sie ihn ganz fest. Nach einiger Zeit löste sie sich von ihm und fragte vorsichtig: »Könntest du dir vorstellen, mit Britta ganz normal umzugehen, ohne sie anzufeinden.«

Sven sah Ina an und nickte. »Im Knast hat man viel Zeit zum Nachdenken. Mir sind die fünf Tage wie fünf Jahre vorgekommen.

Ich war unfair zu Britta. Sie leidet genau wie wir und ist völlig unschuldig daran. War sie sehr wütend auf mich?«

»Im Gegenteil, sie hat dich verteidigt und gesagt, dass sie nicht glaubt, dass du Papa erschossen hast.«

»Wirklich?«

»Ja. Als sie dich verhaftet haben, ist sie extra gekommen und bis zum Abend bei mir geblieben.«

Sven holte tief Luft. »Ich rede mit ihr, versprochen.« Er zögerte einen Moment und fuhr fort: »Ich hab Angst, dass sie mich wieder verhaften, Ina.«

»Warum sollten sie? Ich denke, es ist alles geklärt?« Ina sah ihn verständnislos an.

»Nichts ist geklärt«, sagte Sven. »Der Haftbefehl ist nur außer Vollzug gesetzt und besteht noch. Der Anwalt hat die Entlassung beantragt, weil die Waffe nicht die Mordwaffe war und sie somit nicht genügend Beweise hatten, um mich weiter festzuhalten. Ich muss mich jede Woche bei der Polizei melden und darf Oberherzholz nicht verlassen.«

»Mach dir doch nicht so viele Sorgen, es wird sich alles aufklären«, sagte Ina zuversichtlich. »Ich geh schlafen, es ist gleich zwölf.«

»Geh nur, ich bleib noch ein wenig hier sitzen«, sagte Sven und sah seiner Schwester nach, bis sie die Tür geschlossen hatte.

Als Ina weg war, ging er an den Kühlschrank und holte sich ein Bier. Er trank aus der Flasche. Es war das erste Bier nach der Entlassung aus der Untersuchungshaft am Freitag. In seinem Kopf gingen viele Gedanken herum, und immer wieder musste er an seinen Vater denken. Warum hatte er ihm nichts von Britta erzählt?

Sven holte tief Luft und gab sich selbst die Antwort: Weil er immer abgeblockt hatte, wenn sein Vater von ihr sprechen wollte.

Er hatte sich so geärgert über das Gerücht, das im Ort herumging, dass er das Gespräch mit Absicht gemieden hatte. Jetzt war sein Vater tot, und er konnte nie mehr mit ihm reden, ihn nie mehr um Rat fragen. Sven leerte die Flasche und ging langsam nach oben in sein Zimmer. Als er am Zimmer seiner Schwester vorbeikam, lächelte er.

Anfangs hatte er vor ihr so getan, als hätte er den Schrank nur wegen der Dohlen geputzt, die er damals, als sein Vater nicht da gewesen war, geschossen hatte. Jetzt, nachdem sie so positiv reagiert hatte, war er froh, dass er ihr endlich die Wahrheit gesagt hatte.

Noch immer hatte er schlaflose Nächte und erlebte in Gedanken immer wieder den entsetzlichen Moment, als er seinen toten Vater entdeckt hatte. Er konnte heute nicht mehr sagen, wie er es geschafft hatte, nach Hause zu fahren und den Waffenschrank zu putzen und später, als die Polizei gekommen war, den Unwissenden zu spielen.

Er öffnete das Fenster weit, legte sich nur mit Boxershorts und Shirt bekleidet auf sein Bett und starrte in die Dunkelheit. Zum wiederholten Mal zermarterte er sich ergebnislos sein Hirn mit der Frage, ob er unterwegs zur Feldscheune jemandem begegnet war. Es muss jemand dort gewesen sein, jemand, der ganz gezielt auf seinen Vater gewartet hatte. Aber wer?

Erschrocken fuhr Sven aus dem Bett hoch. Ein Geräusch hatte ihn geweckt. Überrascht sah er auf die Uhr. Gleich sechs. Zum ersten Mal seit Wochen hatte er fünf Stunden am Stück geschlafen und fühlte sich richtig erholt. Er stand auf, zog sich an und ging hinunter, um die Zeitung aus dem Briefkasten zu holen. Er überflog die Titelseite und legte die Zeitung auf den Küchentisch. Er musste in den Stall, später beim Frühstück würde er sich näher mit den wichtigen Artikeln befassen.

Als er über den Hof zu den Ställen ging, kam Ingo Bergmann mit seinem Auto angefahren.

»Lässt du dich auch mal wieder hier blicken«, begrüßte Sven ihn beim Aussteigen mit säuerlicher Miene und setzte verärgert hinzu: »Wenn du deine Prüfung demnächst bestehen willst, wäre es von Vorteil, wenn du etwas mehr Ehrgeiz für die Arbeit zeigen würdest.«

»Ich äh ... ich wusste nicht, dass du wieder da bist«, stotterte Ingo und wurde rot im Gesicht.

»Ach, du dachtest, wenn ich nicht da bin, kannst du hier den lauen Lenz schieben«, sagte Sven vorwurfsvoll. »So nicht, mein Lieber! Entweder du reißt dich am Riemen oder du kannst dir eine andere Ausbildungsstelle suchen. Sieh zu, dass du in deine Arbeitsklamotten kommst.«

»Ja, schon gut«, murmelte Ingo und ging schnellen Schrittes zum Haus, um sich umzuziehen.

Sven rieb sich insgeheim die Hände. Den Anschiss hatte sich Ingo wirklich verdient. In letzter Zeit hatte er alle unangenehmen Arbeiten, wie den Stall ausmisten oder die Schweine umtreiben, ihm oder Ralf Pohl überlassen. Das musste anders werden, und es zeigte sich gleich darauf, dass seine Worte von Ingo respektiert wurden. Nicht nur Ingo, auch er selbst musste lernen, dass er jetzt hier der Chef war.

25. Kapitel

Der August neigte sich dem Ende zu, aber das Wetter war nach wie vor hochsommerlich. Der Regen, der am Tag von Elvira Saarbergs Beerdigung gefallen war, war bereits verdunstet, und die Felder und Gärten staubten wieder vor sich hin.

Isabella Steif war früh aufgestanden und schon um Punkt halb sieben am Bäckerladen, als die Bäckersfrau gerade aufschloss. Isabella nahm auch für Charlotte Brötchen mit und legte sie ihr vor die Haustür, als sie zurück war.

Nach dem Frühstück nahm sie ihre Stöcke und marschierte los. Sie brauchte das jetzt einfach, denn ihre Gedanken gingen immer wieder zurück zu den beiden Todesfällen. Sie hatte viel hin und her überlegt, war aber zu keinem Ergebnis gekommen. Sie musste unbedingt ihre Gedanken ordnen, und ein flotter Marsch schien ihr dafür genau das Richtige zu sein. Sie machte eine weite Runde und kam zum Schluss am Hof Baumstroh vorbei.

Sven Baumstroh war in der Scheune beschäftigt, und auch das Auto des Auszubildenden stand auf dem Hof. Wahrscheinlich saß er auf dem Traktor, der das abgeerntete Kornfeld bearbeitete. Das Fahrrad von Hilde Juli stand neben dem Eingang, und kurzentschlossen ging Isabella zur Haustür, um die Wirtschafterin zu begrüßen.

»Isabella, komm rein«, sagte Hilde. »Ich bereite gerade das Mittagessen vor.« Zusammen gingen sie in die Küche, und Isabella setzte sich Hilde gegenüber an den Tisch und sah ihr beim Kartoffelschälen zu.

»Ist euer Betriebshelfer heute nicht da?«, fragte Isabella. »Ich habe seinen alten Mercedes gar nicht gesehen.«

»Sven braucht ihn jetzt nicht mehr, weil Ingo wieder da ist«, sagte Hilde. »Er will aber heute Abend vorbeikommen, um seinen Stundenzettel auszufüllen. Warum fragst du?«

»Ach, nur so«, sagte Isabella und erkundigte sich: »Hast du schon eine neue Stelle, oder willst du jetzt doch hierbleiben?«

Hilde strahlte plötzlich und sagte: »Ich werde meine Stelle hier behalten. Sven hat mir vorhin gesagt, dass er mich unbedingt braucht.«

»Das freut mich«, sagte Isabella. »Du wolltest doch auch gern bleiben, oder?«

»Klar, es gefällt mir hier, nur in letzter Zeit war es etwas turbulent«, sagte Hilde und setzte hinzu: »Hoffentlich klärt sich jetzt die Sache mit Svens Vater auch bald.«

»Ach, da fällt mir was ein«, sagte Isabella. »Hat Ina im Tagebuch ihrer Mutter noch was gefunden?«

»Keine Ahnung, sie ist gleich nach dem Frühstück nach Münster zurückgefahren«, antwortete Hilde. »Frag doch Sven.«

»So wichtig ist das nicht«, sagte Isabella und winkte ab. »War Britta Saarberg nach der Beerdigung ihrer Mutter mal hier?«

»Soviel ich weiß, nicht, aber dafür war gestern Abend schon wieder die Polizei da, zumindest hat Sven das gesagt«, berichtete Hilde. »Jetzt überprüfen sie sogar den Betriebshelfer. Der Wachtmeister hat wirklich keinen Plan.«

»War der Betriebshelfer denn gestern da?«

»Nein, die Polizisten haben Sven befragt«, sagte Hilde. »Er hat sich vorhin beim Frühstück total aufgeregt darüber.«

Isabella spitzte interessiert die Ohren. »Was wollten sie denn über den Mann wissen?«

»Das hat Sven nicht gesagt. Er ist dann gleich wieder nach draußen gegangen. Sven hält große Stücke auf Ralf Pohl, aber sein Vater mochte ihn überhaupt nicht.«

»Wieso das?«

»Keine Ahnung, aber im Mai war der Ralf Pohl noch da, als Svens Vater aus dem Urlaub kam«, erzählte Hilde. »Er saß mit Sven am Küchentisch und füllte seinen Stundenzettel aus. Der Alte hat ihn angestarrt und ist gleich wieder raus aus der Küche. Als Ralf Pohl weg war, haben sich Vater und Sohn heftig seinetwegen gestritten. Der Alte wollte den Mann nicht hier haben.«

»Nach dem Tod von Bernhard Baumstroh war er doch trotzdem da«, wunderte sich Isabella.

»Sven hat ihn extra angefordert, weil er sich überall auskennt und wirklich gut in der Arbeit ist.« Hilde stand auf und stellte sie auf der Arbeitsplatte ab.

»Vater und Sohn sind nun mal nicht immer gleicher Meinung«, stellte Isabella lapidar fest und erhob sich. »Ich muss los, frohes Schaffen, Hilde.«

Gleich nach dem Mittagessen fuhr Isabella zum Einkaufen in den Supermarkt. Sie war schon auf dem Weg nach Hause, als sie es sich anders überlegte, den Wagen wendete und zur Wohnung von Britta Saarberg fuhr, denn sie wusste, dass Britta die ganze Woche Urlaub hatte.

»Frau Steif, schön, dass Sie kommen«, empfing Britta sie. »Roland ist für drei Tage verreist, und so ganz allein ist es doch schon merkwürdig hier im Haus. Meine Mutter fehlt mir.« Tränen traten in die Augen der jungen Frau, und Isabella strich ihr beruhigend über den Rücken.

»Es ist schwer, einen lieben Menschen zu verlieren«, sagte sie. »Als mein Mann starb, hat es mir sehr geholfen, alte Fotos anzusehen. Es war dann plötzlich so, als stünde er neben mir.«

Jetzt lächelte Britta. »Genauso mache ich es auch. Ich habe alle Schränke nach Fotos durchsucht und auch einige Briefe gefunden. Es sind sogar Fotos von Mama, Carlo und mir dabei, die ich noch nie gesehen habe. Mama hatte sie in einem Buch versteckt.«

»Ach, darf ich die Fotos mal sehen?«, fragte Isabella.

»Ich habe sie alle gesammelt.« Britta zog eine Schublade am Wohnzimmerschrank auf und holte ein Päckchen heraus. Beide Frauen setzten sich nebeneinander auf das Sofa und sahen sich gemeinsam die Fotos an, zu denen Britta etwas erzählte. Isabella spürte, wie gut es der jungen Frau tat, von ihrer Mutter und ihrem Leben zu erzählen, und hörte geduldig zu, ohne sie zu unterbrechen. Plötzlich klingelte es.

Britta stand auf und ging zur Haustür, kam aber gleich darauf mit ängstlichem Gesicht zurück. »Mamas Ex steht vor der Tür. Was mach ich denn nun?«

»Öffnen Sie ruhig, vielleicht ist es wichtig«, sagte Isabella.

»Wenn Sie meinen.« Zögernd ging die junge Frau zur Tür, und Isabella folgte ihr bis in den Flur.

»Guten Tag, störe ich?«, fragte Carlo Saarberg.

Britta ignorierte die Begrüßung und fragte vorwurfsvoll: »Was wollen Sie?«

»Ich möchte mich entschuldigen«, sagte er. »Ich hätte hier nicht eindringen dürfen.«

»Welch eine Einsicht«, höhnte Britta und setzte hinzu: »Wenn's denn sein muss, kommen Sie rein, aber machen Sie's kurz.« Sie schloss die Tür und bugsierte Carlo Saarberg ins Wohnzimmer.

»Ich wusste nicht, dass deine Mutter angeschossen wurde«, sagte Saarberg. »Es tut mir leid.«

»Sie haben ihr Angst eingejagt und ihr gedroht!«, rief Britta aufgebracht. »Außerdem ist es schon eine Frechheit, dass Sie mich einfach duzen.«

»Ich habe Ihre Mutter nicht bedroht«, widersprach Saarberg. »Ich habe nur zweimal angerufen, beim ersten Mal hat sie gleich aufgelegt und beim zweiten Mal waren Sie dran. Ich war verärgert. Was ich zu Ihnen gesagt habe, war nicht so gemeint, wirklich nicht. Ich habe Ihre Mutter geliebt.«

»Geliebt? Das glaube ich nicht!« Britta schüttelte den Kopf.

»Es ist wahr, und ich war überglücklich, als Sie geboren wurden«, sagte er leise. »Als ich erfuhr, dass Sie nicht meine Tochter sind, ist für mich eine Welt zusammengebrochen. Ich war so wütend auf Elvira und auf den Mann, der sie mir weggenommen hat. Sie hat mir den Namen nie verraten.« Er sah Britta gequält an.

Sie wollte etwas sagen, aber Isabella nahm ihre Hand, drückte sie sanft und schüttelte den Kopf.

Dann sprach Saarberg weiter. »Vielleicht war es gut so, denn damals in meiner Wut hätte ich ihn wahrscheinlich auch umgebracht. Ich bin momentan beruflich hier und traf ganz zufällig den Kistmeier wieder. Der hat mir dann erzählt, dass Bernhard Baumstroh Ihnen etwas vererbt hat. Da wusste ich endlich Bescheid.«

»Kistmeier?«, fragte Isabella überrascht dazwischen.

Saarberg überhörte es geflissentlich und fuhr fort: »Ich war verärgert, dass ich es von einem Fremden erfahren habe und Elvira auf meinen Anruf nicht reagiert hatte. Da bin ich einfach zum Haus gefahren. Zu meiner Überraschung passte der Schlüssel noch. Dann kam da dieser Polizist.«

»Zum Glück, wer weiß, was Sie alles mitgenommen hätten!«, fauchte Britta.

»Ich wollte nichts stehlen«, sagte er, und Isabella sah ihm an, dass er es ehrlich meinte. »Ich habe wirklich nur nach Papieren gesucht, nach Briefen, die ich Elvira geschickt habe. Sie hat mir nie geantwortet, und ich wollte sie fragen, warum. Ich hätte Elvira damals nicht alleinlassen sollen, vielleicht wäre dann alles anders gekommen.«

»Gehen Sie, ich will nichts mehr hören«, sagte Britta mit einer Kälte, die Isabella nie bei ihr vermutet hätte. »Die Polizei hat mir gesagt, dass Sie ein Alibi haben, aber für mich sind Sie der Mörder meiner Mutter.«

Carlo Saarberg zuckte zusammen, als habe sie ihn geschlagen. Er stand auf und legte eine Visitenkarte auf den Tisch. »Ich verstehe, dass Sie verbittert sind, trotzdem, ich bin immer für Sie da«, sagte er und ging mit hängenden Schultern hinaus.

Isabella folgte ihm hastig zur Tür und fragte: »Herr Saarberg, wer ist Herr Kistmeier?«

Saarberg hatte die Tür schon in der Hand. »Ein Betriebshelfer, der hier auf den Höfen aushilft. Er heißt heute anders, aber ich hab den Namen vergessen. Er hat geheiratet und den Namen seiner Frau angenommen. Warum fragen Sie?«

»Kannte Ihre Ex-Frau den Mann?«

»Klar, er war damals so etwas wie ein Freund, wir sind beide in Steinfurt aufgewachsen«, sagte Saarberg und ging hinaus.

»Ich glaube, dass er Elviras Mörder ist«, sagte Isabella.

Carlo Saarberg war schon draußen, schnellte herum und starrte Isabella an. »Wie kommen Sie denn darauf?«

Isabella berichtete ihm ausführlich von ihren Beobachtungen.

»Und Sie glauben wirklich, dass es der Kistmeier war, der damals den Spaziergänger erschossen hat?«, fragte Carlo Saarberg.

»Ja, nach dem, was ich in der alten Zeitung gelesen habe, gehe ich davon aus.«

Saarberg schüttelte ungläubig den Kopf. »Ich habe Ralf jahrelang nicht gesehen, und Sie behaupten, dass er in Haft war. Sind Sie sicher?«

»Ziemlich.«

»Wenn das stimmt, dann ...« Saarberg stockte und fuhr fort: »Mir hat er erzählt, er wäre damals wegen der Arbeit nach Hamburg gegangen.«

»Hat Ihre Ex-Frau Ihnen damals denn nichts von dem Vorfall erzählt?«

»97 im Sommer? Da waren wir schon geschieden, und ich wollte nur noch weg. Mein Arbeitgeber hatte eine Filiale in Hamburg gegründet. Ich bin gleich da hingezogen. Jetzt bin ich auch nur geschäftlich hier. Ich wohne oben im Norden. Eigentlich wollte ich heute zurück, aber nach dem, was Sie mir da gesagt haben ...« Saarberg sprach nicht weiter, sondern ging mit schnellen Schritten zu seinem Auto.

Isabella blickte ihm nach und kehrte ins Haus zurück.

»Ist er weg?«, fragte Britta aufgebracht. »Ich bin wirklich nicht an seinen Lügen interessiert. Wenn an seinen Worten etwas dran wäre, hätte Mama sicher öfter von ihm gesprochen.«

»Sie sollten ihn nicht verurteilen, Britta«, sagte Isabella. »Es ist ihm sicher schwergefallen, hierherzukommen, aber es war ihm ein Bedürfnis.«

»Ich fand ihn unmöglich«, sagte Britta. »Wenn Roland da gewesen wäre, hätte er ihn gleich an der Tür abgewiesen.«

Isabella äußerte sich nicht mehr dazu und verabschiedete sich.

Am Abend machte Isabella mit ihrer Schwester eine weitere Radtour. Die beiden sprachen über Isabellas Besuch bei Britta Saarberg.

»Wenn dieser Betriebshelfer heute einen anderen Namen hat, dann könnte unsere Vermutung richtig sein«, sagte Charlotte. »Lass uns doch zum Abschluss zum Hof Baumstroh fahren, vielleicht hat Ina in dem Tagebuch ihrer Mutter den Namen des Schützen gefunden.«

»Die Polizei wird das längst wissen und ihn bestimmt diesbezüglich überprüft haben«, sagte Isabella. »Hilde sprach davon, dass die Beamten deshalb auf dem Hof waren. Sie haben ihn bisher aber nicht festgenommen.«

»Sie brauchen Beweise, und die scheint es nicht zu geben«, sagte Charlotte.

»Genau, der Gedanke ist mir auch schon gekommen, und jetzt habe ich schon Bedenken, dass ich Saarberg davon erzählt habe«, sagte Isabella. »Vielleicht ist der Mann doch unschuldig.«

»Und was ist dann mit der Bluse, die ich im Kofferraum seines Autos gesehen habe?«, hielt Charlotte dagegen.

»Das ist doch kein richtiger Beweis«, antwortete Isabella. »Aber vielleicht hat die Polizei im Auto von Bernhard Baumstroh verwertbare Spuren gefunden.«

Charlotte lachte auf. »Wie denn? Das Auto hat doch tagelang im Wasser gelegen, da sind sicher alle Spuren verschwunden, und die Tatwaffe ist auch bis heute nicht aufgetaucht. Wahrscheinlich wartet die Polizei darauf, dass sich der Täter irgendwann verrät.«

»Hoffentlich macht Saarberg keinen Fehler«, sagte Isabella.

»Du meinst, dass er den Betriebshelfer zur Rede stellt?«

»Er hat so komisch reagiert«, sagte Isabella. »Eigentlich wollte er heute abreisen. Ich hatte aber das Gefühl, dass er vorher ein ernsthaftes Gespräch mit dem Betriebshelfer führen wollte.«

»Er weiß doch gar nicht, wo der Mann eingesetzt ist«, sagte Charlotte.

»Das zu erfahren ist doch nicht schwer, außerdem weiß er doch sicher, wo er wohnt, und kann ihn beobachten«, sagte Isabella.

»Mach dir mal keine Gedanken, wir fahren jetzt erst mal bei

Baumstrohs vorbei und gucken, ob Ina da ist«, sagte Charlotte entschlossen.

Die Schwestern verließen den Feldweg, nutzten ein Stück weit den Radweg entlang der Münsterlandstraße und bogen dann in die Zufahrt zum Hof ein. Kurz bevor sie das Anwesen erreichten, hörten sie laute, erregte Männerstimmen. Ein dichtes Gebüsch, das beidseitig den Weg säumte, versperrte den Frauen die Sicht, denn der Hof lag direkt hinter einer Kurve.

»Lass uns umkehren«, sagte Charlotte. »Ich habe keine Lust, in einen Streit zu geraten.«

»Umkehren? Ich will wissen, was da los ist«, sagte Isabella, stieg ab, drückte ihr Rad ins Gebüsch und ging zu Fuß weiter, bis sie den Hof einsehen konnte.

Ein schwarzer Jeep parkte neben einem alten Mercedes. Breitbeinig stand ein Mann vor dem Jeep, die Hände zum Himmel gestreckt. Aufgrund seiner Bekleidung ging Isabella davon aus, dass es sich um Carlo Saarberg handelte, obwohl sie ihn nur von hinten sah. Langsam ließ der Mann die Hände sinken.

»Hände hoch!«, schallte es aus der Scheune, und sofort schnellten Saarbergs Arme wieder nach oben.

»Ralf, lass uns doch vernünftig reden«, rief Saarberg jetzt, und die Angst in seiner Stimme war unüberhörbar.

»Vernünftig? Ha, dass ich nicht lache!«, tönte es aus der Scheune. »Das hat deine Alte auch gesagt. Gebettelt hat sie und gefleht!« Grobes Lachen hallte in der Scheune wider. »Sie hat mich in den Knast gebracht. Sie und dieser Großbauer, dieses Arschloch! Alles nur, weil ich ein bisschen gewildert habe.«

»Gewildert? Du hast einen Menschen erschossen!«

»Das war ein Unfall, und verurteilt haben sie mich wie einen Mörder!«

Saarberg ging einen Schritt auf die Tür seines Autos zu, wurde aber gleich gestoppt.

»Stehen bleiben!«, bellte es aus der Scheune. »Wirf deinen Schlüssel zu mir herüber!«

Isabella spürte eine Hand auf ihrer Schulter und fuhr wie von der Tarantel gestochen herum.

»Ich hab die Polizei gerufen«, sagte Charlotte leise.

»Hast du mich erschreckt!« Isabella zitterte am ganzen Körper.

Im selben Moment krachte ein Schuss. Beide Frauen stolperten vor Schreck zurück ins Gebüsch. Sie hatten sich noch nicht wieder aufgerappelt, als ein Motor aufheulte und der schwarze Jeep an ihnen vorbeiraste.

»Er hat ihn erschossen!«, stieß Isabella entsetzt hervor und kämpfte sich stöhnend aus den Zweigen, deren Stacheln sie ordentlich zerkratzt hatten.

Neben ihr war Charlotte schon auf den Füßen und zog sich mit zusammengekniffenem Gesicht einen langen Dornenzweig aus dem Haar. »Komm, wir müssen hin«, sagte sie erregt, saß schon auf dem Rad und trat in die Pedalen.

Es dauerte etwas, bis Isabella sich ganz von den Zweigen befreit hatte. Sie ignorierte einen Riss in ihrem Shirt und radelte hinter Charlotte her.

Als sie ankam, lag Carlo Saarberg hinter dem alten Mercedes am Boden. Charlotte kniete neben ihm, drückte mit der rechten Hand ihren Schal fest auf eine blutende Stelle an Saarbergs Brust und telefonierte gleichzeitig. Von den Baumstrohs war weit und breit nichts zu sehen.

»Der Krankenwagen kommt sofort«, sagte Charlotte dann. »Hilf mir mal, Isabella, wir müssen die Blutung stoppen.«

Isabella streifte ihr Shirt ab, und beide versuchten, damit die starke Blutung zum Stillstand zu bringen. Es gelang nur mäßig, doch schon wenige Minuten später kam ein Krankenwagen auf den Hof geschossen. Noch während der Notarzt den Verletzten behandelte, erschienen Wachtmeister Meier und sein Kollege.

Isabella und Charlotte hatten sich erschöpft auf die Stufen vor der Haustür gesetzt.

»Hoffentlich kommt Carlo Saarberg durch«, sagte Isabella und zog sich fröstelnd zusammen, denn sie trug nur ein dünnes Hemd über ihrem BH. Charlotte nickte nur und betrachtete wortlos ihre blutverschmierte Kleidung.

Hauptkommissar Meier kam zu ihnen herüber, und sie berichteten in kurzen Worten, was sie beobachtet hatten, während Kommissar Frisch bereits die Fahndung nach Ralf Pohl und dem schwarzen Jeep einleitete. Als der Krankenwagen mit Sirengeheul den Hof verließ, kamen die Geschwister Baumstroh mit ihrem PKW angefahren, den Ina steuerte.

»Was ist denn hier los?«, fragte Sven, der mit seiner Schwester vom Großeinkauf zurückkam. »Wir haben uns etwas verspätet. Ist Ralf verletzt?«

»Herr Saarberg, er wird gerade ins Krankenhaus gebracht«, sagte Kommissar Frisch. »Ralf Pohl hat wohl auf ihn geschossen, er ist mit dem Jeep von Saarberg geflüchtet.«

»Ralf hat geschossen? Warum?«, fragte Ina irritiert.

Kommissar Frisch antwortete nicht sofort, sondern streifte sich Handschuhe über und hob etwas vom Boden auf. »Ich vermute, es ist das gleiche Kaliber wie bei Ihrem Vater, Frau Baumstroh«, sagte er und zeigte ihr eine Patronenhülse. »Wir müssen davon ausgehen, dass Herr Pohl Ihren Vater und auch Elvira Saarberg erschossen hat.«

»Aber ...« Sven Baumstrohs Worte erstarben auf seinen Lippen, und er wurde bleich.

In diesem Moment kamen mehrere Autos auf den Hof. »Die Kollegen von der Spurensicherung«, sagte Hauptkommissar Meier, der die Befragung der Schwestern beendet hatte.

»Wir fahren nach Hause«, sagte Charlotte knapp und wandte sich zum Gehen.

»Soll ich Sie bringen?«, bot Ina Baumstroh an.

Isabella zeigte zum Weg hin und schüttelte den Kopf: »Unsere Räder liegen da drüben.«

»Sie können doch nicht so im Unterhemd nach Hause fahren, Frau Steif«, sagte Ina entschieden. »Ich hole Ihnen eine Jacke.« Sie lief ins Haus und kam gleich darauf mit einer Jacke zurück.

Isabella bedankte sich, und die Schwestern fuhren eilig davon.

26. Kapitel

Der September war schon fast um, als ein großes Fest auf dem Hof Baumstroh gefeiert wurde.

Isabella Steif und Charlotte Kantig fuhren gemeinsam mit ihren Freunden und Nachbarn Ottokar Breit und Eberhard Looch mit den Rädern zum Hof. Es schien, als sei ganz Oberherzholz auf den Beinen, denn es war rammelvoll, als die vier dort eintrafen.

Die große Scheune war komplett ausgeräumt und von der Landjugend mit Blumen und Sträuchern geschmückt worden. Die Landfrauen sorgten für Kaffee und Kuchen, und die Kottenbaaks vom Hofladen servierten ihre selbst gemachten Liköre und boten Schnittchen mit Marmelade aus heimischen Früchten an.

»Sieh mal«, sagte Eberhard. »Britta mit Carlo Saarberg im Rollstuhl.«

»Carlo hat eine Menge Glück gehabt«, erklärte Isabella. »Die Kugel, die Ralf Pohl auf ihn abgefeuert hat, ist nur knapp am Herzen vorbeigegangen. Die Notoperation hat ihm das Leben gerettet.«

»Und sie hat ihm wohl eine Tochter beschert«, ergänzte Charlotte lächelnd. »Wenn er auch nicht Brittas leiblicher Vater ist, geht sie sehr liebevoll mit ihm um.«

Britta und Carlo Saarberg kamen nun auf sie zu. »Wie schön, dass Sie gekommen sind«, begrüßten sie gemeinsam die Gruppe, und Britta setzte lächelnd hinzu: »Carlo geht es schon wieder richtig gut.«

Carlo Saarberg erhob sich. »Eigentlich brauche ich den Rollstuhl nicht mehr, aber Britta hat immer Angst um mich«, erklärte er schmunzelnd.

Britta wurde rot. »Du sollst dich schonen, hat der Arzt gesagt.«

»Ja, ja, schon gut.« Carlo Saarberg nickte zustimmend und zeigte zur Scheune hinüber. »Roland ist gerade gekommen, geh ruhig zu ihm rüber, ich komme schon klar.«

»Wenn du meinst.« Britta sah ihn skeptisch an, dann lief sie davon und begrüßte ihren Freund Roland Waldmeier mit einer innigen Umarmung.

»Roland war eine ganze Woche für seinen Arbeitgeber in Hannover«, erklärte Carlo Saarberg und wandte sich an Isabella und Charlotte. »Frau Steif, Frau Kantig, ich muss mich bei Ihnen bedanken. Ohne Sie wäre ich wahrscheinlich gar nicht mehr am Leben.«

Isabella und Charlotte quittierten seine Worte mit einem Lächeln.

»Wie ist es eigentlich dazu gekommen, dass Ralf Pohl auf Sie geschossen hat?«, wollte Isabella wissen.

»Sven Baumstroh hat mir gesagt, dass Ralf des Abends kommen wollte, um den Stundenzettel auszufüllen«, berichtete Saarberg. »Ich habe an einem Gebüsch auf ihn gewartet und bin ihm dann gleich zum Hof hinterhergefahren. Ich hab Ralf beim Aussteigen gefragt, ob er wirklich in Hamburg im Knast gesessen hat, da wurde er richtig sauer und wollte wissen, woher ich das weiß.« Carlo Saarberg setzte sich wieder in seinen Rollstuhl und fuhr fort: »Ich hab ihm keine Antwort gegeben, sondern gefragt, ob er auch auf Elvira geschossen hat. Da ist er voll ausgerastet und hat die Pistole gezogen. Als ich ins Auto steigen wollte, ging der Schuss los, danach weiß ich nichts mehr.«

»Sie sind bestimmt bald wieder richtig fit«, sagte Charlotte. »Und Britta scheint sehr glücklich zu sein.«

Carlo Saarberg lachte. »Sie hat auch nichts mehr dagegen,

wenn ich sie als meine Tochter bezeichne, schließlich trägt sie ja meinen Namen.«

In diesem Moment kamen Sven und Ina Baumstroh auf sie zu. »Nie wäre ich auf die Idee gekommen, dass Ralf Pohl meinen Vater und Brittas Mutter umgebracht hat«, sagte Sven. »Gott sei Dank, dass Sie die alte Zeitung von meinem Vater so genau unter die Lupe genommen haben.«

»Eigentlich sind wir der Sache nur nachgegangen, weil ich sie in meine Führung einbauen wollte«, sagte Charlotte lächelnd und setzte hinzu: »Wie schön, dass Sie sich mit Britta ausgesöhnt haben.«

Sven Baumstroh lachte. »Britta bringt jetzt Ordnung in meine Buchführung, das macht sie wirklich toll«, sagte er. »Gar nicht so schlecht, eine ausgebildete Kauffrau als Schwester zu haben.«

»Und den Stall kann Sven jetzt auch bauen«, meldete sich Ina zu Wort. »Britta überlässt Sven das Geld als zinsloses Darlehen.«

»He, das ist Familienangelegenheit, Ina«, rügte Sven und puffte seiner Schwester in die Seite, als eine unbekannte junge Frau auf sie zukam. »Eileen, wo hast du gesteckt?«, fragte Sven, fuhr aber gleich an die Umstehenden gewandt fort: »Darf ich vorstellen, meine neue Praktikantin Eileen Walter. Sie studiert Veterinärmedizin.«

Frau Walter ging nicht auf seine Worte ein, sondern drängte: »Sven, komm mit, du wirst drüben gebraucht.«

Lachend ließ er sich mitziehen, und Ina folgte ihnen.

»Da scheint sich was anzubahnen«, mutmaßte Isabella.

»Warum nicht«, sagte Charlotte. »Die beiden wären doch ein schönes Paar.«

»Wollt ihr hier ewig herumstehen?«, fragte nun Ottokar Breit ungeduldig. »Ich hätte wohl Hunger auf leckeren Kuchen.«

Alle lachten, schlenderten gemütlich zur Scheune hinüber

und setzten sich zu Hauptkommissar Meier an den Tisch, der in Zivil mit seiner Frau gekommen war und begeistert den Kirschkuchen empfahl.

»Herr Meier, wann läuft denn der Prozess gegen Ralf Pohl?«, erkundigte sich Isabella.

»Das kann noch dauern«, sagte Meier. »Es sind eine Menge Spuren und Daten auszuwerten, aber er hat beide Morde gestanden.« Er lachte und wandte sich an Charlotte: »Frau Kantig, Ihr Foto ist übrigens ein wichtiger Beweis dafür, dass Pohl an der Feldscheune ganz gezielt auf Bernhard Baumstroh gewartet hat.«

»Sprechen Sie von dem Bild, auf dem man nur den Kotflügel und den Reifen sehen konnte?«, erkundigte sich Charlotte.

»Genau.« Meier lachte. »Unsere Techniker konnten anhand des Reifens den Fahrzeugtyp bestimmen und somit den Tathergang ein Stück weit rekonstruieren. Seiner Aussage nach hat Ralf Pohl Bernhard angerufen, sich mit ihm an der Feldscheune verabredet und ihn nach einem Handgemenge erschossen. Später hat Pohl die Telefonate vom Handy gelöscht, das hat er bei der Vernehmung zugegeben.« Meier machte eine Pause und setzte dann leise hinzu: »Wir waren ganz nah dran, uns fehlten nur noch handfeste Beweise, aber die hat der Mann ja zum Schluss selbst geliefert.«

»Warum hat er dann das Auto versenkt und den Toten unter den Baum gelegt?«, erkundigte sich Ottokar. »Er hätte doch einfach flüchten können.«

»Er wollte alle Spuren verwischen«, sagte Meier. »Dabei hat er allerdings eine neue Spur gelegt, indem er seine silberne Halskette im Auto verlor. Auch ein wichtiges Indiz für uns.«

»Warum hat er denn nach so vielen Jahren überhaupt auf die beiden geschossen?«, fragte Isabella. »Er hatte doch ein Haus, einen gut bezahlten Beruf und, soviel ich gehört habe, auch eine nette Partnerin. Wieso hat er sich das alles kaputtgemacht?«

»Er muss einen riesigen Hass auf die Zeugen gehabt haben«, warf Frau Meier ein.

Ihr Mann nickte zustimmend. »Pohl wusste, dass es zwei Zeugen gab, kannte aber die Namen nicht. Er war vor zwanzig Jahren im Wald außer Bernhard Baumstroh niemandem begegnet, also konnte nur Baumstroh seine Personenbeschreibung abgegeben haben. Als er im Mai auf dem Hof Baumstroh im Einsatz war, hat er Bernhard gleich wiedererkannt und wusste endlich, wer ihn damals angezeigt hatte. Seiner Aussage nach hat er Bernhard an der Feldscheune zur Rede gestellt, als der nach einem heftigen Handgemenge endlich zugab, der Zeuge gewesen zu sein, hat er sofort geschossen.«

»Und wie ist er auf Elvira gekommen?«, wollte nun Charlotte wissen. »Hat der Bauer es ihm verraten?«

Meier nickte »Sven Baumstroh hat es ihm verraten, allerdings unbewusst, indem er sich über die Erbschaft aufgeregt hat«, sagte er. »Wenn Britta geerbt hatte und somit Baumstrohs Tochter war, konnte nur Elvira den Tipp gegeben haben, denn Elviras Mann Carlo war ja mit Pohl gut bekannt. Wahrscheinlich hat er deshalb auch Carlo Saarberg angeschossen.«

»Ich glaube, das war meine Schuld«, gestand Isabella jetzt. »Ich hätte Saarberg nichts von Pohl erzählen dürfen.«

»Machen Sie sich keine Vorwürfe, Frau Steif«, sagte Meier. »Sie konnten ja nicht ahnen, dass die Männer derartig aneinandergeraten würden.«

»Zum Glück ist Herr Saarberg ja auch fast wieder fit«, ergänzte nun Meiers Frau.

»Ich finde, wir sollten dieses Thema jetzt endlich abschließen«, fuhr Eberhard Looch genervt dazwischen. »Wir wollen doch feiern.«

»Meine Rede, Herr Looch«, bestätigte Herr Meier fröhlich und orderte bei Frau Kottenbaak ein Tablett mit Gläsern und eine Flasche Kirschlikör.

Gemeinsam stießen sie auf einen wundervollen Tag im Münsterland an und feierten bis in die späten Abendstunden.